所有的秘密都是深爱

沐尔 / 著

海天出版社（中国·深圳）

图书在版编目（CIP）数据

所有的秘密都是深爱 / 沐尔著.—深圳:海天出版社, 2015.1
（腾讯文学书系）
ISBN 978-7-5507-1175-4

Ⅰ．①所… Ⅱ．①张… Ⅲ．①长篇小说—中国—当代 Ⅳ．①I247.5

中国版本图书馆CIP数据核字(2014)第193412号

所有的秘密都是深爱
SUOYOU DE MIMI DOUSHI SHEN AI

出 品 人	陈新亮
责任编辑	谢　芳
	蒋鸿雁
责任技编	梁立新
责任校对	刘裕群
装帧设计	李松璋书籍设计工作室

出版发行	海天出版社
地　　址	深圳市彩田南路海天综合大厦(518033)
网　　址	www.htph.com.cn
订购电话	0755-83460293(批发) 83460397(邮购)
排版制作	深圳市思成致远创意文化有限公司 0755-82537697
印　　刷	深圳市新联美术印刷有限公司
开　　本	787mm×1092mm 1/16
印　　张	19.25
字　　数	240千
版　　次	2015年1月第1版
印　　次	2015年1月第1次
定　　价	29.80元

海天版图书版权所有，侵权必究。
海天版图书凡有印装质量问题，请随时向承印厂调换。

目 录

序 有些人一旦错过就不会再来／她雪

楔　子　无疾而终的豪门婚礼 ………… 001
第一章　他的存在令人心生贪婪 …… 005
第二章　若不是因为爱我 ………… 087
第三章　还是想和你在一起 ………… 119
第四章　世间最好的一面，便是拥有你
　　　　……………………………… 209
番　外　我没有想过要独善其身 …… 287
后　记　会有一个人深深爱你，一如爱着
　　　　自己的生命 ………………… 295

有些人

一旦错过

就不会

再来

序

我喜欢他，那他也喜欢我吗？

每个人都在心底反复纠结过这个问题，忐忑忧心，徘徊不前。

暗恋基本上是每个人都体会过的事，它带着又酸又甜的味道，充斥着那颗饱满又热情的心脏，它最常发生在那个青春盎然的年纪里，当少年人拥有着最天真烂漫的心情时，突然有一天，遇见了令其心动不已的人后，那些骄傲也好自信也罢，全都化为了自卑和惊慌。

怕自己一个小小的眼神，轻轻的举动便泄露了心底最深的秘密。

想方设法去接近那个人，绞尽脑汁地说着他/她可能有兴趣的话题，努力引起对方的共鸣，造成一种"啊，我们都一样"的表象，循序渐进地慢慢拉近两人的距离。而有些胆小的人怎么也不敢戳破那层窗户纸，打着朋友的名号，怕别人洞悉自己的心思。

齐小雨最初对陈秋末，就是带着这种小心翼翼的心态，她一点点试探他接近他，以朋友、以兄妹的名义，用心经营着薄如蝉翼的感情，生怕自己做了什么事会惹他生厌。

她放低了自己以往的姿态，所以完全没料到自己有一天对陈秋末的影响会如此之大，在陈秋末的世界里，她牵动着他的情绪，他的喜乐忧愁皆因她。

当她不辞而别后，他那颗坚强隐忍的心被刺得千疮百孔，却找不到一个发泄口。

多年后，齐小雨像那年突然离开一样，又突然出现在他的家门口，陈秋末看到她的瞬间，心中应该是激动和喜悦的，虽然他故作平静地打开家门，请她进入他的天地。

后来，他包容她的任性，由着她霸道地闯进他的生活和工作，安排他的一切。

可当齐小雨以干净利落的手段将他心中对前任的余情斩断时，他是痛苦是不舍，尽管如此，对齐小雨，他仍是讨厌不起来。

她的所作所为，皆因要做陈秋末的独一无二。

而她确实是，他的独一无二。

不可否认，齐小雨是幸福的，她遇见一个令她心动的男人，那个人举止优雅，风度翩翩，他体贴周到，能给心爱的女人最温暖的生活，他是大多数女生心目中完美的情人。

齐小雨又是幸运的，因为她爱着的人，恰恰也爱着她。

两情相悦，才是最美的相守相依。

沐尔的文字暖人心扉，人物鲜活，这个故事她写多少我就看多少，一天到晚拿着小鞭子在她后面抽打着，"你写多少了？赶紧发来给我看。"

看着看着，对齐小雨越发地羡慕不已，只因我还是个单身。

这些年忍不住开始自问，属于我的陈秋末，什么时候才会来？

时间是残忍的，她让你看到了岁月的痕迹，可凡事又有两面性，我倒觉得时间在残忍的同时，也在当你的老师，她让你看到自己站在了青春的尾巴上，更让你深刻意识到，就算如此，也不能将就。

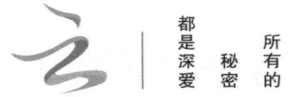

  不能随随便便找个人去爱去疯，不能轻轻松松地把手一指，就他吧。

  每个人生命当中都有蹉跎，在这其间只需时刻保持笑容，让他第一眼看到的你是美丽耀眼如星辰的，让他挪不开眼去紧紧看着你，让他听到那句潜台词，"原来你也在这里。"

  在夜深人静的时候，思绪往往会将深沉的记忆拉扯出来，旧日的片断一幕幕掠过眼前，占着生活主要位置的人物一个个排队出现，比如亲密无间的朋友，和藏在心底深处的某某。

  少年棱角分明的侧脸，嘴角若有若无的笑容，看你时眼中略带的温柔，所有关于他的细节让你在这个深夜怀念无比，你一声叹息，出来的情绪中有一种叫后悔。

  在那段沾满灰尘的旧时光里，做过多少荒谬的事让你捶胸顿足地后悔，而唯独暗恋这件事，让你后悔的只是自己的胆小怯弱，后悔那天下午为什么憋红了脸都说不出一句完整的话，为什么心中排练百次的告白却在他面前失去了该有的流利。

  多年后，我才懂，我们最终需要的还是勇敢，像书中齐小雨那样对爱义无反顾的勇敢，她从暗恋到明恋，以一个勇者的姿态披荆斩棘，一路走到陈秋末的身边，与他比肩而立。

  所以看完沐尔这个故事，我更明白，如果当初我能勇敢些，起码我不会有那么多遗憾和假如。

  所有的秘密都是深爱，但不是所有的秘密都要被隐藏。有些秘密，比如爱情，它适合在太阳底下，闪着斑驳动人的光，让你知道：有些人，一旦错过就不会再来。

她雪
2014年4月17日

楔子 无疾而终的豪门婚礼

> 那些年，
>
> 有多少女人在认识他后，
>
> 都嫁给了与他相像的人
>
> ——题记

时值秋末，海市的温度维持在20°C上下，空气清新湿润，碧蓝如洗的穹苍宽广而高阔，一望无际的大海在阳光的洗礼下变得温柔妩媚，周边树木茂密、鲜花环绕，细而白的沙子在阳光下熠熠生辉。

此刻，在这片美丽干净的沙滩上，一群人正忙得不亦乐乎，因为这里即将上演一场浪漫的豪华婚礼。关于本市传媒大亨的独子高昊与他交往三年的女友要结婚的消息早在一个月前就已经被高昊旗下的报社大肆报道过。

有人说，这又是一场灰姑娘嫁入豪门的戏码，但知晓内情的人却认为，这是王子的深情感动了灰姑娘，让灰姑娘决心出嫁的戏码。因为高昊很爱他的女友，豪华游艇、私人飞机、名贵钻戒……这些都不算什么，最重要的是，他们同居三年，高昊每天都为她准备营养早餐，上下班接送，无论风雨，从不间断。试问谁能有他这般的持之以恒？

婚礼的色调以白色和水绿色为主，点缀着少许的蓝，一只只白色帐篷下，放着长桌，上面铺上水绿色的餐桌布。明天的傍晚，这里将会摆放着甜品、自助海鲜、鲜花、蜡烛以及各式各样的鸡尾酒；一对新人将会在黄昏时分走在铺满白玫瑰花瓣的地毯上，在亲朋好友的见证下走向神父；新人在神父的面前许下誓言，交换戒指后，露天篝火就会被点燃，乐队演奏轻松的音乐，衣香鬓影，杯盏交错，所有的一切都会很美好。

这是婚礼策划团队的主策划师的构想。

她也以为，这次的婚礼会很圆满地举办，只等着他日名声大噪，她必将成为海市最炙手可热的婚礼策划师。

只是没有想到，新娘会在第二天上午单方面宣布取消婚礼，然后悄无声息地离开了海市。

留下了满城风雨与大受打击的新郎……

第一章

他的存在

令人

心生贪婪

关于齐小雨和陈秋末的故事,始于春天。

那是她第一次见到他,在外公的葬礼上。

她因为飞机晚点,未能见到外公最后一面,可怜的老人支撑了许久离去,听允珍对她讲这些的时候,她只能哭,歇斯底里地哭,满腔的罪恶感充斥在内心,她不禁怨恨自己为什么要贪玩答应参加毕业旅行。

外公是长辈中最疼爱她的人,小的时候,允珍没少吃味,人人都知道一向治学严谨的谈老不苟言笑,独独见了他的宝贝外孙女就似变了另一个人,慈祥和蔼得令人咂舌。从前,外公的学生在论文上出了错,只要她在他耳边说些好话,外公就不生气了,为此,她没少收到外公学生们送的小礼物。

如今,这世界上最疼爱她的人,离开了。而她连他最后一面都未能见到,让他带着遗憾走,她怎能不难受自责?

她跪在冰凉的地上,无论允珍、舅舅、舅妈及周边的人如何相劝,她就是不起身,这也许是她人生中最狼狈的一次,她看着老人的迟暮状,心生害怕。原来,这就是死亡的气息啊。

"小雨很害怕,您醒过来好不好?"

第一章 他的存在令人心生贪婪

这么多年,外公的身体一直都很硬朗,她从未想过,有一天她最亲爱的外公也要离开,就像当初爸妈离开那样,猝不及防,甚至都没能好好地跟他说说道别的话。

她的父母在她十三岁的时候去山区做研究,遇到了雪崩,双双离世,她被外公接来江城居住,在这里读完中学,现在即将大学毕业。外公这辈子最恨铁不成钢的人便是舅舅,最感到骄傲的人是母亲,因为母亲的人生轨迹都是外公一手设计的,连带她的婚姻。总之外公对母亲的爱很深沉,母亲去世后,外公就把重心放在培养她上,但她填高考志愿时选择的是新闻学专业,外公很生气,不过当她告诉外公,这是她母亲当年最想学的专业时,外公心软了,也就任由她自己做主了。

舅妈在一旁也哭了,一副慈孝的样子,齐小雨心生厌恶,猛地推开了她的舅妈,"你滚!你滚开!"

她冲着她大喊,眸子中都是仇恨。

齐小雨不会忘记一个月之前因为舅妈的尖酸刻薄、唯利是图,收了学生家长的好处费,允诺把研究生名额给那学生,外公知道后气得差点心脏病发作。外公不喜欢舅舅还有一个重要的原因便是舅舅娶了舅妈进门。

"齐小雨,你别太过分了,是谁养你到这么大,如今你翅膀变硬了,就可以这么跟我说话了?"

"妈,你少说几句。"允珍瞪着她母亲。

"你个不争气的,你也只能冲着我发脾气,你有本事让你爷爷把他的老本都留给你。"

始终,这个世俗的女人,关心的都是身外之物。

那一刻,在亲戚及外公的学生面前,齐小雨真心为她的舅妈感到

丢人。

"少说几句。"舅舅拉着舅妈不让她多说。

允珍将齐小雨扶到小花园里坐下,齐小雨趴在石桌上,闭目,她的眼已经红肿了,在飞机上也是一路哭回来的,实在是没有多少力气了。

身边有碎碎的脚步声,然后很有磁性的声音传入耳中。

"你是谈老的外孙女吧。"

齐小雨猛地睁眼抬头,然后是一番错愕。

其实方才在黑压压的人群中,她就注意到他了,长身玉立、朗眉星目,这两个词仿佛天生就为他而造。她当然知道他是谁,而在当时,他的存在令她有些恍惚,停滞了脚步,忘却了呼吸,虽然只是片刻时间。

陈秋末,外公的得意门生,有一段时间外公常挂在嘴边。他现在是江城OM集团的CEO,是江城的商界新贵,是财经媒体的新宠,是时尚名媛趋之若鹜的对象。而他本科和研究生都是外公带的,考古学,这样的人在研究生还没毕业就去经商了,着实令人大吃一惊,不过也因为他后来对江大考古学的投资,外公脸上有光,也就对他放弃考古研究的事不那么生气了。

而今,他离她是这样的近。

齐小雨记得,上次见到陈秋末是在外公书房里的影集中,那时,多看了几眼,便心生贪婪。

他的美,连带着他的名字,秋末,私底下,她练字的时候没少去写这个名字。

今天的他,穿着黑色西装,头发打理得一丝不苟,衣冠楚楚,举止间都透着成功人士的魅力,他在齐小雨眼中,仿佛全无缺点,一米八的个子，修长的身材，几近完美的比例。她才发现，陈秋末的眼睛水汪汪的，是会勾人的那种，传说中的放电型。

见齐小雨半会都没说话，陈秋末又问："还是很难受吗？"

齐小雨点点头，眼泪又在眼睛里打转，不经意间落下，她吸了吸鼻尖的酸意，用手抹去眼泪，只是怎么也抹不干净，指尖的湿意，让她的心变得更加无力起来，哭得也就更加厉害了。

陈秋末微叹了口气，坐在齐小雨身边的石凳上，掏出一块格子手帕，帮她擦眼泪，动作轻柔，然后将帕子交到齐小雨手上。

"别哭坏了眼睛，谈老会心疼的。"

"他已经离开了，不会再心疼我了。"

"他走得留恋，我看到的，我想他一定是放不下你，因为允珍告诉他你赶不过来后，他这才没有了呼吸，所以，你别难过，谈老不会想看到你现在这个样子的。"

"连外公都走了，为什么我所在乎的人在我的生命中不能陪伴我到永远？我为什么就一定要承受每个人离开我的悲伤。我爸，我妈，现在是外公，我真的很难过。"齐小雨委屈地说。

"傻瓜，没有人是能够永远陪着你的，你得学会长大，不要哭，不能哭，你要学会坚强，放心，你总是可以指望上我，你是我恩师最疼爱的姑娘，我会照顾好你。对了，我叫陈秋末。"

他脸上认真的表情，令她不得不听话，真的就那么停止了流泪。

从她成为孤儿的那天起，她故作乐观地生活着，她让身边的每个人都看到自己的笑容，她将所有的悲伤和孤独都隐藏，久而久之，她就以为自己生活在阳光下了，但遇到了事也总会变得格外脆弱，犯了错总是会先哭得稀里哗啦，她需要哭泣来扫去心中久藏的阴霾，外公也总是让她难过了就哭出来，不许憋坏了自己。可眼前的这个男人却

告诉她,不要哭,不能哭。

她不知道为什么,这个初次见面的男人给了她一种心安的感觉,这种感觉已经很久很久没有出现在内心里了。

"秋末,秋末出生的吗?"她问出心中的疑问,然而,在这个时机问这个毫不相干的问题是有些突兀的,她看到陈秋末很明显地愣了愣。

"对,就是这个意思。"他答。

"允珍。"陈秋末站起身,看向来人。

"秋末哥,谢谢你安慰小雨。"

允珍将端来的鸡汤放在石桌上,对齐小雨说:"你也饿了吧,喝了它,胃里会舒服些。"

齐小雨摇摇头,死死地拽住谈允珍的衣服,"外公为什么会死?"

"人老了,都会死的。"

"不对,我出去旅行之前回来看过他,他精神很好,他还说等我毕业了要跟我一起去海边垂钓的。允珍,到底发生了什么事?你告诉我。"

允珍眼里的闪烁骗不了她,那是心虚,所以一定发生了什么事。

"你说啊。"她哀求着。

"我爸的公司出现了问题,急需资金周转,妈妈就把爷爷的古董、藏书拍卖了,爷爷当时人在敦煌,回来后就被气病了。所以……就变成现在这样了。"

竟是这样!

齐小雨气急败坏道:"谈允珍,你一向知道那些东西外公看得比命还重要,你还放任你妈那样做,你为什么不阻止?你现在怎么变成这个样子了？和你妈妈一样自私、世俗。"

允珍默默流泪，一言不发。

陈秋末眼神坚定地说："我会把恩师的收藏都买回来，你们放心吧。"

齐小雨承认这个提议真的很令人心动，但是如果陈秋末真的帮忙买回了外公的收藏，这偌大的人情是还不上的，外公生前最不愿意欠别人，所以齐小雨选择了拒绝。

虽然允珍很困惑，但也支持了齐小雨。

而陈秋末，只是微笑着。他有自己的主意。

四月下旬的江城，正逢春末夏初，有些闷热，就连吸入的空气都带着些不痛快。

午后的校园静悄悄的，齐小雨在宿舍里奋笔疾书，头顶那台老风扇呼呼运作着，已经连续抄写论文开题报告和论文考核表四个小时，写得脖子痛，手也酸，心还累。这一个月以来，她都快被自己的毕业论文给折磨死了。

学校规定4月22日前返校，带着论文初稿，齐小雨却在4月20日那天收到导师发来的短信，问她是不是想直接参加论文二辩了。她蒙了，回了句不敢。然后答应明天一定交论文初稿给导师，导师这才放她一条生路。

她一直忙到半夜十二点，才把论文初稿的格式改好发到导师邮箱。这不，还没休息几个小时，就接到学委的短信，说下午统一收纸质开题报告和考核表。她一阵哀嚎，吃完早饭后和同宿舍的女孩林好一直忙到现在，肚子饿得咕咕叫，食堂的饭菜估计也没剩多少了，不过她心里打定主意，写完后要出去找家小馆子好好大吃一顿。

身后的林妤突然问："小雨，论文考核表有几份啊？"

"两份。"齐小雨头都没抬，继续抄写着，心里痛恨着为什么报告都是一式两份啊，之前的实习报告也是，密密麻麻的字，齐小雨写得都想吐。

"啊？不会吧，真的假的？"

"比珍珠还真。"齐小雨说完后听到身后翻找东西的声音，觉得不对劲，转过身问："怎么了？"

"我只有一份，邪门了。"

"不会吧，看看有没有夹在哪里了，发的时候就是一式两份啊。"

林妤撩起头发到耳后，急得满头大汗，"糟了，我的书都在前几天卖了，估计有一份考核表混在那堆书里了。"

大学四年，积攒了四年的书捧到宿舍楼下给收废品的老人，称了半天换到的钱，去买了一个冰淇淋和菠萝也就没有了，令人倍感心酸。现在更加罪恶的是，林妤发现她最最最重要的论文考核表也被她卖了，这可是用千金也难换的，关系毕业的事，她不敢马虎。

"怎么办啊？小雨，我死定了。"林妤的声音带着哭腔。

"要不，再去要一份。"齐小雨试探性地说。

"跟谁要？"

"老班。"

"我怕被骂。"一个月不见一次面的老班，万事都嫌麻烦的老班，只有在为鼓励学生参加研究生考试、公务员考试、村官考试、事业单位考试时才会出现的老班……还是算了吧，想想都不亲和。

正在这时，齐小雨听到手机响了一声，她滑了下屏幕解锁，发现有人发了邮件到她邮箱，她连忙登录邮箱，看到是导师的邮件后，从

第一章 他的存在令人心生贪婪

座位上跳了起来。

"快快快，林好，给我力量，我导师的邮件，这么快就看完了，好怕被批得体无完肤啊。"她不淡定地劈里啪啦说了一堆。

每一个临近毕业被论文导师折磨的孩子，上辈子都是折翼的天使啊。不管平日里看上去多温柔亲切的老师，这时候统统化身为恶魔，穷凶极恶，以折磨你为乐，给你的毕业之路添点堵，让你一辈子铭记。

"淡定，说不定一稿就通过了。"林好安慰道。

"做梦啊！"这种美事齐小雨打死也不相信会落在自己身上。

事实证明，齐小雨的预感是对的。

只见导师讽刺地说道：我以为你对你的论文多有信心，一直到现在才给我看论文初稿，可是事实却不是那么回事，你的这篇论文我只能说是一篇不错的散文，但不是一篇有研究意义的论文，请你参照别人的论文重新给我写一份，不然，我就只能让你参加二次答辩了。

掀桌！又来威胁她参加二次答辩！

齐小雨欲哭无泪，下载了附件，word文档里大片大片的红色，在论文结尾处倒是看到导师一些安慰的话，如下：

看得出来这篇论文是你一字一句自己打出来的，态度比较端正，不像其他同学发来的都是大片复制粘贴的。继续努力！

"林好，这算什么？打我一巴掌再给我一颗枣吃？嗷嗷嗷嗷……好心痛啊！"

"你这算什么？黄佳佳都重写了三份啦，你要节哀！"

"此刻真对那些论文已经定稿的人羡慕嫉妒恨啊！"

"此刻，老娘已经没有心情去羡慕嫉妒恨了，我的考核表死哪去了，让老娘如此伤心的下场可不好啊。"林好对着空气威胁道。

"神经!考核表听到你这话还能自动跑出来?"

"会的吧。"林妤眨眨眼,然后谄媚地笑了,"好姑娘,好小雨,陪我去系学工处试试,看看有没有多余的考核表。"

"外面太阳好毒的,我怕晒黑。"齐小雨有些犹豫。

"我请你吃西瓜,半个?哦不,一整个西瓜。"林妤利诱道。

听到林妤这样说,齐小雨立刻得寸进尺起来,"我的考核表还有一份没抄好。"

"我帮你抄啊,这是小事,我现在想抄都抄不上,这才是大事啊。"

"成交!"

其实齐小雨心中也是万分忐忑,因为系学工处的老师也不是那么好说话的。

这不,在她们冒着被太阳晒黑的危险走到教师办公楼,敲了敲学工处的办公室门,却发现没有人在。齐小雨看了看手机的时间,一点零五分,该上班了吧。

"怎么办?"林妤着急地问。

"只能等啊。"

齐小雨和林妤也没闲着,每个办公室外的墙面上都挂着优秀毕业生的"丰功伟绩",一路看过去就走到了楼层另一边的历史系,头一个就看到了一张熟人的照片——陈秋末。

齐小雨恍然想起,自从上次见面,至今有一个月了。

她后来在八卦新闻里倒是看到过陈秋末的名字,和华文银行董事长女儿葛菲的绯闻传得似是而非,但齐小雨不相信陈秋末会喜欢那么个着装艳丽怎么高调怎么来的女人,因为陈秋末看上去还是很内敛的,斯斯文文,中规中矩。

脑袋里灵光一闪，抢过林妤手中的论文考核表看，发现封面上根本就没有新闻系的标志，也就是说论文考核表全校通用，冒充别的系的学生问别的系的学工处老师要一份也是可以的，何必非得等本系学工处老师来上班。

把这想法说给林妤听，受到林妤的大力赞同，"不如就历史系吧。"

"好，不过你自己敲门进去，历史系的老师认识我，我一进去，你说咱是历史系的，不就穿帮了吗？"

林妤想想也是，点头说："好吧。"

她们这帮人，有一个共同的特点，怕老师，从小就怕，虽然知道老师不会吃了她们，可是那份害怕似乎是与生俱来的，怎么也克服不了。

不过因着不是自己本系的老师，林妤的胆子也放大了，敲门而入。

不到一分钟时间，林妤就满面笑容地出来了，悄声对齐小雨说："历史系的老师好Nice啊，我再也不说她们是灭绝师太、老古董了。"

"耶！Give me five！"小雨也是异常激动。

击掌声响起，打破了楼层的寂静。

林妤高兴的是她拿到考核表了，而齐小雨高兴的是，她发现自己真的好聪明，这个办法她居然都能想到。

原谅这孩子吧，平常做的笨事太多，这不，脑袋一灵光了点，就有些得意忘形，非逼着林妤夸她聪明。

要放在平时，林妤肯定翻个白眼，拍拍屁股走人，可现在被毕业的琐事压得有些脑子不够用的状况下，她很诚恳地夸了一句，"今天齐小雨的鬼点子，不错，不错。"

齐小雨被夸得有些飘飘然，走路都不能好好走了，蹦蹦跳跳的。林妤跟在身后，笑眯了眼看着她。

直到……

有间办公室的门打开，从里面走出一个挺拔的男子，在林妤未来得及惊呼的时候，齐小雨已经撞了上去，还是狠狠的，那男子踉跄了几步，幸好手及时扶着墙面，不然就得和齐小雨一起摔倒了。

齐小雨惊魂未定，看到男子的脸后，更是惊得说不出话来。

"你再这么莽莽撞撞的，小心下次摔破了脸，破相了，还要花一笔钱整容。"那人漫不经心地说。

齐小雨有些不乐意了，"陈秋末，没你这么咒我的啊。"话虽如此，但心中自是喜悦，方才还在想着的人此刻如此真实地出现在眼前，齐小雨就差大喊一声："Thank God！"

正要问他怎么会出现在这里的时候，办公室又走出来一个头发花白的老头，严肃古板地对齐小雨斥道："在办公室就听到你喧哗声了，你外公就是这么教育你的？没有一点礼貌，像个野孩子。"

齐小雨当然认识这个老头是谁，现任历史系的主任，以前外公是系主任的时候，他就和外公有点不和，见到齐小雨总是没好脸色，外公去世后，别的不说，牛气冲天算是看出来了。

毕竟是长辈，齐小雨当然不会明着去嘲讽他，只是一言不发，微低下了头，看上去像个犯错的孩子。

而后，听见陈秋末说："是我不小心，出门撞到了小雨，我的错。林主任就不要小题大做了，我的恩师对小雨的教育可是一点都没松懈，她很好。"

"是是是，我刚才说话是急了点。"林主任缓和了语气，赔着笑。

齐小雨拉着林好一起跟着陈秋末下楼，到了楼下，陈秋末停住脚步对齐小雨说："刚才林主任的话，你别放在心上，你很好，真的很好。"

他总共说了三次"齐小雨，你很好"。

她的心暖暖的，差点感动落泪。

陈秋末又说："等你毕业了，我有份礼物送你。"

"什么礼物？"

"到时候再告诉你。"陈秋末故作神秘。

齐小雨"哦"了声，见陈秋末打开车门要走了，急忙开口："我还没吃饭，你陪我一块吃饭吧，就当谢你刚才帮我说话。"

陈秋末皱了皱眉头，"怎么到现在都没吃饭？"

"忙，没时间啊。"

林好看出来齐小雨对这个叫陈秋末的不一般，忙找了个理由先闪了，她可是还有包括齐小雨那一份共两份考核表没写，眼看下午就要交了，哪里有时间出去做电灯泡？

陈秋末微笑着对齐小雨说："上车吧。"然后绕过车头，替齐小雨开了车门。

她还是第一次享受到这么绅士的待遇，心里乐开了花。

去的是一家烤肉店，这家烤肉店在江大很出名，江大的学生都爱来吃，因已经过了饭点，店里人不多。

陈秋末把菜单给齐小雨，让她点单。

看到齐小雨点的菜后，他忍不住提醒，"现在禽流感还在闹着，你就吃这么多鸡肉，你不怕得禽流感啊？"

齐小雨无所谓地说："怕什么？他敢卖，我就敢吃，我才不相信我有那么倒霉。"

陈秋末脱了外套，撩起白衬衫的袖子，倒显得随遇而安、不拘一格，抿了口大麦茶，线条刚毅的下颌性感魅惑，看得齐小雨心慌意乱。

陈秋末负责烤肉，齐小雨负责吃，气氛和谐，带点小幽默。在齐小雨的面前，陈秋末过分的健谈了，她以为外公喜欢的学生，一定是寡言少语的。看来，是她想错了。不过幽默风趣的男生也不错，她对他的好感立马上升了一个高度。

"我听允珍说，你这个月都没回家。"

齐小雨停下动作，赌气道："我不打算回那个家了。"

陈秋末笑着说："小孩子心性。"

"你比我大多少？说话老气横秋的。"齐小雨有些不屑。

陈秋末思考了会，"六岁吧，我上小学时，你还没出生呢。"

"切……"

这顿烤肉，齐小雨吃得有些撑，陈秋末特地跑了趟药店给她买了点健胃消食片，又买了些水果让她带回宿舍和室友分着吃，把她送回学校后，还问她要了手机，将私人号码存在了手机上，并对齐小雨说："有什么困难了，就来找我，还有，你得回家，你外公把房子留给你了，你得帮他好好照顾家。"

陈秋末的宝马开走后，齐小雨还站在原地，直到她的眼前闪过一双手，她才回过神，看向来人。

"高昊？是你啊。"

"刚才那是谁啊？"高昊语气不善地问。

齐小雨笑了，理所当然地说："我对象。"

这个高昊是齐小雨的同班同学，人长得清秀，个子高高的，篮球打得好，头脑比较灵活，用老班的话说，是个做新闻的好苗子，也算是新闻系的风云人物了。追了小雨好多年，齐小雨对他总之是各种说不出来的感觉，有时候很暧昧，有时候又很冷漠。他很照顾她，做的事偶尔会很感动她，但是他不足以令她心动。做朋友还是挺不错的。

"我不相信。"

"信不信随你啦。"齐小雨从袋子里拿出一个芒果递给高昊，"给你吃，我回去继续忙论文了。"

"等等，你话还没说清楚。"高昊拦住齐小雨。

齐小雨有些不悦，"我什么话没说清楚？"

"他叫什么名字？做什么的？"

"我不告诉你。"

高昊被噎得有些说不出话来，心也有点泄气，"你为什么就不能发现我的好呢？"

齐小雨很反感这样的质问语气，眼前的这个男生时不时表现出来的咄咄逼人的气势也是令她避而远之的原因之一。

齐小雨变得严肃起来，义正词严地说："你错了，高昊，我发现你的好，早就发现了，但你不适合我，我只是个很平凡的女孩，你尽量让自己很平凡，可是你的锋芒是盖不住的，你是海市高远的独子，我们这些人毕业了拼死拼活地忙着参加各类面试，而你却有着自己的新闻王国，说到底，起点不同，所以，你不适合我。"

说出这些话后，齐小雨想到了陈秋末，其实她和陈秋末的差距也非常大，但是她发现自己顾不上考虑这些，也许真的是因人而异的，她发现自己居然有喜欢陈秋末的勇气。

"你怎么知道我是高远的儿子？"高昊震惊了。

"我无意中听到老班和你父亲在打电话，然后我就留了个心，查了你的父亲。"

"这就是你总是拒绝我的原因吗?因为你觉得我们家世不相配?"

"是。"

高昊缓了缓语气,"小雨,你想太多了,我不认为我们不相配,我爸妈要是看到你,也会很喜欢你的,真的。"

"我还是对刚才送我回来的那个男人比较心动。"

高昊被气走后,齐小雨心情也有些低落。

带着心事回到宿舍,把水果分了分,然后打开电脑,准备重新写论文。

林妤看到蔫了的齐小雨,心想走的时候还挺高兴的,怎么回来就变成这副屄样了?

她推了推齐小雨的脑袋,安慰她说:"告诉你一个好消息,学委说你这种论文还没定稿的人,可以暂时不用交开题报告和考核表。"

这下子,齐小雨更觉得悲伤了。

随即,她又满血复活,嘲笑自己,根本就没有时间悲伤啊。她在网上又下载了几篇论文,仔细阅读,然后把有用的内容复制粘贴一番到自己的论文里,因为她再三把导师的话研读了一番,发现导师让她四处复制粘贴一下的暗示很明显。嗯,她决定听导师的话。

于是,五个小时后,一篇一万多字的论文就这么诞生了,她改了改格式发到导师邮箱里,才觉得松了口气,起身伸了个懒腰,洗澡,准备睡觉。林妤因为心情好跑楼上宿舍通宵打牌去了,另外两个室友还在家乡没回学校,齐小雨想,学校放出的话也不是金科玉律嘛,至少4月22日必须到校这个要求也不是每个人都必须做到的。

收拾好了自己刚躺床上,齐小雨就觉得有点不对劲了,一阵发寒后肚子就开始剧烈疼起来了,她连忙下床跑去厕所,就这样来来回回的,一直到身体虚弱,走路不稳。

她坐在书桌前,看着手机时间,九点半,想给陈秋末打电话,让他带她去医院。下午那顿烤肉最后是他付的钱,说到底是他拉她去吃烤肉的,如今她拉肚子有一半的原因肯定是那顿烤肉的错,这样想,齐小雨觉得陈秋末必须对她负责到底。

拨打了陈秋末的电话后,齐小雨有气无力地说:"快带我去医院。"

"你怎么了?"陈秋末声音清明,应该是没有睡。

"我拉肚子,虚脱了,还有点发烧。"

"稍等!我马上就来。"

挂了电话后,齐小雨换下睡裙,关了电风扇,无意间看到垃圾桶里的西瓜皮,她突然有点心虚,貌似、估计、可能不是那顿烤肉的错,她想起傍晚的时候,她偷懒没去吃晚饭,直接把林妤给她买的一整个西瓜都吃了,再加上晚上有些偏凉,她还吹着电风扇,不冻着就怪了。

怎么办?不然打电话给陈秋末让他别来了,她还是自己去校医务室吊点滴吧。

后来,她真的有打电话给陈秋末,解释了一番,让他别来学校接她了,可她的好意人家不领情,非得来接她去医院,好吧,那她就承受着吧,毕竟一天看几次陈秋末这种事,以后不常有。她花痴地想。

齐小雨估摸着时间,穿上外套,下楼等着陈秋末,片刻时间,陈秋末的宝马就停在眼前了,她直接坐进副驾座。

陈秋末一脸担忧地问:"现在好点了没?"

"不拉肚子了,但是有些发烧。"

"你打电话给我是对的,这件事我得对你负责。"

"谢谢啊,真感动。"勇于承担不属于自己的责任的人,都是好人,多大气啊。

陈秋末把齐小雨带到市人民医院,挂了急诊,医生说是急性肠胃炎,先给齐小雨配了药水,并叮嘱她每天都要来输液,不然病好不了。

齐小雨才不听他骗钱,拉着陈秋末就往输液室走。

值班护士给齐小雨扎了针后,偷偷瞄了几眼陈秋末才离开输液室,齐小雨有些吃味,心里咆哮道:那是我看中的人,不许你看,就不许你看。

可她忘记了,帅哥是公共的。

寂静的夜晚,几名值班护士轮流来慰问齐小雨,帮她调整点滴的速度,实际上就是为了来看陈秋末的。

齐小雨瞪着她们,她们也回瞪着齐小雨,陈秋末则在一旁看着电脑,似乎还在办公。

护士们走了后,齐小雨忍不住开口:"陈秋末,不然你给我向医院要个床位吧,我这两瓶水输完后,我也回不了宿舍啊,都锁门了,我就在医院病房将就下。"

"医院床位紧张着,你就别在这添堵了,我在学校附近有套小公寓,你今晚可以睡那里。"

"你服务态度真好。剩下的几天药水,你也来陪我输?"说出口后,齐小雨觉得自己好像有点厚颜无耻了,但内心还是忍不住在期待着他的回答。

"如果时间允许。"

齐小雨抢着说:"我都晚上来。"

"那没问题。"陈秋末爽快答应。

"陈秋末，你为什么对我这么好啊？"

"你外公在世时对我不错，我就当报答他了。"

"原来我是沾我外公的光啊。"脸上闪过一丝失落。

"要是你说我是个好姑娘，照顾我是应该的，我会更高兴啊。"齐小雨在心里腹诽。

得罪护士的代价就是她拔针时会特别用力，痛得齐小雨差点跳起来。

手肯定肿了。齐小雨可怜兮兮地用棉棒按着针孔。

陈秋末摸了摸齐小雨的额头，"还好，烧退了。"

柔情似水得令护士姐姐一阵羡慕嫉妒，齐小雨与护士姐姐这一战，齐小雨胜。

走出医院的时候，凉风习习，繁星满天，城市褪去了白日的喧嚣披上了神秘的薄衣，令人变得心旷神怡起来。

车子开在回学校的路上，可是目的地是学校周边的学区房玫瑰园，陈秋末的公寓。

这种期待中带着雀跃的感觉，真棒。

她不由得想，陈秋末对自己是不是也有点意思啊？

她狐疑地偷偷看了眼陈秋末，却还是被发现了。

"怎么了？"陈秋末问。

"啊？没什么？"齐小雨摇摇头，这下子彻底老实了，将头转过去看车窗外转瞬即逝的夜景。

陈秋末的公寓在12层，两室一厅，应该是定期叫人来打扫的，房子很干净。

日系风格的家居，很清新文艺。

"浴室柜子里有干净的毛巾和洗漱用品，房间里的被子也都是新

的。那你早点休息，我先走了。"

"啊？哦。"

她还想说这里反正有两间房，不可以一起住么？但想到她是女孩子，得矜持点，就打消了这念头。

"对了，近期不可以吃肉，要多喝粥才好得快。明天见吧，丫头。"

"嗯，明天见。"

齐小雨嘴角微扬，点了点头。

翌日清早，齐小雨起床后特地先去学校食堂喝了碗热腾腾的粥才回宿舍。

刚开门，就看到林妤苍白着一张脸躺在客厅沙发上闭目养神。林妤听到动静，睁开眼瞧见是齐小雨，狐疑地坐直身子，"稀奇了，你起这么早。"

"我昨晚没睡宿舍啊，你不知道？"

"我刚回来。"林妤有气无力地说。

"不是吧。你打牌打到早上才回来？"齐小雨一脸诧异。

"黄佳佳心情好，就陪着了。"

齐小雨一边推开房间门，一边随口问："心情好？论文过了吗？"她记得黄佳佳的论文指导老师是耿笑，因为其座驾是奥迪Q6，学生就直接称她为Q6，为人古板高傲爱炫耀，是这届毕业论文指导老师中最奇葩的杀手，落在她手里的学生不死也被扒层皮。

"还没，不过发生了一件很喜感的事情。她把论文指导老师搞错了，昨天下午她真正的论文指导老师打电话给她问她怎么还不交论文初稿给她，黄佳佳都蒙了，挂了电话后才明白为什么Q6动动嘴那么轻易地就毙了她三稿论文，Q6压根不是她的指导老师，她的指导老师是卢静，然后黄佳佳立刻删掉了她最新写了一半的第四版论文，随便发了一份之前写的论文给卢静老师，说是差不多可以了。"

"你那青梅竹马的事迹可真传奇，Q6真不厚道。"

"是啊。你昨晚怎么回家了？"

"谁说我是回家的？"

"那你去哪里了？"

"陈秋末家。"齐小雨面带微笑地说。

林妤觉得难以置信，"真的假的？昨天下午那个男人？"语气里多了几分激动。

"是啊，帅吧？"

"看来高昊是真的没希望了。话说，你们进展这么快？你都去睡他家了，这不太好吧。"

齐小雨决定不逗她了，把昨晚发生的事情对林妤说了一遍。

林妤赞赏道："这男人真靠谱。难怪你会心动呢。"

齐小雨觉得林妤的这个说法真稀奇，"你也觉得我心动了？"

"是啊。大学四年，你对男生惯有的两个原则，第一，从不主动；第二，从不喜欢。你冰美人的称号可不是白来的。"

齐小雨有些惆怅，"总觉得我们俩的距离太遥远了，没有可能。"

"那就先做好朋友吧，不是有那么一首歌这样唱着：不敢放心爱你，再爱就伤感情，保持安全距离，好朋友才是最好的关系，太珍惜太想继续太在意，我们的这份默契，情愿现在这样，留在原地。"

齐小雨恍悟，"难怪你要和徐行之保持距离。"

"唉，在说你和陈秋末的问题，别扯到我和徐行之身上啊。"林妤逃避着，偏过头去，开了桌上的电脑。

自从交了论文二稿后,齐小雨身心就放松下来,此刻正百无聊赖地浏览着网页。

手机放在桌上,一直安静地存在着。

在她不知道自己已经瞥过去多少眼后,屏幕终于亮了,随即突兀的来电铃声传入耳中。

看到手机屏幕上显示着陈秋末的名字后,齐小雨激动得站起身来,小心翼翼地抓着手机走到阳台,按捺住内心的波涛汹涌后,按了接听键。

"喂?"声音都不自觉地放柔了。

"回学校了吗?"

"回了。"齐小雨嘴角的弧度不自觉放大。

"早饭吃了没?"

"吃了。"

"感觉好点了吗?"

"好多了。"

"你现在在做什么?"

"等着论文导师的二稿意见。"齐小雨一板一眼地回答着。

"嗯,我有事先忙了。有事打电话给我。"

"好,你忙啦。"

挂了电话后,那股甜蜜的感觉在心中萦绕,久久不散。

林好一脸坏笑地凑过来,"你笑得好淫荡。"

齐小雨立马收敛了自己的表情,嘴硬道:"哪有!"

后来一整天,齐小雨的心情都很郁闷。

原因无他,林好意味深长地问了一句:"他有女朋友吗?"

齐小雨哑口无言。

不知道。

转念一想，会是那个华文银行董事长的女儿葛菲吗？

暮色四合之际，陈秋末如约而至。齐小雨望着他下车，夕阳的余晖落在他的脸上，他逆光走向她，笑容明媚。齐小雨怔了怔，心怦怦跳着，恍若置身于这世间最美的梦里。

"等很久了吗？"他的声音带着宠溺关怀，齐小雨的心却不由得多出了丝患得患失。

这样的温情能持续多久？

真的害怕他会不见。

或许最安全的距离是好朋友，可是总会有那么一个人出现，让人心生贪婪，想要得更多。

而这种欲望，不受控制，越来越膨胀。

齐小雨想，这大概就是爱情的力量，窃喜、彷徨、无措，竟半点不由人。

去医院之前，陈秋末带齐小雨去了一家连锁粥店，点了两份招牌粥以及几样小菜，店里人满为患，气氛热闹。

齐小雨的沉默成功引起了陈秋末的关注，看她闷闷不乐的样子，陈秋末关心道："你怎么了？身体还是很不舒服吗？"

"没有，我在想，我会不会耽误你和女朋友去约会。"这个试探性的问题终于还是问出口了，可是她一点也没有如释重负的感觉，相反，她的心揪成了一团，是那样害怕听到她不愿意听到的答案。

陈秋末失笑，"不会。"

她暗自呼出一口气。

"葛菲葛小姐是你喜欢的类型吗？"齐小雨觉得自己紧张得都快

窒息了,害怕陈秋末会发现她的心思,可是不问出个结果,她又不会死心。

陈秋末愣了愣,"原来你也关注八卦新闻啊。"

"是啊,人都有好奇心嘛。"

"她是我的一个妹妹。"陈秋末解释,表情淡淡的。

在听到这句话后,齐小雨终于放下心来,强抑制住内心的喜悦。

陈秋末微微蹙眉,觉得对面的这个女孩眉眼温和了许多,一个念头涌上心头。

她该不会对自己有意思吧?

一时之间只剩下了沉寂,尴尬悄然滋生。

陈秋末吃了口招牌粥,爽滑细腻,入口即化,可是总觉得有些隐隐的苦味。

那晚之后,齐小雨发现陈秋末似乎变得很忙碌,陪着她去医院的人换成了他的助理高斯,输液的时间也由晚上变成了白天下午。

齐小雨不得不状似无意地向高斯打探下陈秋末在忙什么。

"陈总近期要和华文银行签项目合同,一直在和法务部以及各部门开会。"高斯毫不避讳地坦言,他想眼前这位齐小姐跟陈总应该关系匪浅,不然陈总也不会让他来照看她了。

"你知道陈秋末有女朋友吗?"

"没有吧,陈总的生活很规律,不抽烟不嗜酒,除了要应酬外,他一般下班都是先去超市买菜回家自己煮。"

齐小雨惊讶,"他自己做菜?"

"是啊,陈总单独住在外面的公寓,家里的保姆只是偶尔去做些打扫,是上得厅堂入得厨房的好男人。"高斯一脸敬佩。

时间一晃至月末,劳动节放假前夕。

自从齐小雨病好后,陈秋末就再也没有主动打电话过来了。

这让齐小雨有些失落。

暗自想他是不是工作太忙了,所以才不联系她。

夜深人静时,躺在宿舍床上,蓝色蚊帐被电风扇吹得鼓鼓的,她辗转难眠,听到林妤的动静知道她还没睡,便把自己的心思说给林妤听,林妤想了会,忐忑地问:"他是不是在躲着你啊?"

"干吗躲我?"齐小雨有些怒了。

林妤开玩笑地说:"莫非你盯着他如狼似虎的眼神吓到他了?"

"有吗?严肃点。"

"你是不是表现得太过明显了,让他发现你喜欢他,然后他就躲着你了。"

"他那么聪明?"

"你以为谁都跟你一样笨啊。"林妤嫌弃道。

齐小雨心情更加低落了,"他躲着我,代表着他对我没意思。是不是?"

"亲爱的,死心吧。"

"我们才见过几次面啊,他对我又不了解,时间相处久了,怎么就知道他一定不会喜欢我呢?"齐小雨不服气。

"或许是我想多了吧。"林妤小心翼翼地说。

齐小雨明白,她的内心其实是承认林妤的分析有道理的。

林妤适时转移话题,"你明天回家吗?"

"本来不回的,但是今天论文既然定稿了,我心里的石头落下了,你都回家了,我一个人留在宿舍很没有意思。"

"也是,眨眨眼,四年快要走到尾声了,就差答辩了。"

提及毕业分别,总是个让人黯然神伤的话题。

"睡吧。"齐小雨的声音有些哽咽了。

舍不得分别，真的舍不得。

第二天，齐小雨一觉睡到自然醒，简单地收拾了些衣服，和林妤走到学校东门口等公交车。

公交车走走停停，到小区门口时差不多到饭点，齐小雨的脚步有些迟疑。

今天是劳动节放假的第一天，估计家里想见的不想见的都在，一想起舅妈，她就不想回家。

只是，令她没有想到的是，外公的别墅正在装修，家里只有施工的工人。

听工人说，她的舅舅舅妈以及允珍早在一个星期前就搬出去住了。

她望着忙碌的工人身影，以及满屋狼藉，有了一种物是人非的感觉。就连外公的房间都被占用了。从此以后，这栋别墅里再也没有属于外公的房间了。

齐小雨眼中含泪，眸光愈发闪亮。

居然没有一个人告诉她家里在装修。连允珍都没告诉她。

她突然有了一种被全世界抛弃了的感觉。尽管她心里清楚允珍可能是忙忘记了，可就是无法释怀。

转身神情黯然地离开家，在小区外拦了辆出租车打算去大吃一顿。

只是，心中累积的委屈，促使眼泪掉落得愈发汹涌。

出租车司机透过后视镜看到齐小雨满脸泪痕，犹豫许久终究没有开口说什么，齐小雨将头转向窗外，望着外面人满为患的街道，别人的脸上挂着幸福璀璨的笑容,而她……不由觉得异常讽刺。

目的地时间小筑西餐厅很快就到了。

旧时的红色小洋楼掩映在枝繁叶茂的绿荫后,鲜花环绕,微风轻拂,一派闲适,洋楼前是露天座位,此时正有几位客人懒懒地晒着太阳享用羊排,欢声笑语地交谈着。

齐小雨由侍应生领到二楼,踏着木制地板的哒哒声清脆悦耳。

挑选了一个靠窗的位子,点好餐,侍应生离开后,西餐厅的音乐切换了。

熟悉的旋律在空气中流淌着,翩跹而至。

是那首由霍尊演唱的古风曲《卷珠帘》,数月前一夜爆红,曲中词间,勾人泪下。齐小雨当时很喜欢霍尊那类似中孝介的唱法,随大流一遍一遍地听了好多回,所以也就记忆深刻。

> 镌刻好,每道眉间心上
> 画间透过思量
> 沾染了,墨色淌
> 千家文,都泛黄
> 夜静谧,窗纱微微亮
> 拂袖起舞于梦中徘徊
> 相思蔓上心扉
> 她眷恋,梨花泪
> 静画红妆等谁归
> 空留伊人徐徐憔悴
> 啊……胭脂香味
> 卷珠帘,是为谁

都是深爱 | 所有的秘密

  啊……不见高轩
  夜月明，此时难为情
  细雨落入初春的清晨
  悄悄唤醒枝芽
  听微风，耳畔响
  叹流水兮落花伤
  谁在烟云处琴声长

  望穿秋水，不见高轩。
  正当她感动于歌词的动人即将潸然泪下时，眼角的余光却瞥到了一个熟悉的身影。
  齐小雨望过去，斜对面的那一桌，坐着两个客人。背对着齐小雨坐着的那个人的侧脸，和陈秋末如此相像，哦，不，不是相像，他就是陈秋末。坐在他对面的那个女人，长发飘逸，妆容精致，笑得如沐春风，美好得叫人嫉妒。
  如此狭路相逢。
  在眼中打着旋儿的眼泪一下子忘记了流下来，齐小雨的眼睛直勾勾地盯着他们看。
  心里忍不住猜想，他们是什么关系？
  没过多久，齐小雨便得到了答案。
  因为……
  "秋末哥，我喜欢你，你跟我在一起好不好？"那个女人的眼睛炯炯有神，带着期盼与迫切。
  这突如其来的表白，震惊了齐小雨。不过就是到她和允珍常来的餐厅吃饭就碰到了这么一出表白戏，未免人品太好。他呢？会做出什么反应呢？

"葛菲，不要胡闹。"陈秋末的语气带着威慑。

齐小雨看不到陈秋末的表情，只是听到他的话后，她才猛然记起坐在陈秋末对面的女生就是曾经和他传绯闻的葛菲，华文银行董事长的千金，陈秋末口中的妹妹。

"秋末哥，已经很多年了。已经很多年了，明明知道不能爱，偏偏还是爱着，还是没有放弃，就这么一年一年地坚持了。"

"小菲，你值得更好的男人。你懂吗？"

"我不好吗？"葛菲不死心地问，默默流泪，看上去楚楚可怜，惹人怜爱。

"不，你很好。"

"不要跟我说我很好，如果我真的很好，你为什么不要我？"葛菲哭着质问。

"这是第一次，也是最后一次，我不希望再听到你对我说那些话。我不喜欢。"

"是啊，你喜欢的人另有其人，在你心里，我永远都不如她好，你可以为她放弃所有。"葛菲在心里默默说着，心痛到极点。

"你放心，这是最后一次。我走了。"她故作骄傲地昂起头起身离开。

这最后的机会，终究是什么都改变不了。葛菲不禁自嘲地笑了。

齐小雨回过神来，发现自己脸上都被泪水沾湿了。

许是有种如坐针毡的感觉，陈秋末无意转过头，便与齐小雨的视线撞在一起，足足愣了好几秒。

"小雨。"他的声音带着不可置信，这座城市什么时候变得这般小了，竟然到了转头就遇到熟人的地步。而方才的那一幕，竟然全落

入她的眼中了，不免感到有些不自在。

齐小雨用手擦了擦脸上的泪，却怎么也擦不干净，她哽咽着声音，强颜欢笑道："嗨！"

"你怎么哭了？"陈秋末走过来，坐在齐小雨身边。

"我难过啊。"齐小雨如实回答，鼻子酸酸的。

"怎么了？"陈秋末担忧地问，凑到齐小雨眼前，从口袋里掏出手帕，体贴温和地替她擦干净脸。

"谢谢！"她的眼神自始至终都在躲避。

"发生什么事了？"

"只是觉得太孤单了，心里空落落的。"

"我看不止是这么简单吧。"

齐小雨嘟囔了句："你最近是不是在躲着我？"

陈秋末没有想到齐小雨会这样直白，以及心思通透，有些不好意思，否认着："没有啊，我就是最近工作太忙了。你不要想太多。"

他眼眸中的迟疑闪烁令齐小雨更加坚信了自己的猜测，真的如林好分析的那样，因为觉得她喜欢他，所以他躲着她。

齐小雨也不追究，"我听你的话回家了，兴致勃勃地回家，可是家里在装修根本就不好住人，他们都没告诉我，没有人在意我的想法，连允珍也是。"说到此，愈发地觉得委屈起来。

陈秋末还没想好要怎么安慰她，这时，餐厅侍应生端着餐前开胃菜过来。

"你得对我负责。"齐小雨泪眼婆娑地说，语气中颇有种无理取闹的意味。

侍应生愣了愣，狐疑地看了齐小雨和陈秋末一眼，忍着好奇心撤离现场。

陈秋末笑了笑，顺着她说："好，好，好，都怪我劝你回家。你要我怎么负责？"

齐小雨破涕而笑，讨好地说："你做我哥哥吧，以后随传随到。我孤独寂寞的时候你要陪着我，我难过伤心时你要陪着我……"

不等齐小雨继续说下去，陈秋末便爽快地打断她："好，没问题。"

齐小雨想，她成功消除掉陈秋末内心对她的顾忌了。

不能让你爱上我，便让你习惯我。

只希望有一天这习惯深入骨髓，你压制不住。

我便真的可以存在你的心里了。

陈秋末陪着齐小雨用完午餐后，一时之间齐小雨也不知道要去哪里打发时间。

车子急驰在路上，齐小雨托腮倚在车窗边，望着外面不断后退的街景，问："陈秋末，你为什么要拒绝葛菲呢？"

"我们从小一起长大，如果能喜欢，早就喜欢上了。"

"原来是这样啊。"

"我打电话给允珍，让她来接你？"

"我不要。"齐小雨语气坚决，"你送我回学校吧，你不要告诉允珍我今天哭过的事情。"

"好，我什么都不说。"

但，终究还是在和陈秋末分开不久后接到了允珍打来的电话。

齐小雨情绪不高地喊了声："喂？"尾音拖得老长。

"对不起，小雨，我最近心情不好，每天都过得稀里糊涂的，居然忘记告诉你家里的事情了。"允珍的语气很着急，充满歉意。

齐小雨在心里骂了陈秋末一句"骗子"后，淡淡地"哦"了一声，然后问："你发生什么事了？还有家里为什么会突然装修，连外公的房间都没有了？"

"外公的房间？"允珍迟疑了一番，无奈且惋惜地说："对不起，我也不想的，我无能为力。"

齐小雨一阵气闷，有些烦躁地说："谈允珍，你不要什么事都不反对好不好？你没有自己的想法吗？你为什么什么事都要听你爸妈摆布？"

允珍突然打断齐小雨，说："小雨，我可能快要结婚了。"

允珍的声音很低，但是一字一顿的，齐小雨听得很清楚。她之所以没有立即答话，只是因为她感到太意外了。

隐约觉得有丝悲剧的成分在，齐小雨问："你什么时候有男朋友的？我怎么不知道？"电话那头，她似乎听到允珍笑了，十分刻意，有种故作轻松的成分在，随后便听到她说："相亲啊。"语气是那样的理所当然。

"什么时候的事情？"齐小雨追问。

"小雨，我们见一面吧，我去你学校接你，然后我再详说。"

挂电话前，齐小雨抱歉地说："姐，对不起，这段时间我自顾不暇，那么忽视你。"

"不是你的问题，是我自己，对爷爷的死，我感到很羞愧，觉得无颜面对你。"

通话戛然而止，留给了小雨满腹疑问。

半个小时后，允珍开着一辆宝石红保时捷小跑出现在小雨面前。

一分钟前，这辆红得张狂的小跑车缓缓开在随园路上驶向齐小雨，齐小雨从没想过开车的人是允珍，即便是现在她也觉得难以置信。

她怔怔愣在原地，内心极为复杂，那种不好的预感一直萦绕在心头。

允珍下车，将愣神的齐小雨塞进车里，然后开向学校西门出去，吸引着路过的女同学的眼球。

车好看、驾驶员年轻、出现在学校，不是富二代就是被包养。而正常人一般都会倾向于后者，所以刚才那位女同学才会一边羡慕一边嗤之以鼻。齐小雨十足理解她的想法，就连她最好的朋友林好曾经都很鄙视开红色小跑的女人，她说红色小跑像小三开的车。

齐小雨内心千回百转，谈允珍却什么都不知道。

"你什么时候换的车？"齐小雨谨慎开口询问。

"前天提的车。"

"你哪里有钱换车的？"舅舅应该不会在公司稍微有点好转的时候就出这笔钱。

"你未来姐夫送的。"

齐小雨明白谈允珍特地用"未来姐夫"这个词而不是单纯的"他"来形容那个男人，显然是在强调这个婚是一定要结的，没有反悔的余地。

"看来他很喜欢你。"

允珍看了眼齐小雨，风轻云淡地说："他不是喜欢我，是为了补偿我。"

"补偿？为什么？"

"他比我大十岁，是个离婚男，有个八岁的儿子。"

"什么？"齐小雨只觉得不可思议，"舅妈会同意你嫁给这样的男人？"

"同意了。家财万贯，为什么会不同意？"允珍笑了，似在自嘲。

"姐,是他们逼你的对不对?"齐小雨情绪激动地问。

"没人逼我,是我自愿的。"

"为什么?"她是真的无法理解。突然之间,所有的事情都好像变了个样子,让她无从适应。

"或许从前的我做得不够好,但是往后的我真的会努力维持这个家。爸妈给了我二十六年无忧无虑的生活,我必须要报答他们,我做出牺牲也是应该的。"

说话间,车子开进一处高级别墅小区,七绕八绕地停在其中一栋的车库里。

白墙黛瓦的三层别墅,仿古风格,比外公家气派许多,门前的私家花园里,青竹繁密茂盛,茁壮成长。

"这是我的新家,我爸妈暂时也住在这里,等我们家装修好了后他们再搬回去,他们今早跟旅行团去千岛湖玩了。"

齐小雨跟着允珍走进别墅,在玄关处换上新拖鞋,抬头后映入眼帘的便是一派奢华典雅的装修风格。

客厅白色沙发上坐着个小男孩,在看动画片,齐小雨想那就是所谓的未来姐夫的小拖油瓶了。

"深深,过来跟小雨阿姨打招呼。"谈允珍对那个小男孩说。

齐小雨本以为那个小男孩不会听话的,毕竟天下继母都担着不好的名声,就算是八岁的小男孩,也会对继母有所敌视的吧。然而,事实却是,深深微笑着,礼貌地冲着齐小雨喊了声:"阿姨好!"

齐小雨有些无从适应,匆忙应道:"你好,深深。"

允珍朝着楼梯间往二楼喊:"云超,快下来,我妹妹来了。"

家里的保姆已经周到地端来了西瓜汁,齐小雨盯着深深看了一眼,长得挺可爱的,不知道调皮不调皮。

听到有人下楼的声音,齐小雨望过去,便看到了允珍的未婚夫,脸上的轮廓硬朗俊逸,无框眼镜后是一双深邃的眼睛,穿着一件白色的衬衫,长袖卷起,露出名贵的手表,左手无名指戴着一枚铂金戒指,下身穿一条深蓝色牛仔裤。

"小雨,这是葛云超。云超,这是齐小雨。"允珍热情介绍道。

葛云超微笑着表示对齐小雨的欢迎,"你好,小雨。"

"你好。"不知道要怎么称呼他,葛先生?葛云超?姐夫?似乎都觉得不甚妥当,索性就不称呼了。

"我已经让张妈把客房准备好了。"葛云超对允珍说。

齐小雨又偷偷看了眼葛云超的举手投足。

诚然,确实能够看出他经过了岁月的洗礼,只不过不是在外表上,而是在那份气质上,时间给予了他熟男的魅力,温文儒雅,成熟稳重。似乎,允珍嫁给这样的男人,不吃亏。这副好皮囊给他加了分。

知道允珍要和齐小雨谈话,葛云超让深深和他一起上楼,小男孩开心地奔上楼去了。

"晚上我们去外面吃饭,我已经预订好了餐厅。"葛云超上楼前对允珍说。

而后,偌大的客厅里就剩下了允珍和齐小雨。

齐小雨坐下,端起茶几上的一杯西瓜汁,抿了几口,一副洗耳恭听的样子。

"他是华文银行的总经理,前妻现在在国外生活,已经结婚了,我们在前不久相亲认识,对彼此挺满意的便确定关系了。年初的时候,我看星座说我会闪婚,还真给说准了,我们打算下周去领证,然后筹备婚礼。"

"需要这么着急吗?也许,你再等等,顾祁微会回来找你的。"齐小雨有种如释重负的感觉,她终于还是说出了那个名字。

顾祁微,一直都是一根刺般的存在。

允珍苦笑,"我不想再等了,他不会回来了。"

谈允珍的初恋顾祁微三年前出国读书后就杳无音讯,齐小雨一直都替他们感到可惜,因为如果当初不是因为舅妈的反对,他们早就有情人终成眷属了。对于顾祁微的放弃,允珍一点也没有怪他。只当是这辈子无缘。这些年,她不再交男朋友,潜意识里,齐小雨觉得她是在等着顾祁微回来找她。

只是顾祁微终究还是辜负了允珍的最美年华。一场没有结果的等待,令人唏嘘不已。

"没有爱情的婚姻能够维持多久?"齐小雨认真严肃地问。

"傻小雨,婚姻不需要太多爱情,只要有走一辈子的勇气与决心就可以幸福。"允珍说得很笃定。

齐小雨不知道要怎么反驳,想起了什么,问:"深深对你满意吗?"

"他是个懂事的好孩子,很尊重我,我很喜欢他。"

"我都不知道我要怎么劝说你了。"齐小雨心烦意乱地别过脸不去看允珍。

允珍双手搭着齐小雨的肩膀,"你其实也觉得葛云超不错的。是吧?"

"你可以幸福吗?"问出这句话时,齐小雨觉得喉咙一紧,鼻子和眼睛酸酸的,差点落泪。

"我应该可以幸福的。"允珍回答得谨慎,幸福与否,仁者见仁智者见智,未来的事情,她不敢打包票,但会尽全力让自己幸福。

G会所号称江城最奢华的顶级私人会所，为全球CEO等高级商务人士服务，除提供高品质的餐饮服务外，还包括酒吧、游泳池、健身房、美容室、雪茄吧等配套设施，不对外营业，实行会员制，葛云超持终身会员卡，一路畅通无阻，从地下停车场直接由专人领着坐电梯到包间，脚踩在厚重的羊毛地毯上，价值不菲的水晶吊灯发出璀璨夺目的光芒，巨大的落地雕花屏风将餐桌与沙发隔开，沙发旁用假山与鹅卵石营造出小桥流水的意境，空气中飘散着清新的花香，落地窗外是整座城市的俯瞰图，灯火辉煌，精致绚烂。

　　墙上的电视可用来点餐，葛云超将点餐这件事交给齐小雨与深深负责，看着图片与介绍，只管选择自己爱吃的。点好餐后，没过多久，葛云超的手机就响了，他报了包间的号码，随后挂了电话，对允珍说："今晚我安排了葛菲和邹邑相亲，我怕葛菲这丫头放邹邑鸽子，便让他们到我们包间来。我亲自为他们介绍，权当看着葛菲避免她再胡闹。"

　　"你这样逼着她好吗？"允珍有些担心。

　　"这丫头执迷不悟，不逼着不行。"葛云超神色凝重。

　　允珍不好再说什么，对齐小雨说："待会你不要感到拘束，来的人是你姐夫的妹妹葛菲。"

　　"嗯。"齐小雨心不在焉地说。

　　这一天发生的事情未免太戏剧化了，在一天里的两个时间段，齐小雨遇到了同一个人——葛菲。中午的时候，葛菲还一副非陈秋末不可的样子，却在晚上的时候被逼着来相亲。不知道她待会会不会做出什么出格的事情来。

　　不多久，包间里就又多了两个人，葛菲以及邹邑。很明显，葛菲经过了精心打扮，身着宝蓝色挂脖吊带长裙，露出性感的后背，肤若

凝脂，头发被扎成马尾盘在脑后，Dior的黑色墨镜加上绚丽的红唇，使得她看上去更加风情万种。

她美得惊心动魄。

齐小雨真的觉得很是可惜，这样的一个人也会爱而不得。

与邹邑站在一起，倒也算是般配。葛云超对葛菲的配合行为感到十分满意。

六个人入座后，会所工作人员开始陆续上菜。

葛菲取下墨镜后，显得意兴阑珊，兴致缺缺。显然，邹邑已经被她的美所折服了，他看着她的眼神就好像会发光一般。

一顿饭吃下来，其他人都是处于安静状态，只有邹邑和葛云超在聊着天，志趣相投，葛菲恶毒地想这两个人应该配对。

晚餐结束后，沉默许久的葛菲突然问邹邑："我们下周订婚？"

她的语气就好像在说一件事不关己、无关紧要的事情。

葛云超知道葛菲一定是受了什么刺激了，不过，既然她这么主动地提到婚事了，他岂有不成全的道理。

邹邑从兴奋中回过神来，"好啊。"

"近期就把消息发给媒体吧，我葛菲的婚礼一定要盛大豪华。"

"那是必须的。"邹邑咧开嘴笑着。

走到G会所地下车库，葛菲先行开车离开，邹邑望着她潇洒的背影，对葛云超说："我真喜欢令妹这种直爽不矫揉造作的性格，对我胃口。"

"希望你们能有个好结果。"葛云超皮笑肉不笑地说。

"会的。"邹邑颇为自信地说。

午夜梦醒，月光透过窗户撒了一地，天边繁星点点，遥远清冷。

齐小雨坐起身来，扭亮了床头的落地灯，朦胧的灯光照在她的脸上。

她把额前的头发抓到脑后，疲惫地闭了闭眼睛，方才的梦境一下子蹿进脑海中，清晰真实。

梦里的她正在参加葛菲与邹邑的婚礼，可是后来宣誓后交换戒指的时候新郎的脸突然变成了陈秋末的脸，她一下子就惊醒了。

看了看手机的时间，她11点睡下，只不过才睡了两个多小时。

晚上葛菲一定是受到了陈秋末的刺激，所以才会那么爽快地就答应了和邹邑发展感情。

陈秋末啊，你看，你伤了好些人的心呢。

劳动节假期过后，齐小雨回到学校。

宿舍里除了林好，另两位长期没回来的唐津津和谢畅也都在了，四个女孩子特地去学校的小食堂吃了顿团圆饭，她们四个都酷爱这家的水煮肉片，料多，口感别致。

唐津津语气夸张地说："离校的这几个月，我最最最想念的就是这家的水煮肉片了，你们就好了，在江城工作，以后想念了都能回学校看看。"

"你们也可以常常回来啊。"齐小雨笑着说。

"工作很忙啊，天天都要加班。"谢畅有些惆怅，

唐津津和谢畅都是江城人，现在都在广播电台实习，等着转正。

齐小雨得意，"我看到你的QQ签名了，同情你，理解你。"

谢畅摇摇头，意味深长地望了齐小雨一眼，"不不不，你不理解，我还要忍受高昊时不时的电话骚扰，总是打电话过来向我打听你的事情，有时候真恨不得换手机号码。"

齐小雨讪讪一笑。对付高昊，她就是换了一张不用实名制的黑

卡,让高昊没办法查到她的手机号码。

"Sorry啦。"

"听说你最近情窦初开了,那个叫陈秋末的你真的喜欢吗?"唐津津插嘴。

"林妤,你个大嘴巴。"齐小雨作势要揍林妤。

"姐妹们都很关心你的人生大事啊。"林妤说得理所当然。

"现在你们的关系怎么样了?"唐津津追问。

齐小雨想了想,说:"没怎样。就是我暂时消除了他对我的戒备,以后慢慢让他熟悉我。"

"情路漫漫,任重道远啊。"谢畅感慨道,停顿了下又继续说,"不过有林妤陪着你,她情场高手的招都可以教你,包管你抱得美男归。"

"我什么时候自诩过自己是情场高手了?"林妤笑问,心里有些不舒服。

"你不要否认,把徐行之吃得死死的,还不算情场高手啊?"谢畅眼中一闪而过的失落,被齐小雨捕捉到。

少女的心事,自以为隐藏得滴水不漏。但一起生活了那么久,她的神情,她的语气,所有的变化都是那么的分明。齐小雨知道,唐津津知道,甚至林妤也知道,谢畅偷偷喜欢着徐行之。

这也就是为什么明明林妤和徐行之互相喜欢,林妤却没办法和徐行之在一起的真正原因。

这是一段不想毁掉的珍贵友谊,只好稍稍先牺牲下爱情,权当是以后路途的试金石。

林妤谨慎地说:"徐行之和陈秋末不是一个路数的好吗?明显,陈秋末难度系数直逼医学院的苏冕苏教授。"

"拜托！据说苏冕是因为喜欢男人，所以才一直久攻不下。"唐津津默契接话。

"津津你这么说，我好像也不确定陈秋末是喜欢女人的。"齐小雨心中隐隐不安。

"怎么了？"

"我看到他拒绝了葛菲的表白，葛菲那么漂亮的女孩，都没达到他的要求。"

其他三个人面面相觑。

齐小雨莞尔，"不过，因为是他，让我多了许多的斗志，似乎不惧等待了。"

齐小雨她们已经吃得差不多的时候，高昊来了，远远的，意气风发的样子，倒是看到齐小雨她们的时候愣了愣，似乎是没有想到会这么凑巧，嘴角的弧度微微上扬，露出洁白的牙齿，笑容爽朗清新。

与高昊一直交好的谢畅说了句"见鬼！"后对上其他三人审视的眼神，委屈道："我没让他来，真是凑巧。我是清白的。"有种欲哭无泪的感觉。

这个食堂离男生宿舍楼是最远的，一般很少见到男生来吃饭，也因为如此，齐小雨她们便爱来，安静。

高昊已经走近，"难得见到你们四个人在一起吃饭。谢畅，你回来了啊，好久不见，回来都不告诉我一声。"

"告诉你个鬼！别来烦我。"谢畅不给好脸色，起身离开。

齐小雨刚要走，就被高昊拉住了手臂，"我听说你和林妤签约了江城电视台，做新节目的外景记者。"

"你听谁说的？没有的事。"

"老班。"高昊玩味地笑了，一副你无从抵赖的模样。

"哦，怎么？你也感兴趣？"

"小雨，你若是愿意，我可以让你有更好的地方去。"

"不劳烦你了。"齐小雨冷冷地挣脱开他的手，拉着林妤快速离开。

脸上的厌恶再一次刺激到了高昊，他受伤的表情落在林妤眼角的余光里。走出食堂后，林妤觉得不安，"小雨，你为什么那么讨厌高昊？"

"讨厌他，当然是因为他做了讨厌的事情了。"

"他做了什么？"

"我忘记了。"齐小雨闷闷地说，躲开了林妤灼热的眼神。

林妤也不好继续追问，望着齐小雨的背影，猜测一定是一件很深刻的错事，才会让她如此厌恶高昊。现在她不说，或许是因为她还没有释怀，还没解开心里的那个结。

她想，都快毕业了，高昊也应该要放弃齐小雨了吧。这两个人大概以后都不会再有什么交集了。

毕竟如果在最美的时光遇到的是错误的人，也是一件令人感到异常心痛的事情。

葛菲与邹邑即将订婚的消息在网络上传得沸沸扬扬的时候，齐小雨正和宿舍其他三位姐妹在图书馆里改毕业论文的格式与错别字，喝着奶茶，吃着零食，身心轻松，偶尔戴着耳机看电影，惹来学弟学妹的一番嫉妒羡慕，这种滋味爽极了。毕业论文答辩的日期已经公布，5月7日开始，齐小雨和林妤是在第一天，而谢畅和唐津津是在最后一天，这让赶着回去上班的两人，恨不得掬一把老泪甩在老班脸上。

在学校打印室排队打印完论文后，齐小雨交给学委后就和林妤她们出去逛街了。

夏装上市，喜欢的店都不打折。

齐小雨连试了几件衣服，都以扫兴结尾，看中的裙子都得小几千，这还让不让人活了？

"我都想自己做衣服去了。"齐小雨哀怨道。

"是你眼光太高了。走，跟着姐姐去小牌子店逛逛。"林妤拽着恋恋不舍的齐小雨离开。

最后在Only买了一件套裙，草草收尾。

走出商场时，外面已是华灯初上，车水马龙的街道上，一派喧嚣繁华。

逛得腰酸背痛打算找家店吃晚饭歇脚的时候，齐小雨收到了陈秋末的来电，她让林妤她们等等她，她要接个电话。

"喂？"

"在哪呢？"陈秋末的声音自无线电波传来显得更加有磁性。

"在百货公司门口。"

陈秋末轻笑，"我还以为自己看错了，没想到真的是你啊。"

"你也在这里吗？"齐小雨觉得惊喜。

"是啊，正准备吃饭，你快来吧，我在旁边的橘子洲酒店的啤酒餐厅。"

齐小雨有些为难，"我还有三个朋友也在。"

"那就一起来啊。"

听到陈秋末这样说，齐小雨笑逐颜开，"好，马上就来。"

"姐妹们，去吃德国菜，顺便见见把我迷得神魂颠倒的帅哥陈秋末。"齐小雨压低了声音激动地宣布。

"真的假的？"谢畅惊呼。

"比珍珠还真。"齐小雨得瑟地挽着林妤的手臂往旁边的橘子洲酒店走去,谢畅和唐津津紧随其后。

走在扶摇直上的楼梯上,齐小雨不忘小声提醒:"姐妹们,看人归看人,别说错话啊,我可是好不容易洗脱自己看上他的嫌疑。"

"明白,放心好了,不会坏了你的事的。"唐津津贱贱地笑着。

啤酒餐厅以纯正的巴伐利亚风味为主,走在蓝白相间的餐厅里,可以透过玻璃看到许多特别定制的不锈钢啤酒桶,这里的酿酒坊可以随意参观。陈秋末见到齐小雨后,站起身来迎接她们。

红白相间的格子餐布覆盖住深红色的桃木餐桌,长长的桌子上方悬着四盏灯,把陈秋末照得亮亮的。

齐小雨给他们都做了介绍,然后餐厅侍应生拿来几份菜单。

"你有什么好推荐的吗?我没来过这里。"齐小雨笑着问陈秋末。

"那我就帮你们点了。"

"嗯。"林妤她们点点头。

陈秋末合上菜单,对侍应生说:"五份德国碱水面包,五份烤猪肘,五份慕尼黑白香肠,一米啤酒。"

"好的,请各位稍等!"

侍应生收走菜单离开后,齐小雨忍不住说:"一米啤酒,太夸张了吧?"

"我们有五个人,十杯黑啤,稍微努力下还是能够解决的。"

陈秋末的声音温暖慵懒,脸上挂着淡淡的笑容,和往常差不多,可是齐小雨却觉得此刻的他心事重重,身处热闹中却并不快乐。

"我听高斯说你没有应酬的时候都是回家做菜吃的,今天有应酬吗?"

"没，有也推掉了。今天我不想回家吃，就想在外面热热闹闹地吃一顿晚餐。"若是能够微醉就更好，他在心里补充。

事实上，今天他还不想回家，家里太冷清了，犹如一个常年冰封着的深潭，他就像冰下的鱼儿，被束缚着，得不到解脱。

5月6日，对他来说终究是一个特殊的日子。

雪籽就是在这个日子离家出走的。

她说他束缚了她的自由，她要去外面的世界追求自由去了。

迄今为止，已经三年过去。

他安慰自己，至少还能够收到她偶尔兴致来了写给他的信。

抿着黑啤的间隙，齐小雨收到了谢畅的短信。

此时陈秋末正兴致极高地讲着他过去的一些趣事，健谈幽默的形象一下子虏获了在场所有人的心。

"他可比高昊优秀多了。"

齐小雨看完短信后，抬眼不动声色地瞄了眼对面的谢畅，嘴角微微上扬，笑意染进了眼睛里。

后来，一米啤酒陈秋末独自解决了六杯。

走出橘子洲酒店，外面淅淅沥沥下着雨，路过的行人打着五颜六色的小伞，朦胧的路灯照着湿漉漉的柏油路，路面上泛着光。

陈秋末已经醉得脚步踉跄走不稳路了，齐小雨扶着他，唐津津开着陈秋末的车过来。

上车后，齐小雨对唐津津说："去我们学校附近的那个玫瑰园，那里陈秋末有个公寓，把他送过去。"

"你连这个都知道啊。"唐津津说得暧昧。

"还多亏知道，不然今晚只能把陈秋末安置在酒店了。"齐小雨

觉得庆幸。

陈秋末闭着眼，脑袋沉沉地搭在齐小雨的肩膀上，浅浅的呼吸传出，似乎已经睡着了。

车子很快到达玫瑰园，四个女生合力好歹是把陈秋末安全送到家了。

给陈秋末盖好被子后，齐小雨觉得陈秋末的脸颊红得不正常，摸了摸他的额头，好烫手。

走出房间，林好她们四处参观了下公寓，齐小雨看了看手机的时间，离宿舍关门还差点时间，催促着："外面雨停了，你们快回宿舍吧，不然要进不去了。"

"那你呢？"林好问。

"我待会回去。"

"你不会是想？"谢畅啧啧摇头，手指着齐小雨，半会才又吐出来话："你也太大胆了，居然想霸王硬上弓。"

齐小雨极力否认，有些无语，"你想到哪里去了？陈秋末发烧了，我照顾一下他，免得他出事。"

"发烧了？他也太脆弱了吧，喝点酒就发烧。"唐津津说。

"这个季节白天和晚上的温差太分明了，是很容易感冒的。"齐小雨辩解道。

林好临出门前坏笑道："小雨，你确定你今晚还会回来？"

"虽然这里有多余的房间，可是我也不敢留下来的，毕竟孤男寡女的，很尴尬。何况，我害怕陈秋末会怀疑我。"齐小雨如实说。

"那你回宿舍翻墙的时候小心点，别崴了脚。"林好提醒道，然后转身随手关上门。

齐小雨用盆盛了点热水端到陈秋末的房间，把白色的毛巾放在水里揉了揉，然后拧干，给陈秋末擦了擦脸和脖子。

陈秋末闭着眼，睫毛轻颤，嘴里突然喃喃自语着：

"雪籽，我渴。"

"雪籽，我冷。"

虽然声音很轻很飘渺，但是齐小雨还是惊到了。

她久久不能回神，那个名字，她不知道怎么写，但是那个人一定和他有着亲密的关系。

给陈秋末喂了点温水后，正要离开床边，就被陈秋末拉住了手，身子往前一冲，趴在陈秋末身上，他微微睁开了眼睛，仰起头吻住了齐小雨的唇。

齐小雨怔住了，眼睛睁得大大的，为眼前的这个状况感到彷徨不安。

这个吻浅尝辄止，并非火辣热情，却同样带给了齐小雨内心深深的悸动。

他松开了齐小雨，离开了齐小雨的唇，齐小雨快速地拉开了两个人的距离。

"雪籽，你还是回来了。"他嘟囔了一句，再一次沉沉睡去。

也顾不得给他找药吃，齐小雨几乎是仓皇逃出了陈秋末的公寓，一路奔回学校。

在宿管站关门前进去了，倒也免了翻墙的命运。

回到宿舍房间，林妤调侃她回来得太早了，齐小雨敷衍地笑了笑，然后去洗了个热水澡，上床睡觉了。

一夜无梦，睁开眼便是天亮。

在床上躺着拖延了会儿时间才起床洗漱、化妆，女为悦己者容，好歹让答辩组老师看到容光焕发的自己。

吃早饭的时候，林好感叹："这个时候就期望论文指导老师是院长，你看那些论文答辩组的老师谁敢给院长指导完成的论文挑刺。"

"是啊。"齐小雨兴致不高地附和着。

八点半的时候到达新闻系的会议室，这一场答辩的学生基本都来齐了，就等着三位老师的大驾光临了。

协助答辩的两位学妹给十五位学生抽签决定答辩的顺序，然后给大家讲了讲答辩的规则，一共分为三组，第一组的五个人先挨个介绍下自己的论文然后记下老师提出的问题后回到座位，等到第二组的五个人再依次介绍自己的论文记下老师提出的问题后，第一组的五个人就挨个上去回答问题，以此类推。规则说完之后，三位老师推开会议室门走了进来。

林好很不幸地抽到的是第一个，而齐小雨是倒数第二个。不管哪一个顺序，都是难熬的。

两个半小时后，一番紧张的答辩结束后，三位老师请学生出去了一会，因为他们要讨论下最优秀的论文是哪篇。

十分钟后再次走进会议室，听到答辩组组长恭喜他们全部都顺利通过，学生欢呼之际又听到答辩组组长宣布这一组的优秀论文是齐小雨的《中国电视纪录片的市场化研究》。

齐小雨蒙了。

会议室一下子就安静下来了，收获旁人羡慕与同情的眼神后，齐小雨却笑不出来了。

心里有个声音一直在说：惨了，完蛋了。

身旁的林好也是一脸菜色，等到会议室里的人都走光后，她才忧心忡忡地开口问："怎么办？"

"我现在也是六神无主了。"齐小雨有气无力地说。

简直就是一个晴天霹雳。

放在班级那些学霸身上，被评选为优秀论文倒也是一件不错的事情，值得骄傲，可是放在齐小雨身上，就会变成一个笑话，严重的话可能影响毕业。哦，不，是一定会影响毕业。

江城大学规定，凡是被评为优秀论文的都要经过抄袭检测软件鉴定。

一路小跑回宿舍，开了电脑，联好网，登录淘宝网，花了点钱用淘宝上的抄袭检测软件检测了论文抄袭率，结果不容乐观，抄袭率达到了60%。论文里成片成片的红色字体，显得很狰狞，连复制了谁的论文片段都能一清二楚地查出来。

齐小雨觉得头都痛了。

林妤看了结果后，叹了口气，拍了拍齐小雨的肩膀，说了句："节哀顺变！"

"为什么是我？"齐小雨欲哭无泪。

手机铃声响起，看到是陈秋末打来的，齐小雨心情更加不乐观了。

接听后，齐小雨没有说话。

"昨晚谢谢你。"他应该是刚刚醒来，声音还带着浓浓的睡意。

"我遇到麻烦了，你得报答我昨晚对你的帮助。"

"怎么了？"

"我的论文被选为小组优秀论文，可是我刚检测了下抄袭率是60%。你帮我改改吧。"

这件事，齐小雨并不抱希望，可是没想到下一秒，陈秋末就无比爽快地答应了。

"好吧。这其实不是难事。"

"你真的有办法?"齐小雨感到诧异。

"我试试吧,我待会把邮箱发你手机上,你把你的毕业论文以及抄袭率检测结果发我邮箱,我帮你修改。"

"要是我成功过了这个关,我就请你吃饭。"

"行。"

他丝毫没有提及昨晚发生的事情,也许他根本就不知道,毕竟那个时候他也是醉得糊里糊涂的。

挂了电话后,齐小雨热泪盈眶,脸颊热热的,有什么东西沿着脸颊直接滴在手上,齐小雨低头一看,晶莹剔透的泪珠化成一摊水。

吸了吸鼻子,被林妤听到了动静,然后发现了她的不对劲。

林妤紧张地走到齐小雨眼前,"你怎么了?"

齐小雨哭得更厉害了。

林妤耐心地等待她收拾好情绪,以及花了的妆。

"昨晚,我听到陈秋末在喊着一个女人的名字,后来他把我当成那个女人,还吻了我。"

"是他的前女友吗?"

"应该是的。他的表情挺痛苦的。"

林妤安慰道:"既然是前女友,是总会有一天离开他的心的。你又何必难过呢?"

"万一他爱得很深很深呢?"

"我想起为什么昨天晚上我会觉得哪里不对劲了,是陈秋末,我一直都觉得他应该是那种冷静自持能独当一面的人,可是昨晚他的表现,却像个青涩的毛头小子,热情洋溢,充满活力,嘴里一直说个不停,说他过去的事情。他喝下那么多酒,一心想醉,我猜测昨天对他来说是一个特殊的日子。和前女友分手的日子?"

"也许吧。"齐小雨只能这样说，因为她也不知道答案。心痒痒的，很想去问陈秋末答案。可是她必须按捺住自己蠢蠢欲动的内心，因为她没有立场去问他，她不是他的谁。

陈秋末的动作很快，当天晚上就给齐小雨发来了他修改过的论文，齐小雨大致看了看，然后再去用检测软件测试了下，这回抄袭率居然降到10%了，10%的重合部分也基本在论文里标注了是引用别人的论文，明显能够应付学校的检查了。

把论文发到学委的邮箱后，她给陈秋末打去电话，感谢一番后，还不忘记问他身体好些没，而后随意地扯了几句话就匆匆挂了电话。

心里有些郁闷，她发现自己在那个吻之后，不能好好面对陈秋末了。

那是她的初吻。

年少时一直期待被心动的男人夺去的初吻，没有想到是在这样稀里糊涂的情况下失去的。

甚至对方连吻的对象是她，大概都不清楚。

允珍与葛云超领证的那天，葛云超在五星级酒店餐厅置办了一桌酒席，邀请至亲好友吃顿饭，分享他们的喜悦。

齐小雨去了，然后她看到了陈秋末也在，他们匆匆相视一眼，并没有说话。比起齐小雨看到陈秋末的吃惊，陈秋末显得淡然多了，显然他早就知道她会出现了。

齐小雨忍不住心生疑惑，为什么陈秋末也会来？他和葛家究竟是什么关系？

最后进入包间的是葛菲以及邹邑，人来齐后，葛云超就吩咐服务员上菜，一桌子饕餮盛宴，令人食欲大振。

席间，葛菲似乎为了故意硌硬陈秋末，积极热情地与邹邑互动，使得他们看上去很恩爱。在座的大概只有舅舅舅妈不清楚葛菲喜欢陈秋末这件事，其他人心里跟个明镜儿似的，只是都不点破这份夸张的故意。到后来葛菲也觉得没意思了，选择沉默地用餐。

吃得差不多的时候，允珍突然提议："我要让小雨做我的伴娘。"

"好，那伴郎让谁做呢？"葛云超认真寻思着伴郎的人选，一时之间好像还真想不起来适合的，因为他的好友几乎都是结过婚的。

齐小雨插嘴道："那就让陈秋末做伴郎就是了。"

这句话一出，在场所有人都把目光投向了齐小雨。

舅舅舅妈也觉得这个提议不错，却遭到了葛云超的强烈反对，"秋末不行，他不可以。"

葛菲冷着一张脸，说："让邹邑做伴郎吧。"

"好，就这样吧。"葛云超说。

方才突然冷场的小插曲，没有人在意，除了齐小雨。

她满腹疑问，为什么？为什么陈秋末不可以呢？

而她后来发现，这一晚的陈秋末对她来说就像是个陌生人，那样的遥远与深不可测。他一直都在沉默，酒席间的热闹似乎都与他毫无关系，齐小雨偷偷瞄了他几眼，可他一次也没有把视线落在自己的身上，她心里不免失望，他们不是已经是朋友了吗？

然而，在齐小雨还没来得及思考出答案的时候，她所有的思绪被另一种情绪占据了。

因为允珍突然提议："我们的婚礼就定在6月25日吧。"

"6月25日，有什么特殊的意义吗？"葛云超意味深长地笑问。

"没什么特殊的意义。"允珍有些不自在地说。

齐小雨眼睛一眨不眨地盯着允珍看，心里默默说：6月25日是顾祁微的生日啊。

如此刻意。允珍，这就是你对自己的惩罚吗？

——在最爱的人的生日这天，将自己的人生幸福交给另一个男人。

这样的道别方式未免有些残忍。

回到宿舍，齐小雨思考再三，还是决定告诉顾祁微允珍要结婚的事情，随后立即翻出了顾祁微的微博，发了私信，虽然他很久都不用他的微博了。

齐小雨并不知道她这样做，事情会不会出现转机，但总比什么都不做要强得多。

毕业季总是个令人感到多愁善感的话题。

一切的一切，终究还是走到了这一步。

所有的人都知道这一天总会到来，尽管先前做足了准备，却还是觉得难以接受。

齐小雨记起四年前的她们，每个人的脸上都挂着青涩友善的微笑，羞涩地自我介绍着，将自己最好的一面展现出来，阳光、善良、性格好，期盼未来的日子能够友好相伴。诚然，她们确实做到了，尽管，中间的小摩擦不可避免，但不足以让友谊变质，她们是一个别人挤不进来的坚固的小团体，感情好得足以令班级其他女生羡慕。

当然，离别的痛也就比别人深刻些。

看完毕业晚会，拍过毕业照后，齐小雨她们接到通知，班级的毕业散伙饭定在了悦来酒店。

吃毕业散伙饭的这晚，齐小雨自顾自喝了三瓶啤酒，以微醺的状

态静静地看着班上其他同学的动态。

唱歌的唱歌,敬酒的敬酒,谈笑的谈笑,表白的表白,痛哭的痛哭……没有一个人闲着,当然最令人感到震惊的是班长宣布了自己的结婚日期,真的是让一堆连对象都没有的同学一阵羡慕嫉妒恨。

无疑,这是个伤感且混乱的夜晚。

齐小雨正要倒满杯中酒,准备一饮而尽的时候,酒杯被不速之客拿走,喝尽。

"你干吗抢我酒喝?"她的声音软软的,似在撒娇。

"你喝多了。"高昊今晚穿得绅士派十足,之前有个女生大胆向他表白,可惜他无动于衷的脸很是欠揍,被拒绝的女生喝得酩酊大醉,趴在桌上呼呼大睡。

"我乐意。"齐小雨伸手要去抢酒杯,高昊眼疾手快,举高了酒杯,齐小雨踮着脚尖却怎么也够不着,她嘟着嘴的模样,看上去像是在跟高昊打情骂俏,不少同学都将目光投向了他们。

齐小雨感到有些累,没好气地说了句:"你真烦。"然后便放弃了,直接拿起酒瓶往嘴边凑,却被高昊一把夺下,一个失手摔在了地上,碎成了渣。

齐小雨怔了怔,看着一地狼藉,狠狠地给了高昊一个巴掌,声音清脆,周边热闹的氛围一下子安静下来,大家不可思议地看着齐小雨,齐小雨拿起自己的外套,从高昊面前潇洒离开。

"我原谅你了。"她的声音很低,却足以令高昊听清楚。

"不,不要原谅我。"他想要追过去,却被谢畅以及林妤拉住了。

离开悦来酒店,夜色缱绻温柔,晚风舒适拂面,十分惬意。齐小雨放弃打车回学校,而是决定走回去,身后她的三个闺蜜都追了上来。

四个女生因为酒精的作用都有些兴奋，步子轻快，路过跨江大桥的时候，齐小雨停止了脚步，看着远处的灯火阑珊，闭上了眼睛，大声喊着："我会忘掉的，我一定会忘掉的。"

声嘶力竭，回音袅袅。

忘掉什么？林妤按捺不住内心的疑问，问道："究竟你和高昊之间发生了什么事，你要当众给他一巴掌？"

"是啊，小雨，我觉得你过分了。"谢畅接话，想想高昊也是自己的朋友，她觉得心里很不舒服，"他也就是喜欢你而已，你没有必要让他那么丢面子吧？"

"小雨，你怎么一遇到高昊，你就失态了呢？"唐津津说。

在她们看来，打人耳光是一件很侮辱人的事情，其实，在齐小雨看来，也是如此。然而……

"大二那年，有次班级聚会后，他差点强奸了我。难道我不该恨他吗？"齐小雨语气平静地说。

而其余三个人都目瞪口呆了。

"怎么回事？这怎么可能呢？"林妤问。

"他喝多了。"齐小雨点到为止，不愿意再多说。

见齐小雨态度如此，林妤也不便再多问，安慰道："既然你愿意说出口了，就表示你已经快要放下了。"

"嗯，这些不愉快的事情，我希望都留在大学里。"

后来，大家都有些沉默地走在浓稠的夜色中，谁也没有再开口说话。

翌日上午，齐小雨自头痛欲裂中醒来，昨晚的记忆立刻浮现在脑海中。

这些年一直埋在心里最大的秘密在酒醉后那样轻易地吐露出来，齐小雨真是悔得肠子都青了。

林妤从外面推门进来，看到齐小雨目光呆滞地坐在床上，表情蔫蔫的。

"想什么呢？"

"在想这个世界上有没有失忆药。"

"你想失忆？"

"不，我喂给你们三个人吃，让你们忘记昨天我说过的话。"

"怎么？你也知道自己口不择言啦。"

"是啊，喝酒误事。"齐小雨懊恼地说，然后忽然想起了什么，问："她们两个呢？"

"在火车上。"

"这么快？不是说要多待一天，今天晚上我们四个人好好聚聚，吃饭泡吧唱歌，肆无忌惮地玩，怎么就走了呢？"

林妤轻轻笑了，开玩笑地说："知道了你那么大的秘密，大家都怕被你杀人灭口，还是走为上策。"

齐小雨下床接话："那你怎么不走？"

林妤贱兮兮凑近了说："我知道你舍不得杀我嘛。"

"去你的。"

齐小雨原本灰暗的心情一下子云开雾散了。

就在这个时候，林妤重重叹了口气，"小雨，就在刚刚，我打电话给徐行之，我问他如果我回头了，他还会不会在了。"

"他怎么说？"齐小雨有些紧张。

"不知道，因为我挂了电话，我真的害怕听到他的答案，我怕他对我太失望了，因为我过去对他实在是太坏了。"

第一章 他的存在令人心生贪婪

"傻瓜！你终于勇敢迈出了这一步，我为你感到开心。你放心，他不会令我们失望的。"

"昨晚班长宣布结婚时间的时候，我偷偷看着徐行之，那一刻，我祈祷自己日后能够嫁给他。"林妤一脸诚挚地说。

"你会心想事成的。"

"可我真的很恐惧，我怕我得不到幸福。我怕我们就算现在在一起了也没有办法走到最后。或许把关系停留在这一步，才是对的，希望永不会被磨灭。"

齐小雨很理解林妤的这种想法，因为太在乎了才会如此患得患失。

"林妤，给徐行之多一点信心好吗？"

突如其来的手机铃声打破了这一紧张的气氛。

林妤看到是徐行之打来的，有些不知所措，齐小雨果断地夺过手机，对电话那头的人说："我是齐小雨，直接说你的答案，我会转达的。"

"齐小雨，你让她下楼来。"

下一秒，齐小雨就听到了嘟嘟嘟的声音。

她笑了，"你家徐行之大概是想亲自告诉你答案，他在楼下等你，这人真傲娇。"

林妤冲到镜子面前，看了看自己的样子，有些没有信心。

齐小雨走过去，拍拍她的肩膀。

"放心，你就算邋遢到不行，你在他心里还是最美的姑娘。去吧，他已经等你够久了。"

"嗯嗯。"

林妤离开后，齐小雨洗漱回来看着略显空荡荡的宿舍，心中多了

许多的孤独感。

下个月二十号领完毕业证书以及学位证书后,她就真的与这个地方永远说再见了。虽然日后还是会再来江大看看,可是再也进不来这间宿舍了。

四年的时间,这里承载着她的青春与成长,她是在这里一点点变得成熟的。

齐小雨收拾好自己的情绪,打开电脑,搜索租房网。七月份入职,她得在那之前给自己租到一间满意的房。

齐小雨奔波了几日,终于找到了合心意的房子,房子很新,三室一厅,精装修,风格复古典雅,客厅靠近阳台的地方摆放着一架黑色钢琴,齐小雨觉得很奇怪,这样的房子价值不菲,租出去实在是太可惜了。仔细询问了房东太太,她说这间房原本是买给自己的儿子儿媳结婚用的,结果小两口婚后去国外工作了,房子空着太可惜了,而且长期不住人会变得陈旧腐朽,所以才想租出去增添点人气。齐小雨对这番说辞没有丝毫怀疑,只觉得自己运气好,立马决定把主卧租下来,原因无他,主卧里的许多元素都是齐小雨特别钟爱的,比如百叶窗。

齐小雨签了合同与房东太太道别,心情极好,刚出小区门,就接到了允珍的电话。

"在哪里呢?"

允珍的语气很轻快,听上去心情不错。

齐小雨回:"在外面。"

"正好,你过来风情街这边的一家叫Rose Queen的婚纱店,你的伴娘礼服设计好了。"

"是吗？给我二十分钟时间，我马上到。"

初夏的阳光穿过树叶洒在柏油路上，知了的声音不绝于耳，倒也不觉聒噪。

风情街是这座城市重要的旅游观光景点，共有153栋意式风格的别墅，包括富有历史韵味的教堂、学校、戏院、市政厅等，集旅游、休闲、文化、商贸为一体。除却哥特式大教堂以及拜占庭式的戏院，其他建筑多呈巴洛克和托斯卡纳风格。允珍所说的那家名为Rose Queen的婚纱店就在其中一栋意式别墅里，托斯卡纳风格，外墙爬满了藤蔓，温暖且威严，是允珍的朋友开的，她曾听允珍提起过这位叫Rose的设计师，集美貌与才情于一身，事业顺利，婚姻幸福，是命运的宠儿，听说最近怀了第二个孩子。

推开铁艺的大门，庭院中的常绿植物错落别致地生长着，院子中间是兽头水口的喷泉，绿荫下摆放着铁艺桌椅，无不透露着一派闲适的古老庄园的气质。

别墅的入口是一个圆顶大厅。

齐小雨推门而入，便听到了里面的欢声笑语。

允珍穿着婚纱站在落地镜子前，笑容明媚灿烂。

这世界上穿婚纱的女子是最美的。齐小雨很赞同这句话，允珍美得让齐小雨都看痴了。

允珍从镜子里看到齐小雨，高兴地转身过来面对齐小雨，"小雨，你来啦。"

坐在沙发上的年轻女子也站起身来，因为怀孕，体态丰腴，更显风情万种，她微微笑着，和齐小雨对视一眼，然后对允珍说："你妹妹真是个美人坯子。"

"那是自然，我姑姑当年可是轰动全城的美人，小雨很像我姑姑

呢。"允珍说笑,走过来拉着小雨,对小雨说:"这是Rose,方梓苑小姐,她的夫家姓严,富甲一方。这是我这辈子最羡慕的一个女人了。"

"瞧你说的,你是小雨妹妹吧,允珍叫我梓苑姐,你也可以这样叫我。"方梓苑热络地说。

"梓苑姐,你好。"齐小雨乖巧地说。

方梓苑又细细打量了一番齐小雨,问允珍:"小雨有男朋友吗?要是没有,我可以做媒把她介绍给我弟弟呢。"

"这倒是个好主意呢。"允珍笑了。

"等等啊,我打电话让他过来。"

齐小雨有些被吓着了,急忙说:"梓苑姐,我还小。"

"也不小了,听说你今年大学毕业了。我像你这么大的时候,我大儿子已经出生了。"

允珍看到齐小雨着急的样子,笑了,"好了好了,梓苑姐,我们不逗她了,你哪里来的弟弟啊?"

此话一出,梓苑的笑容更加动人了。

齐小雨这才恍然大悟过来,她是被戏弄了。

方梓苑让她的助理捧来了齐小雨的礼服,推着齐小雨进入一间房,"快换好,让我看看哪里需要修改的。"

"嗯。"

礼服是薄荷绿的真丝裙,前面短后面长,裙摆如海浪般飘逸灵动,复古蕾丝的中袖设计透着朦胧美,与齐小雨的身材贴合得几近完美,齐小雨走到允珍和梓苑面前的时候着实把她们惊艳了一番。

梓苑可惜道:"这个时候真恨不得我有个弟弟,把你娶回家。"

齐小雨有些羞涩地低下了头。

"来坐在沙发上,我给你拍张照片。"方梓苑拿来相机。

第一章 他的存在令人心生贪婪

齐小雨理了理裙摆，姿态优雅地看着镜头，柔软轻盈的时光被定格。

拿着方梓苑给的照片离开别墅，穿梭在熙熙攘攘的人群中，嘴角不自觉地上扬，脚步轻快得似在翩跹起舞。这是她见过最美的自己。

她很想很想让陈秋末也看到这样的自己，期盼他会为自己着迷。

这样的想法令她渐渐停住了脚步，径自拿出手机拍下了照片，编辑了短信，发给了陈秋末。

"这礼服很漂亮对吧？"她的短信小心翼翼，不敢泄露太多自己的心思。

她忐忑不安地等待着他的回复。

没过多久，齐小雨就得到了回复。

他说：礼服与你都很漂亮。

若是别的人这样回复，齐小雨一定会觉得那人说话真轻佻，肯定另怀目的。然而，说这话的人是陈秋末，他是不同的，他说什么，她都信。

齐小雨欢呼雀跃地跑了起来，耳边的风狂烈地呼啸着，她的一颗心不自然地快速跳动着。

她想，这大概就是恋爱的感觉吧。无法用言语形容，因为是这般的不切实际。

而她并不知道，远在OM集团21楼行政会议室的某人因着这一张照片的打断，原先愤怒的心情渐归平静，原本剑拔弩张的会议气氛得到了缓解，令在场的所有高层都不由得舒缓了一口气。

那是从未出现过的。也许陈秋末自己都没有想到，他的心情能够被除了雪籽以外的人左右。

搬家的那天，齐小雨一早醒来，心情特别好。

因为也只有在这样的时候，她请求陈秋末帮忙，才是那样正大光明、无懈可击的事情。

前几天，允珍在知道她租了房子后发了一顿脾气，觉得她多此一举，一点也没有把她这个表姐放在眼里，一番教诲后，齐小雨还真觉得自己做错了事，可是当这件事能够让陈秋末心甘情愿贡献一天的时间给她，也是很值得的。

四年的行李说多不多，说少也不少。

陈秋末来回了三次才将所有的行李都塞进他的车子里，然后齐小雨买了两杯柠檬茶坐进副驾驶座，递一杯给陈秋末，"辛苦啦，秋末哥。"

"真不回家住？"

齐小雨笑了，"秋末哥，你都问了三遍了。我真的决定住在外面，自在些。"

"好吧。"说完，启动车子，很快便开到了清荷苑。

"就是这里了，怎么样？环境还不错吧。"

"我想你大概不清楚吧，清荷苑是我们公司几年前的一个项目，总设计师是我堂哥。"

"真的假的？没有想到还有这样的缘分。"

陈秋末弯腰一件一件取出车子里的行李放在地上，齐小雨拉着行李箱，率先走进电梯。

电梯在8楼停下。

齐小雨走出电梯向左转，从口袋里掏出钥匙开门，门开了后，齐小雨拖着行李箱往主卧走去，然而就在路过客厅的时候，眼角的余光瞥到了一个男人的身影，齐小雨的心惊了惊，扭头看过去，然后睁大

第一章 他的存在令人心生贪婪

了眼睛,怒问:"你怎么会在这里?"

高昊一身白色的长袖长裤,跷着二郎腿,休闲自在地喝着冷饮,吹着空调,调着电视频道。听到齐小雨的声音后,扔掉遥控器,装傻道:"原来我的室友就是你啊,我们真是命中注定的缘分啊。"

一脸无辜的样子,可是却骗不了齐小雨。

"谁和你有缘分!"齐小雨不屑道。

"我也租的这里的房子。"言下之意,这就是有缘千里来相会,不然怎么会租到同一间房。

"这怎么可能?"齐小雨无意识地提高了声音,"明明房东太太跟我说过,她会给我招女生室友的,是你在搞鬼对不对?"

"你猜得没错,没有什么房东太太,因为这套三居室在我的名下,是我爸四年前买来送给我的礼物。"

齐小雨想破口大骂,无奈看到陈秋末走了进来便只好作罢。

陈秋末走到齐小雨身边,看了看高昊,有些错愕,鉴于氛围不对劲,忙问:"出什么事了?"

齐小雨真是有口难言,"秋末哥,你帮我把行李箱搬出去吧。"

陈秋末冷着一张脸,扫视了一眼高昊,没有多问,听话地拎着齐小雨的行李离开。

"我是不会住在这里的,你一个人慢慢住,最好住到天荒地老。高昊高先生,我拜托你,不要再纠缠我了。还有二十天,你就应该回你的海市去了。"

齐小雨压抑住自己失控的冲动,退出房子,狠狠摔了门。一想起高昊那张意气风发的脸,她就恨得牙痒痒的。

等电梯的空隙,高昊追了过来。

"小雨,你就这么讨厌我吗?你不是说原谅我了吗?你不知道那一晚听你说你原谅我了，我虽然觉得自己不配，可是我真的很开心，你给了我希望的种子，是我会错意了吗？"

"是的，是你会错意了，我只是觉得我们以后天涯海角不会再见，我没必要再纠结我和你之间的不愉快。讨厌一个人需要花费太多的精力，我不会为了你浪费精力，所以，我不讨厌你，我要原谅你。"

"既然如此，那你为什么不愿意和我住在一起？"

"因为我会忘记你，把你的容貌、你的名字，都忘得干干净净。"齐小雨说得决绝。

"你为什么要对我这么残忍？"

"这是我的权利，你也可以用同样的方式回敬我。"她心里巴不得他这样做。

"我不会如你所愿的，我就是要爱你。"高昊倔强地昂起头宣布。

"随便你。"齐小雨懒得再浪费口舌。

"等等，你不可以走，你签了合同的。"

齐小雨无比嚣张地说："我当然可以走，我钱不要了。"

就在这时，电梯到了，齐小雨用力推了一把要跟进电梯的高昊，眼看着他踉跄了几步差点跌倒，说了句："别再跟着我。"然后，电梯门就合上了。

"齐小雨，你摆脱不掉我的。"高昊的声音势如破竹，回荡在静寂的楼道里。

齐小雨下意识地捂住了自己的耳朵。

她不要听到他的声音。

重新坐上陈秋末的车，齐小雨的心情是很复杂的。

第一章 他的存在令人心生贪婪

　　方才发生的事情，她要不要对陈秋末解释解释，陈秋末会关心这个解释吗？她拿不定主意。

　　幸好，短暂的沉默后，陈秋末率先开口："你和那个男孩子是怎么回事啊？"

　　问出口后，陈秋末自己都愣了愣，因为这样的语气太过生硬冰冷了，连他自己都不由得要问一句，他这是怎么了？

　　"你生气了吗？"齐小雨惴惴不安地问。

　　"没有。"陈秋末下意识地回道，内心却觉得自己不够诚实，他为自己辩解道："我只是觉得你不住在家里，搬出来为了和男生同居的行为未免也太不爱惜自己了。"

　　"我不是为了和男生同居。"齐小雨激动得大声吼道，"是他喜欢我，然后对我纠缠不放，我不喜欢他。"

　　"好了，感情的事情你自己拿捏好分寸就行，你喜欢谁不喜欢谁，不用告诉我。"陈秋末面无表情地启动车子，急速驶出了清荷苑。

　　齐小雨不争气地悄悄抹了把眼泪，将头扭向车窗外。

　　车厢里，谁也没有再去打破这份沉默。

　　最后，陈秋末带齐小雨来到了他在玫瑰园的公寓，他用一副不容商量的口吻说："如果你不想回家，那你就住在这里，随便你住到什么时候。"

　　她该说一句谢谢的，这无疑是雪中送炭。可是面对他如此清冷的表情，她开不了口。

　　手机铃声适时响起，齐小雨按了接听键，电话那头林妤用一副着急的语气对她说："陈姐被抓了。"

　　陈姐是谁？齐小雨差一点脱口而出，随即她才反应过来，是她微

信好友里做海外代购的陈姐。

"因为什么？"

"还能因为什么，她和助理从韩国首尔抵达江城国际机场的时候，选择无申报通道入关，被海关逮了个正着，她手里的货都被没收了。"

"这年头代购也犯法？"齐小雨问。

"陈姐的行为叫走私。"

"你打来告诉我，是要我跟你一起为陈姐的遭遇表示同情？"

"齐小雨，你傻啊，我是想告诉你，那些货里有你定的衣服、鞋子、包包以及化妆品。"

"我了个去！"经林妤这么一提醒，齐小雨如醍醐灌顶般觉悟了。

怎么会这样？她的钱就这么一去不复返了，而且还是一笔很大的数目。

挂了电话后，齐小雨暴躁地说了句："Shit！"

一旁的陈秋末皱眉开口："女孩子，说话注意点。"

齐小雨欲哭无泪，"我都要破产了，还管什么说话脏不脏，今天真是个倒霉的日子。"齐小雨气得五脏六腑都不顺畅了。

"怎么回事？"陈秋末听齐小雨的语气，也知道事态的严峻性。

"被海关扣了的货还能拿回来吗？"

"交关税应该可以吧。"

齐小雨一听这话，立马如被针戳破了的气球，瘪了下去，"那不是又得花钱？"

"你找人代购东西了？"

"是啊。我七月份不是要正式上班吗？我为了这个花了血本了。"正懊恼着早知道就去贵得要死的商场买心仪的衣服了,可是千金难买早知道啊。

"陈秋末,你认识海关的人吗?能不能帮我疏通一下关系啊?"

"我有同学在里面上班。"

这句话无疑给了齐小雨偌大的希望,她的眼睛似在放光,"你能帮我拿到货吗?"

"我试试。"

有了陈秋末的这句话,齐小雨安心了不少。

那一天的后来,齐小雨忙着收拾行李,情绪不高,陈秋末去附近的超市买了菜回来,亲自下厨,安慰齐小雨。

看着在厨房里挺拔的背影,齐小雨忍不住开口说:"秋末哥,以后你不许误会我,你误会我,我觉得很难过,我绝对不是一个坏女孩。"

陈秋末的背影僵了僵,在齐小雨以为他不会有回应的时候,她听到他说:"好。"

就在那一刹那,她的世界变得五光十色,绚烂多彩。

两天后,陈秋末和他的助理高斯来到玫瑰园的公寓,带着大包小包,整齐摆放在沙发上,然后陈秋末让高斯去给他买杯咖啡在车上等着。

高斯走后,齐小雨仔细看了这些购物袋上的品牌名字,惊呼:"你帮我拿到货了,太棒了!"

"你下次还是少找这些不靠谱的代购。"

"哪还会有下次,借我个胆我都不敢了,也不知道陈姐放出来没。"

"你关心别人做什么,关心好自己就行了。我瞅着你最近就是太

闲了，都胖了。允珍结婚的时候，你确定你还能穿上你那件漂亮的伴娘礼服？"

齐小雨捂着肚子，嘟起嘴，"当然。"随后小声嘀咕着，"我哪有很胖了。"

陈秋末笑了，匆匆与齐小雨告别后，就回到车里。

高斯递给陈秋末一杯咖啡，"陈总，虽说齐小雨的那些东西不算特别贵重，可是已经被当作日后判决陈桦的证据了，暂时拿不回来，你这么对齐小雨说也不算是愧对她，何必要去专柜买齐这些东西，让齐小雨以为你给她拿到货了？"

陈秋末想了想，说："不知道为什么，我不想让她失望。"

"你为什么会对她这么好呢？"高斯不解。

"大概是因为我太闲了吧。"陈秋末笑说。

很久之后，当齐小雨看到网络上报道陈桦因为代购逃税被判刑的新闻后，才明白陈秋末曾为她所费的心思，用心良苦。只是那时，他们已经天南地北，没再联系了，想说声谢谢，都是一种奢侈。

她只能默默流泪，逼迫自己去接受：即便是曾经那样的良苦用心，也不是爱。

齐小雨最近的情绪经常会突然变得失落，原因无他。

林妤自从和徐行之勾搭上了，就有了重色轻友的嫌疑，见不到面也就算了，连电话联系都不是那么勤快了。

而自觉被抛弃了的齐小雨只好每天混迹在名为"烟火"的咖啡馆里。

点一杯咖啡，发誓要将满墙的书都看完。

咖啡馆是江大的一位学姐开的，这位学姐曾是江大的风云人物，据说她和她那届的法学系校草之间的爱情故事都可以拍一部六十集的偶像剧了，不过结局不好而已，那位校草劈腿了，事后想要回头，但骄傲的学姐没有同意，也因为曾经深爱过，分手过不能做朋友，那位校草差点剃发去做和尚。

大概是那件事对学姐的伤害很大，导致学姐现在依旧单身，爱上了看佛经，更加的遗世独立起来，宛如不食人间烟火的富贵花。

这日，天公不作美。

九宫格窗外，淅淅沥沥地下着雨。

齐小雨刚喝完一杯咖啡，放在桌上安静了一个多小时的手机振动起来。

是林好打来的。

"喂？你终于有时间打电话给我了啊。"语气中吃醋的意味很明显。

"刚才制片人打来电话给我，问我认识不认识高昊。"

听到高昊的名字，齐小雨立刻正襟危坐，"怎么了？"

"我们的那档子节目不是初定三个记者吗？现在增加了一个高昊。"

"什么？他不回家吗？"齐小雨觉得匪夷所思。

"是啊，看来他真的是爱你爱得疯魔了。"

"他人格缺陷，他极端，变态，神经病。"齐小雨忍不住破口大骂。

"错，只能说他中你的毒太深了。"

连续的雨天，将城市洗刷得干干净净，只是这没完没了的雨水，让人的心情不由得变得抑郁起来。

此刻尤甚。

"喂？小雨，你还在听我说话吗？"

"在听。"齐小雨情绪低落地说。

"别忘记了明天要回学校领毕业证书和学位证书，津津和谢畅夜里的火车到，明天又是容易情绪失控的一天。"

"你放心，我不会哭的，我毕业的眼泪在吃散伙饭的那晚都流掉了。"齐小雨嘴硬道。

"那我拭目以待。"

结果，总是和自己预期的不一样。

自觉不会哭的，依旧是哭得稀里哗啦。

早上八点在班级参加了最后一次班会，领取了毕业照。齐小雨看着照片，发现自己的这张脸还挺上照的，也许是因为在室内拍的缘故吧，要知道以前拍过的毕业照片，都会出现或多或少的失真情况。

临近九点的时候，在老班的通知下，大家离开教室前往报告厅，参加毕业典礼。

很多年后，齐小雨回忆起这场毕业典礼，发现印象最为深刻的不是上台领取毕业证书而是班长的发言。他站在讲台上，在话筒前，读着自己写好的演讲稿子，当一本正经地说着"一路走好，坚定上路"时，台下突然发出了哈哈笑声。

而最为戏剧的是，齐小雨、林妤、唐津津以及谢畅被老班告知，她们欠费了，如果不把钱补上就不准离校，而当齐小雨问到是什么钱的时候，老班自己更是一头雾水，说也许是图书馆的钱，当问到欠了多少钱的时候，老班的回答更是令齐小雨她们啼笑皆非。

两块五毛钱。

这真是让人情何以堪啊。

不过也正是因为这些无厘头的事情，让这场盛大的毕业典礼多了许多让人回味的意义。以后的以后，每次想起，嘴角都会不自觉地上扬。

随着毕业典礼的落幕，学生们按顺序离场，齐小雨默默在心里做最后的告别。

再见了，我的学生生涯。

再见了，老师。

再见了，学校。

甚至是，再见了，我的闺蜜们。

齐小雨她心里清楚，分隔两地的友谊迟早有一天会被时间磨淡，磨光，到老死不相往来。尽管，她们心照不宣却嘴上都不愿意承认。

时间一晃至六月二十四日，允珍与葛云超结婚的前夕。

允珍在君悦酒店的顶层游泳池边举办了自己的单身结束派对。

天上，繁星满天，预示着明日将是个艳阳天。一连下了这么多天的雨，突然在允珍结婚的那日见阳光了，是不是预示着这段婚姻受到了老天爷的祝福，是好的，是幸福的？

齐小雨坐在游泳池边，脚拂着水面，有些凉意。忍不住胡思乱想起来。明天会一切顺利吗？他真的不会出现吗？

好可惜啊。

她的沉默吸引了允珍的目光，允珍端着一杯鸡尾酒走到齐小雨的身边，"在想什么？"

"在想，顾祁微。"齐小雨毫不避讳地承认。

允珍有些不自在地低下头。

齐小雨自顾自说着："明天，我要对你说新婚快乐，我还要对顾祁微说生日快乐。"

"你记得明天是顾祁微的生日？"允珍诧异地问，觉得异常尴尬。她以为，这是她的秘密。

"你和顾祁微在一起后，顾祁微的第一个生日，你拉着我一起参加了，为了给你晚回家打掩护。"

允珍接话："是啊。那个时候，真胆小。"

"明天，我是说，如果，顾祁微来参加你的结婚典礼了，你要怎么办？"

"这个假设不成立，他不会出现的。"说完，允珍便逃似的跑远了。

可是如果他真的来了呢。齐小雨在心里补充。

派对一直持续到凌晨才结束，准新娘是早就回房间休息了，她对外的借口是明早要上妆，需要一个好的精神面貌来迎接她人生中全新的开始。

方梓苑一共给允珍设计了三套礼服，出门婚纱、仪式婚纱以及晚宴礼服，完美地悬挂在酒店房间里。

清晨六点的时候，发型设计师以及化妆师就来到了允珍的房间。

而在齐小雨睡得迷迷糊糊的时候，硬是被允珍抽空拉起来，敷了一张保湿面膜。

齐小雨换上礼服，任由着别人在她脸上涂涂抹抹，不一会儿，她长长的头发被卷发棒烫卷，然后被挽在了脑后，用镶嵌着蓝宝石的银发梳固定好。

允珍的小清新发型以及妆容都差不多的时候，摄影团队走进房间，捕捉画面。

随着吉时的到来，新娘守候在房间里，等待着新郎的到来。齐小雨这个伴娘倒也不闹腾，很轻易地就放葛云超进来了。葛云超身上的西装以及伴郎邹邑身上的西装都是意大利设计师的纯手工定制，一针一线，精致昂贵，令原本就帅气的人更显得器宇轩昂。

只是，在见到允珍身着婚纱的那一刻，不论商场上多么雷厉风行的葛云超还是失态了。

时间一分一秒地过去，葛云超眸光灼热炽烈，允珍的脸红已分不清楚是因为胭脂还是因为害羞。齐小雨在一旁提醒："姐夫，快给我姐穿鞋。"

葛云超回过神来，有些不好意思地摸了摸自己的鼻子，接过齐小雨递给他的白色婚鞋，单膝跪地，一手握住允珍的脚，认真地给允珍套上。

然后牵着允珍的手走出房间，给允珍的父母奉茶。

也是在这个时候，齐小雨觉得自己的右眼皮在跳，一直到婚礼仪式开始前都没有停止，她显得有些心浮气躁。

上午十一点半，宾客基本入座后，司仪宣布婚礼正式开始。

在音乐声中，新郎率先入场，随后新娘在她父亲的带领下缓缓走向新郎。

齐小雨坐在深深的旁边，看着这孩子满脸笑容，忍不住问他："你爸爸再婚，你真的很开心吗？"

"是啊。"

"为什么？"

"新妈妈很漂亮。"

"比你妈妈漂亮吗？"

深深有些难过地微垂下头，声音哽咽了，"我不记得我妈妈的样子了。"

齐小雨自觉自己说错话了，正感到抱歉的时候，抬头看到了远处

那个挺拔英俊的身影。

他身穿黑色的西装，那么突兀地站在拱门前。

后来，越来越多人注意到他，引起了一番热议。

司仪不得不中断仪式，询问他是谁。

他面无表情地说："新娘的爱慕者，怎么办？好想抢婚成功啊。"

这似是而非的玩笑，着实吓到了允珍。

"我开玩笑的。"他又说，然后迈开步子，渐渐地走近一对新人。

允珍看向左侧主桌上她的母亲，神色阴郁不满，她们的视线在空气中相撞，允珍的母亲投来了一个警告的眼神，仿佛在说，不要做出出格的事情，她提着的一颗心沉了下去。

这样心烦意乱之际，他们近在咫尺。她定定地注视着他，多年不见，他的容貌却一点也没有变化，依旧是硬朗俊逸的一张脸，令她意乱情迷，心脏扑通扑通地跳动着。

他动了动嘴角，突然大声说："恭喜你！允珍，祝你幸福！"随后将手中的礼物交到允珍手中。

"谈允珍，我不爱你了。"

他凑近她耳边，如是说，声音很低，低到其他人很难听清。温热的呼吸柔软地扑在脸上，鼻尖是熟悉的香味，他惯用的洁面乳的味道，那一秒，允珍觉得自己忘却了呼吸，时间都停止了。

心越来越痛，如刀割般，痛到了极致。摊开手，允珍发现是一款深紫色的戒指盒。

而他转身离开的背影，越来越模糊。

她眼中的泪，慢慢流下来，花糊了她精致的妆容。她向前迈出了一步，下一秒却被葛云超紧紧地握住了手，她不敢去望他的脸，但她能感受到他的力道，以及他的愤怒。

允珍几乎是含泪读完了自己的结婚誓词。后来，她就像一个机器人一样，暂时放空了自己的大脑，步步随着葛云超，笑得得体好看，在宾客面前做到了滴水不漏。

齐小雨心疼她。好不容易挨到婚礼结束后，允珍就像个瓷娃娃一样，眼神呆滞地盯着手中的戒指盒看，是她很多年前看中的一枚钻戒，他终究是买给她了，只是这枚戒指已经没有了任何的意义。

允珍对齐小雨说："今天，我差一点就跟他一起走了。可我害怕，因为我已经是葛云超法律意义上的妻子了，从与他登记结婚的那一刻起，我就已经失去了和顾祁微在一起的机会，再也没有办法回头了。因为我配不上顾祁微了。"

齐小雨有些愤愤不平地说："我对他真失望，我以为他会带走你的。可他什么都没有做，他成全了你。他居然不爱你了，那他干吗还要出现呢？来示威吗？去他妈的恭喜。"

"是你告诉他我要结婚的消息的？"

"是啊，我去他新浪微博留言了。"

允珍怔了怔，"他说'允珍，我不爱你了'，这句话就像一把刀一样凌迟着我的心。他对我真狠。我知道，他的不爱便是爱。"

"不爱便是爱，是这样吗？"齐小雨心里一热，连声音都哽咽了。

允珍自嘲地笑了，"小雨，你知道吗？这些年，我真的很少去想顾祁微，我真的以为随着时间的过去，我可以不再对他感到心动了，记忆中他的脸越来越模糊，我们之间所有的美好都被最后争吵的时光给磨光了，我觉得这就是我们的结局，我以为我真的不再爱他了，甚至是有些怨恨他的，怨恨他轻易地离开。可是，直到他真实地出现在我面前，那一瞬间，我对他所有的感觉都变得特别浓烈。我爱顾祁微，过去了这么多年，依旧对他是深爱，我不再否认了。然而，这份爱太过沉重了。它清楚地提醒我，真的失去了、错过了他，不能爱了。小雨，你不该通知他的，你不该让我明白他是依旧爱我的。你让我往后的人生该怎么过下去呢？"允珍哭着说，情绪已经彻底崩溃。

"姐，对不起。我没有想到，我这样做会对你造成这么大的伤害。是我考虑得不周全，是我错了。"齐小雨陪着一起哭，心里充斥着懊恼与自责。

至此，允珍心上的伤口会一直都在，得不到治愈。齐小雨觉得，这一切都是因为她的自作聪明。

和允珍分别后，齐小雨回了家，脱去了礼服，卸妆，将自己重重摔在床上，望着天花板，心情压抑得只想哭，然后眼泪就真的顺着眼角流了下来，怎么都停不了。最后，齐小雨在不知不觉中睡了过去。

再次醒来的时候，已经是华灯初上，窗外处处是璀璨耀眼的霓虹灯，万家灯火形成了一片海。

齐小雨去卫生间洗了把脸，换了件黑色连身短裙，拿着包包，下楼，打车去了附近的零点酒吧。

她需要醉一场来忘掉她的愚蠢。酒吧里还算清静，空气中流淌着黑胶时代的爵士乐，女伶的声音慵懒惬意。

齐小雨走到吧台，给自己点了一杯Fantasia，大口抿起来，很快一杯见底。

熟悉的调酒师Ben看出齐小雨今日的情绪不对劲，有一搭没一搭地说："失恋了？"

"都没恋过，哪来的失恋？"齐小雨自嘲道。

"那是因为什么?"

"纯粹心情不好,想来放松下心情。"

"为什么心情不好?"

"你好烦,问题真多。"

"美女,我这是关心你嘛,像我这样有热血心肠的帅哥不多了。"

齐小雨无语地笑了,"是蟋蟀的哥哥吧。你最近有调制新酒吗?都给我来一杯。"

"你受刺激了啊?"

"少废话!"

"行,你照顾我生意我自然乐意,可是今天晚上我们酒吧有些不速之客,你还是清醒着离开比较好。"

"什么不速之客?"

Ben压低了声音说:"就是社会上的小流氓。"

"哦。"她才不相信自己会那么倒霉,惹上流氓,直接把帅哥Ben的话当作了耳旁风。

从皮夹里抽出十张红票子,放在吧台上,"这是今晚的酒钱,多贴少补,要是我真的醉得不省人事了,麻烦你帮我叫辆出租车送我去南湖山庄。"

"哟,没想到你还是个富二代啊。"

"富二代个屁。那是我表姐家。"

"行,看在你今天一心求醉心情这么差的分上,我答应你。"

"谢谢,小费下次见到给你。"

齐小雨将一切都交代好后才放开了嗓子喝酒。

然而,这一夜,注定是不平静的。

晚上九点多的时候，热闹喧嚣的酒吧涌进了一批警察，音乐声戛然而止，取而代之的是女人的尖叫声。

半个小时后，零点酒吧的人都被带走了，因为在一间包厢里搜到了大量的白粉，执法人员决定把酒吧里所有人都带去做尿检，酩酊大醉的齐小雨也包括在其中。

警车警铃大作，不一会儿就远离了酒吧一条街。

齐小雨再次睁开眼时，酒已经醒了大半了。当看到身边开车的人是陈秋末的时候，她着实吃了一惊。

"秋末哥。"话一出口，齐小雨就觉得口干舌燥得难受。

陈秋末冷着一张脸，语气淡淡地说："你终于醒了，要是再不醒，我就带你去医院了。"

"哪有那么夸张？"

"齐小雨，我第一次也是最后一次警告你，不要心情不好就去酒吧，这是个坏习惯，你是个女孩子，酒吧那种复杂的环境不适合你，它会教坏你，让你堕落的。好女孩是不会这么晚了被带去警局的。"

"什么叫这么晚了被带去警局？还有，我怎么会在你车里？"齐小雨有满心的疑问。

"你还敢问我，你去的那家酒吧今晚聚众吸毒被抓了几十个人，要不是我去你公寓找你发现你没回家然后打电话给你，被警察接听了电话，我能现在接到你？真没看出来你这么大胆，喝那么多，也不怕被人占便宜。"

想起Ben说过的流氓，大概抓的就是那些人了。齐小雨露出无辜的表情，"那家酒吧我以为很简单干净的。"上学期间去了几次，比一般酒吧人少，也不是那么吵，店员看上去都是正经的人，所以齐小雨还是挺喜欢那里的。只是没有想到，会出现这样的事情。

"你太单纯了,看事情只看表面。这个世界是很复杂的,以后不许再喝酒了,不要有侥幸心理,不该去的地方就不要去。"陈秋末越说越气,根本就克制不住自己发火,他也不清楚是不是因为今晚摊上这么多麻烦的事情才会变成这样。

"好的,秋末哥。"虽说被陈秋末说了一通,可是心里却暖洋洋的。

"对了,你为什么会去找我?"

"你白天打了那么多个电话给我,还以为你有什么急事的。"

"因为我在婚礼上没看到你,你怎么没有来啊?"

"我今天比较忙,实在是走不开。"陈秋末有些心虚。

"哦,原来是这样啊。"

车子开进玫瑰园,停在公寓楼下。

"早点休息吧。"

"秋末哥,上去坐会吧,喝点水再走。"

陈秋末想到自己忘记问她为什么心情不好了,也没有推辞。

自从齐小雨住进来后,陈秋末还是第一次进来这里。房间依旧是干净整齐的,可又有些不同的感觉。陈秋末仔细环顾了四周,发现齐小雨为这间公寓增加了许多自己的设计,比如说墙面上挂上了自己的写真,沙发靠垫也换了颜色,房间门口添加了一个小书架,上面摆满了绿色植物,空气中都是花香,暖黄的灯光下,所有的一切都令人感到温馨。

齐小雨站在吧台前烧水,打算给陈秋末泡一杯柚子茶。陈秋末参观完后走到吧台,坐在高脚椅上,齐小雨刚要开口说话,水就开了,她泡了两杯柚子茶,推了一杯给陈秋末,"这是我自己做的柚子茶,我觉得味道很不错,希望你也喜欢。"

陈秋末喝了口，仔细品味，然后赞赏道："挺不错的，酸甜适中，我很喜欢。"

"那就好。"

"你今天为什么会心情不好？允珍结婚的日子，你应该高兴的啊。"陈秋末颇为语重心长地说。

齐小雨抬头望着陈秋末，眼睛里闪过一丝懊恼，"因为我做了一件很愚蠢的事情。"

"什么事？"

"秋末哥，我告诉你了，你不要告诉别人。"

"好，谢谢你这么信任我。"就为这一点，他的心情如见了阳光一下子明朗起来。

齐小雨大口大口喝光了杯子里的柚子茶，然后娓娓道来："今天允珍的婚礼出现了些状况，虽然大家都没有说什么，可是日后一定会出现些风言风语的。允珍在很多年前交往了一个很优秀的男朋友，他叫顾祁微，可是因为顾祁微的家境平平，我的舅妈很反对他们在一起，顾祁微的自尊心很强，选择去国外留学了，后来允珍就和他断了联系。我知道允珍到现在也没有忘记过他，甚至还把结婚的日期定在顾祁微生日那天，所以我就偷偷联系了顾祁微，告诉他允珍要结婚的事情。没有想到，他今天真的来了，可是他说恭喜，说祝福。实在是个混蛋。"

"那么，你希望最后的结局是什么样子的？"陈秋末沉着冷静地问。

"我不敢想。"

陈秋末笑了，"没关系，你说出来。"

"我希望顾祁微能带走允珍。而不应该是这样的结局啊，什么都改变不了，他们明明就很相爱的。"齐小雨一脸惋惜。

陈秋末沉默了片刻，然后说："小雨，你相信命中注定吗？如果你信的话，或许你就不会这样纠结了。"

"你说得太简单，太无关痛痒了。你都不同情允珍吗？"齐小雨有些生气了，只觉得她喜欢的人有些冷血，无法做到感同身受。

"你能保证允珍和那个叫顾祁微的在一起就是幸福了吗？来自你舅妈的阻力依旧存在。同样，你也不能确定允珍和葛云超在一起就不会幸福。"

"我……"齐小雨有些哑口无言。

"属于自己的幸福是跑不掉的，同样，不属于自己的怎么强留也无济于事。允珍的事情，你暂时没有办法得到答案，那就交给时间，时间会告诉你的。"

她不得不承认，他说的都对，可她就是觉得难以释怀。

"我很怕她会不幸福，葛云超那么聪明的一个人不会看不出允珍和顾祁微的关系的，允珍以后的日子还会好过吗？"

陈秋末宽慰道："你放心，云超他是个成熟的男人，不会做出太出格的事情的。"

"你是他朋友，你当然维护他。"

"或许，葛云超从一开始就什么都知道。"陈秋末意味深长地说，他说这句话虽然没有确凿的证据，可也不是瞎说的，他了解葛云超。

而多年之后，齐小雨才知道，原来顾祁微从不是因为看到她的留言才知道允珍要结婚的事情的，而是葛云超早就已经把他和允珍之间的事情查得一清二楚，故作大方地给顾祁微寄去了结婚请柬来刺激他。

这便是那个成熟男人的心机。有时候比女人还要滴水不漏。

第二章

若不是

因为

爱我

　　江城电视台与OM集团的大楼只隔了一条街,这大概是齐小雨上班之后最激动的发现了。

　　齐小雨现在是江城电视台《新闻关注》的记者之一,是一套在两年前被搁置的节目《新闻女生》的基础上改版推出的新闻服务类节目,以投诉维权和帮忙服务为主,帮助老百姓解决困难,于每晚的七点到七点二十五分播出,一共有四位实习记者,两男两女,更因为不是直播节目,所以齐小雨的压力要小很多。两年前,《新闻女生》这个节目红极一时,有很强大的观众基础,若不是当年曝光"新闻女生"文嘉未婚先孕,破坏了电视台同事的家庭,丧失道德伦理,名誉尽毁,被观众联合抵制,节目也不会收视惨淡,被迫搁浅。如今,虽有明眼人一眼就发现节目的前身,但是因为主持团队不同,倒也没有那么排斥。从节目播出的当天到现在,收视率一路攀升,有不少之前持观望态度的投资商也都来洽谈赞助了。

　　这一天,齐小雨从电视台大楼出来,穿过车水马龙的街道,直接向OM集团大楼走去。在公司大楼的星巴克点了一杯卡布奇诺,坐在外面的太阳伞下等陈秋末。下午刚录完节目就接到了陈秋末的电话,让她下班后等他一会。在那之后,齐小雨的心情就极好,有了一种即将

第二章 若不是因为爱我

看到心上人的雀跃感。自工作后,每日不断地跑地方、开会、写稿,根本没有闲暇去想风花雪月的事情,能睡饱觉已经是一件奢侈的事情了。所以,她已经好些天没有和陈秋末见面了。

没过多久,陈秋末就坐在了她的对面,戴着帅气的金丝边墨镜,风尘仆仆。

齐小雨面露微笑,"有什么好事发生吗?"

"以前我不是说要送给你一份毕业礼物吗?"

"什么?"齐小雨一时之间没有想到,等到她想到的时候,又觉得不可思议,该不会是外公的收藏吧?

"你跟我来。"陈秋末牵起齐小雨的手,拉着她上了自己的车,他替她关上了车门。

那一瞬间,齐小雨失了神,只听到自己的心脏强力快速地跳动着,她的脸一点点发热,她手上的关于陈秋末的温度一点点消失。他牵她的手,或许这是他的无心之举,然而对齐小雨来说,这已是一件惊心动魄的大事。

车子缓缓隐入车流中,外面的霓虹灯,同一时间都亮了起来。

"你发什么呆?"

耳边突然响起陈秋末的声音,齐小雨回过神来,有些尴尬地移了移视线,"没,没什么。"

"你不好奇我要带你去哪里吗?"

"好奇啊,但我想,我很快就能知道答案了。"齐小雨假装镇定地说。

"我擅作主张了,希望你知道后不要怪我。"

齐小雨还等着陈秋末接下来的话,但他已经故作神秘地点到为止了。齐小雨觉得自己的心上仿佛爬上了万千蚂蚁,痒痒的,难耐。

陈秋末最终将车停在了江城博物馆前的停车场。二楼灯火通明，工作人员还在忙着设计展厅。

陈秋末意气风发地对齐小雨说："江城博物馆二楼展厅一周后将会展出老师的所有藏品，我将藏品都捐赠给博物馆了，你不会怪罪我吧。"

"这个方法很好啊，我怎么会怪罪你呢？"她没办法说，她对保存外公的藏品没有信心，她怕舅舅舅妈将会再一次拍卖这些藏品，而陈秋末大概也是想到了这一层，才做出这样的决定。

她的眼睛亮如星子，望着陈秋末，然后踮起脚，双臂勾住了陈秋末的脖子，齐小雨哽咽了，"陈秋末，谢谢你。能够遇到你，真好。"

这样亲昵的举动，还是头一遭。

陈秋末从震惊中反应过来，"你哭了啊。"

"嗯，我被你感动了。"

他的怀抱何其温暖，她贪恋这份温暖。

"那下周的展览开幕典礼，你要跟我一起来参加。"

"嗯。"

然而，事与愿违。

到那一天，她还是被绊住了脚。

原因无他。

高昊的父亲高远来了。

离开博物馆后，陈秋末带齐小雨开车来到了京华城一家港式餐厅吃饭。

点完餐等菜的间隙，陈秋末脱下了外套便往卫生间走去。没过多久，齐小雨听到了陈秋末西服口袋里手机嗡嗡振动的声音。

她向陈秋末离开的方向瞥了一眼，发现陈秋末还没有回来，然而手机一直在不停地响。按捺不住内心的好奇，齐小雨起身从陈秋末的西服内侧口袋里取出了手机。

手机屏幕上显示着一个陌生人电话，电话那头的人要不就是有很急的事情要不就是个很顽强的人。

她按了接听键，还没来得及说："你好，陈秋末现在不在，有什么事我可以转达。"便听到电话那头传来女子抽泣的声音。

"陈总，我在会宾楼的包厢，我喝醉了，你能来接我吗？"女子的语气中带着祈求。

齐小雨有些哑口无言，一时间只得沉默着。

"陈总，我刚帮公司拿到了合同，这是第一次，我真开心。"

"陈总，你回答我一声可以吗？"女子有些急了。

"对不起，陈总有女朋友了。"齐小雨忍无可忍，没好气地说。事后，刚想把电话按掉，手机就被人一手夺了过去，齐小雨愣了愣，有些不知所措。他应该是听到她说的话了，所以他的眼神才会这样晦涩黯淡。

陈秋末一本正经地坐在沙发卡座上，对着手机问："什么事？"

随后，他的脸绷得紧紧的，一言不发。

恰逢服务员端来了齐小雨喜欢的杨枝甘露，手里有了事情做了，尴尬的感觉顿时少了几分。

待他收线，齐小雨抬起头，若无其事地问："谁啊？"

陈秋末的脸色缓了缓，"你不认识。"

"说嘛。"齐小雨撒娇道。

"同事。"

091

"同事会这么晚打电话给你让你去接她？喜欢你的同事吧。"齐小雨勉为其难地扯出一抹刻意讨好的微笑。

陈秋末也不否认，用勺子挖了口芝士海鲜焗饭到嘴里，不去理会齐小雨的问题。

齐小雨咬了咬唇，犹豫着要不要继续问下去，不问今晚肯定是睡不着觉了，问了又怕陈秋末对她起疑心。

"好啦。你是不是生我气了？她对你很重要？"

"我没有生气。"

在齐小雨看来，陈秋末在刻意回避她的第二个问题。

"那你干吗一脸不开心的样子？"

"我在考虑要不要去接她。"陈秋末直言不讳。

这回，齐小雨就算假装笑都笑不出来。

"你很在乎她？"

这样的齐小雨，在陈秋末看来，有些喋喋不休。

"这么晚了，她喝多了，我确实不放心。"

"有什么好不放心的？"她冷冷地问。

"她是公关部新来的同事，没有什么经验，想必今晚也是受了委屈的，情绪都崩溃了。"

"陈秋末，她这是在博取你的同情。"

齐小雨觉得自己都快哭了，转念一想："你该不会是想把我撇下，去接她吧？"

"小雨，吃完饭打车回家，我还是得去一趟，她要是出了事，我担当不起。"陈秋末说完，便急匆匆地走了，一点也不给齐小雨反应的时间。

餐厅里方才听到他们对话的人现在都向齐小雨投来同情的目光。

第二章 若不是因为爱我

齐小雨气闷地一口气喝光了高脚杯中的杨枝甘露，虽然觉得一个人吃饭，食不下咽，但还是扫光了桌上的菜。

以至于她最后吃撑了，胃极不舒服，但是这样齐小雨反而高兴了。

她在心里默默说：陈秋末，我这样自虐，都是因为你啊。

走出京华城，一辆出租车上前，齐小雨拉开门坐了进去，报了地址，便闭上眼睛，装睡。

回到家后，一夜无眠，第二天看到镜子前顶着两只大熊猫的眼睛，直叹陈秋末是祸害。

同时，她也不得不承认，她是羡慕昨晚那名女子的。

尽管她没有了尊严，可是用尊严换陈秋末的担心照顾，多值得。

也不知道他们后来有没有发生什么事。

一想起昨晚陈秋末抛下她这件事，气就喘不过来。下次，她也得学学如何厚颜无耻装柔弱留住男人。

挖了她墙脚的"情敌"，她记住了。并暗自发誓等有空了一定向高斯打听一番。

齐小雨出去跑采访，刚回到办公室喝了口水，就看到上司心情不错地来找她。

"小雨啊，最近表现不错，贴吧里对你的讨论热火朝天的，大家都很喜欢你的风格，不矫揉造作，干净直爽。说话犀利大胆，才能引出话题，我就喜欢你这样的人，就不喜欢林妤那种温开水样的。"

要知道林妤是齐小雨的闺蜜，这在台里不是秘密。然而她的上司还是这样说她闺蜜的坏话，她忍了又忍，才没有拿话反驳他。齐小雨想，这么直接地说喜欢她不喜欢林妤，一定不安好心，非奸即盗。

齐小雨耐着性子，皮笑肉不笑地问："总监，你来找我有事吗？"

"过几天我们要采访一位传奇人物，你有空来客串下主持人，好吗？"总监带着商量的语气问。

这对齐小雨而言，无疑是一种锻炼，是很好的机会，齐小雨有些心动，然而她仔细思量一番却不敢轻易允诺下，只敷衍道：

"我资历尚浅，台里前辈很多，轮也轮不到我啊。"

"你没什么经验，我也担心。"总监露出一点为难的神色，紧接着又说，"但是没办法，那个传奇人物点名了要你和高昊一起担任主持人。"

听到高昊的名字，齐小雨蹙了蹙眉。

"为什么？"她一个小虾米，哪位传奇人物知道她？

"不为什么？因为那位传奇人物是高昊请来的，也只有高昊能请得动他。"

"是谁？"

"他父亲高远。"

答案揭晓，齐小雨似乎有些懂了。

然而她更加不能答应总监提出的要求。

在过去的这段时间里，高昊大概怎么也不会想到，虽说同做一套节目，但彼此见面的时间少之又少，总是在不停地错过，只因为他是男孩子，所以一遇到边远地区的新闻都是他来跑，一路长途奔波，其中的辛苦与心酸自不必说。齐小雨觉得他会撑不下去，毕竟他大可以不必这么累地生活着。

"采访定在哪一天？"

"下周三，这两天你们商量下要提问的问题，然后我们开会再讨论。"

"对不起，总监，我那天有重要的事。"齐小雨露出一脸歉意。这个日期好巧不巧地与外公藏品的展览开幕式撞在了一起，对她来说，什么高远，她根本就没兴趣采访。能和陈秋末并肩站在媒体面前，是她梦寐以求的事情，她不想失去这个也许是唯一的机会。

"推迟，这件事没有商量的余地。"总监潇洒走后，齐小雨模仿起总监的语气重复了这一句话——这件事没有商量的余地。

心里越想越郁闷。

哎，既然这样，又何必假惺惺地来找我商量呢。直接在邮箱里下达命令就好，搞什么假民主那一套。真虚伪！

齐小雨暗自不服气，脸上挂着阴沉沉的笑，令人不寒而栗。

手机铃声响起，惊了齐小雨一下。看到手机屏幕上高昊的名字一闪一闪的，自工作后，她的手机号就瞒不住高昊了，大概是怕齐小雨觉得烦，高昊也没有打过几次电话，就算是打电话来找了也多数是公事。

"喂？"

"张总监通知你了没？"

"刚收到通知。"齐小雨冷冷地回。

"你答应了吗？"

听到高昊这样问，又想到之前总监那不给商量的口吻，齐小雨就叛逆心作祟，不想参与。

"我有拒绝的权利吗？"她冷哼讥笑，"来的人是你爸你最了解，采访提纲你来做。"

"行。"

"你爸点名要我和你搭档做主持，是你授意的吗？"

"当然不是。"

"真的？"齐小雨有些不相信。

"真的，有次他问我，有没有喜欢的正经女孩，我说有了，他问我名字以及其他的一些信息，我便如实说了。后来因着只能在照片里看到你，所以觉得特别遗憾。再加上我把你说得太好了，所以他不相信，要来亲自验证一下。"

齐小雨不愿意再听下去，只用公事公办的口吻说："好了，我知道了，我要忙了。"

高昊自觉地收线。

齐小雨打开电脑，开始写稿子。可是一点灵感都没有，自觉写得跟坨屎一样，删了重来。给自己冲了杯咖啡，兴奋兴奋自己的情绪，然后趁机点开了新浪微博。

高斯的微博显示在线状态。

她连忙发了私信过去。

"在吗？"

没过多久，高斯便回应了。

"在。有事吗？"

"我听说最近陈秋末在和一个公关部的女生走得很近，是真的吗？"

"没有吧。"

见高斯这样回，风轻云淡的，齐小雨敲字的力道都大了。"怎么没有？昨天晚上那个女的喝醉酒了，陈秋末亲自开车去接的。"

"我不清楚。还有这种事？不过你怎么知道的？"

"我当时在跟陈秋末吃饭，他撇下了我。"

"哦，陈总自从遇见你后，夜生活丰富了许多啊。"

高斯调侃着，随后又发过来一条私信："不过那个女生今天辞职了啊。"

什么？

转变如此之快，让齐小雨有些无从适应，连忙关了微博，整理心情，写稿。

大概是齐小雨一直都没回复，高斯的电话就打来了。

齐小雨勉为其难地接听，"喂？"

"怎么不回复我了？"

"我想要知道的你都告诉我了，我还回复你做什么？"齐小雨故意说得没心没肺。

"没礼貌，连声谢谢都不说。"

齐小雨配合着说："你打电话给我就是为了我的一句谢谢？哦，那么，谢谢你了，高斯。"说完，便乐了。

高斯也不兜圈子了，"好了，不开玩笑了。说真的，你是不是喜欢我们陈总啊？"

"没……啊……"齐小雨一字一顿，吐字清晰地说。

"你别不承认，我有火眼金睛。"高斯自觉不是那么好糊弄过去的人。

"我呸！"

"我帮你啊。"他说得轻巧。

很诱人！但……

"不用，我喜欢慢慢来，循序渐进，我享受这个过程。"齐小雨潇洒无比地说，同时，心里不忘吐槽一下自己的作。现实就是，她快被这暗恋的过程折磨疯了。是谁说结果不重要，享受过程最重要？她真想杀了那个人。她现在只要结果，最好是能跳过过程。

"齐小雨，面对我们陈总这样的高冷男子，你还是别玩什么偷

偷摸摸了，直接大胆过来吧，该表白的就表白，大气点，别浪费时间了，如狼似虎盯着我们陈总的女人多了去了，风格各异，当心你在这边玩矜持，一不小心陈总就投入别的女人怀抱了。缘分这种事是很难说清楚的。"

"我要是表白了，被拒绝了，那不就是没戏唱了？"她有自己的顾虑。

"据我了解，你不一样，你应该不会那么惨。"

"你确定？"齐小雨的确有些心动了，或许将心中隐藏起来的爱恋说出来，他们之间的结局就能快点到来了。

"你加油。"

夏日的阳光晒得她蔫蔫的，她有气无力地敷衍道："就这样吧，我好困，先睡会。"

齐小雨承认，对于要不要表白这件事在经过和高斯的聊天后，她变得没有那么排斥了。她只要一想到她和陈秋末也认识好几个月了却一点进展都没有就着实焦急，心里有个声音一直在说："勇敢点，去表白吧，早死早超生，说完就有答案了。"

可是不一会儿又出现另一个声音。

"不能说，说了，以后连朋友都没的做。"

就在这样矛盾的情绪下，她终于想到了一个折中的办法。注册个小号，去陈秋末微博表白。

因为陈秋末的微博已经好几个月没更新了，用别人的话来形容就是都快长草了。所以，即便她说了自己想要说的"我喜欢你"，也不代表陈秋末能够看到。不过，她心情会变好就是了，把心里话诉说出来，心里也就不用憋闷了。

然后，她说做就做，觉得很刺激。

私信的内容也不肉麻与露骨。

很简单的四个字。

"我喜欢你。"

她想,这四个字一定很普通,毫不起眼。因为她发现陈秋末所发的微博下面,有很多犯花痴的女人直接称呼陈秋末为老公,早中晚的问候,想必这些女人也早就各种私信过陈秋末了,说自己如何如何爱他,如何如何思念他到茶不思饭不想的地步。

她决定不输于人。每天都要用小号来报到,刷存在感。

做了这件事后,一整个下午,身心愉快,连写稿子都文思泉涌,手到擒来。

快下班的时候,高昊从演播厅录完节目出来,来到齐小雨的办公桌前,"人物专访的提纲我都写好了,晚上我们加班讨论讨论。"

齐小雨咬牙切齿地说:"哦。"

"先去吃饭吧,我好饿,中午都没有时间吃饭。"

"我不饿。"

"齐小雨,你也太狠心了吧。"

不理会高昊的控诉,齐小雨沉默不语地盯着他,让他自己做出选择。

"好啦,直接讨论吧。"

只是,中途好几次,齐小雨都听到了高昊肚子咕咕叫的声音,他一直在喝水解饿,她有些于心不忍,觉得自己太过分了,就喊了暂停。

"我们去附近的餐厅吃饭,边吃边聊吧。"

高昊原先紧蹙的眉头舒展开来,会心一笑,"还是小雨最好了。"

收拾好东西，起身前往电梯下楼，齐小雨故意走在高昊身后，看着他西装笔挺的背影，她突然间为这个男孩感到难过，也为自己的决绝狠心叹息不已。

他哪里不好了？你要这么对他？

别人求之不得的待遇，你唾手可得，便不在意不在乎不珍惜了吗？

齐小雨不断地在心里反问自己。

经过一阵反思后，她为自己找到了勉强及格的答案。

她性子倔强叛逆，吃软不吃硬，有自己的追求，对于没有未来的人从不给予希望，同样，不能让她心动的人，无论说再多的甜言蜜语，都进不去她的心，感动不了她。

何必呢？

"高昊，你又何必喜欢我呢？"电梯一层层地下去，静谧的空间里，能听得见彼此轻微的呼吸声，齐小雨开口问。

高昊转过头，无奈地笑了，声音低沉暗哑地说："你一定不清楚我是怎样的人，我有太多的缺点了，虽然至今为止，从没有一个人敢指出我的不对，但我心里明白。我自私、卑鄙、易怒、脾气暴躁、没有耐心、要面子，在上大学前，我几乎没有一个朋友，因为他们都怕我。进入大学后，在遇到你之后，我才发现我能给你无限的温柔与耐心，所有的执着与追求都给了你一个人，我更不怕丢人。这对我来说是一件不可思议的事情。我一直在寻找答案，你究竟有什么好的，我为什么就非你不可了。后来，我才懂，没有答案，我遇到你，爱上你，是劫数。当有一天，自尊都比不上你，你还会问我何必喜欢你吗？"

齐小雨哑口无言，她第一次没有选择嘲弄讥讽，甚至觉得他有些可怜，因为自己的缘故，把他弄得很是狼狈。

"对不起。"齐小雨由衷地感到抱歉。

"我不需要你的道歉，我做这些都是我心甘情愿的。"

"你一定是入魔了。"齐小雨同情地说。

高昊轻笑，电梯停在一楼，他绅士地让齐小雨先出去，自己随后。

水晶西餐厅里，几乎满座。齐小雨和高昊被带到窄小的两人座处，高昊的心情是有些郁闷的，他难得与心上人一起吃顿晚餐，却要在这样拥挤的环境下。

"怎么了？既来之则安之。"齐小雨轻笑。

"对不起，我应该早点预订餐厅的。"

方才高昊不满的情绪就显露在脸上了，想要直接离开去下一家餐厅，却被齐小雨阻止了。听到齐小雨发话说："这是饭点时间，去哪家餐厅都一样，不要等座的餐厅已经是奇迹了。算了，别折腾了，我今天正好特想吃这家的冰淇淋。"高昊才作罢。

点餐后，齐小雨随意地看了看其他桌的客人，不巧的是，都是情侣在用餐。

而情侣用餐最让人尴尬的是，在公共场合，他们控制不住自己的小动作。就比如齐小雨斜对面的那桌，年轻男子血气方刚，温柔女子娇弱羞涩，他一会摸摸她的小手，一会亲亲她的脸颊，一会掐一下她的腰……花样百出，浑然不顾其他人的眼睛。

用完餐后，齐小雨喊来服务员收拾桌子，并点了两份意式手工冰淇淋，拿出昨天晚上收集的高远的事迹，冥思苦想起来，丰富高昊拟的采访提纲，设计台词。

她低头温柔娴静的模样，深深吸引着高昊的目光。

这样的一个人，看一生一世都不嫌够。他的脸上染上了笑意，继续不动声色地凝视着她。

直到她突然抬起来，视线直接撞进高昊的视线，她错愕的表情看在他眼里是那样可爱，他也不觉丢人，厚脸皮地装作若无其事的样子，问："怎么了？有什么问题吗？"

"我觉得这些问题都太平淡了，我们可以提出一些劲爆的问题，比如他年轻时丰富的感情史，如果我标注出来的问题，你都能让你父亲说出口就好了。"

高昊笑了，"我就怕我母亲不会放过我。"

"我没有要勉强你的意思，你再考虑考虑。"

"我知道你的意思，我再想想吧，也许因为是我父亲的关系，我没办法问出那么犀利的问题。"

"我理解。"

后来，结束的时候，餐厅里客人已是寥寥无几。

高昊提议要送齐小雨回家，被齐小雨拒绝了，她不想让高昊知道自己现在住在什么地方，免得日后给自己增添烦恼。

然而她的心思瞒不过高昊，他犹豫不决地问："你为什么会住在陈秋末的公寓？"

他居然知道她住哪里。这一点，齐小雨倒是没有想到。过了会，才淡定地回：

"他借给我住，我住得也舒服。"

"你真的很喜欢陈秋末吗？"

"是啊。"齐小雨大方承认。

"为什么会是他呢？我不止一次地想，我应该是和陈秋末属于同一类人的，你为什么这么多年都不接受我偏偏要爱他呢？"

齐小雨难得有耐心，"或许你们相似的地方是背景，但是你们的性格完全不一样。我不想说你的性格如何如何不好，陈秋末的性格如何如何好。也并不是这回事。他只是出现在了一个恰当好的时机，给予我温暖，然后，我就这样被他吸引，成为他的俘虏。"说到这，齐小雨温柔地笑了笑，"又或许那天如果我没有在外公的葬礼上见到他，没有让他见到我狼狈的样子，我也不会喜欢他。我就在那段动荡不安、没有安全感的时期，喜欢上了他。"

"你说的这些话让我感到很心痛。"高昊眉头紧皱。

"对不起，我只能对你说这么无关痛痒的词语。对不起，让你痛苦了。可是，高昊，你能不能别再喜欢我了？这让我很有负担。"

"那他喜欢你吗？"他答非所问着。

"我不知道，也许喜欢，也许不喜欢，谁知道呢。但我愿意一直等下去。他若不幸福，我必将不会走进幸福。"

"说得真好，他若不幸福，我必将不会走进幸福。这句话也适用我。我们同病相怜，突然间就觉得不孤单了。"他自我安慰着，故作潇洒淡定地笑了。

"呵呵。"齐小雨干笑了几声。

齐小雨在周五的时候收到了博物馆快递过来的开幕式请柬，珠光纸手工花烫金卡面，显得格外雍容华贵。这才记起来，她忘记告诉陈秋末她不能参加那场开幕式了。

不清楚陈秋末会不会失落，但她心里的失落感已经令她感觉苦涩，她遗憾极了。

拖延了许久，终究还是给陈秋末打去了电话。

电话接听后，他的心情似乎很好，声音听起来很愉悦。

"秋末哥，对不起，下周三我不能跟你一起去参加展览开幕式了，我有很重要的事情。"

电话那头的他沉默了片刻，才语气转淡，说："好吧，你忙重要的事情吧。"

"秋末哥，真遗憾。"她听出了他的失望，只是她无能为力。

"没事，到时候你应该可以在网上找到现场视频的，无非是说些致辞，剪彩，然后接受记者采访，老生常谈了。你不去也好，也怕你会觉得无聊。"

"嗯。那以后再联系。"

"好，再见！"

陈秋末脸色有些阴沉，高斯发现了，中途被打断的汇报也不敢再继续了，忙说了声："陈总，我先出去了。"

转身的时候，听到身后的人发飙了。

"回来。"

高斯颤颤巍巍地转身，重新面对陈秋末，恭敬地问："陈总，还有什么吩咐吗？"

"你有女朋友的吧。"

"啊？"他的上司究竟在打什么主意？

"有还是没有？"陈秋末加重了语气，有些不耐烦。

"有。"

"我昨天在WE COUTURE订了一件礼服，现在我不需要了，你送给你女朋友吧。"

"陈总，这怎么好意思呢？这太贵重了。"高斯推辞着，心里明白，那件礼服一定是陈秋末为了齐小雨准备的，想必是齐小雨爽约了，才搞得Boss心情如此反复。

"让你去拿，哪来这么多废话？"陈秋末失去了耐心，脾气变得有些暴躁。

"是。"高斯干净利落地点了个头，然后走出了办公室。

办公室门被关上的时候，里面突然传来小声的杯子落地的声音。

高斯抖了抖脖子，看来这次陈秋末是真的生气了。也不知道那个喜欢陈秋末的齐小雨怎么就这么没眼力见儿，也不看看什么场合就缺席，陈秋末这几个月的努力，都被她的一句不来给践踏了。也难怪陈秋末会如此震怒。

哎，齐小雨，你究竟是老天爷派来喜欢他的，还是来折磨他的呢？高斯不由感慨着，摇了摇头，回到自己的办公桌前。

城市另一边，齐小雨听到电话里陈秋末那么失落的语气，心里也是不好受，为了减少心中的歉意，齐小雨立刻登录微博，多往陈秋末的微博私信了一些"我喜欢你"这类的告白。

然而，就在她发送完毕后，陈秋末的微博更新了，他一连转发了好几条活佛的禅语。

他在消失了几个月后突然出现，他的粉丝疯狂了，狂刷评论，不一会儿就已经突破一千条了。

齐小雨想，他应该不会看评论吧，毕竟那很花费时间。可是齐小雨哪里想到，心情不好的陈秋末他的行为是古怪的，不按常理出牌。比如她突然收到了一条私信提醒。

点开一看，赫然就是陈秋末发来的。

"谢谢！"

齐小雨被雷到了，原来他也知道翻看未关注人私信的内容，看来他对微博这个平台还挺了解的。

又过了几秒，陈秋末的关注里突然多了个人，而齐小雨同一时间

收到了新粉丝的提醒,很不巧,这个新粉丝正是陈秋末这个大V。

他吃错药了吗?这是齐小雨脑袋里唯一的想法。

这也太不正常了,还是太闲了?

最后,眼尖的粉丝发现了齐小雨的小号,纷纷留言问她是陈秋末的谁,过激的粉丝会骂她。那一刻,齐小雨真觉得陈秋末是不是故意的,让她成为被攻击的对象。她不得不缴械投降,关闭小号,远离是非之地。

高远是在周二的傍晚到达江城的,随行的人都是他的亲信,电视台安排了最好的酒店欢迎他们的到来,按照高昊之前透露的他父亲的喜好,晚上的饭局以素食为主,所有的食材都是绿色新鲜的,不敢有丝毫怠慢。

齐小雨也在这次饭局里。

年过五旬的高远,虽两鬓发白,但容光焕发,天庭饱满,微笑的时候,有着一份亲和力,身穿一件银灰色立领中式唐装,精致的盘扣尽显儒雅贵气。

"爸,这就是齐小雨。"高昊无视电视台其他领导的存在,单独向高远介绍起齐小雨来,他脸上喜悦的表情,明眼人一看便觉得这是齐小雨见公公的阵势。

而齐小雨恭敬地点了点头,浅浅地笑着问好:"你好,高先生。"

"你好,我可以叫你小雨吗?"高远随和地问。

"可以,当然可以。"

"那你也别高先生的叫我了,叫我高伯伯吧,你不是高昊的同学嘛。"他说得滴水不漏,齐小雨只得遵从地喊了一声:"高伯伯。"

第二章 若不是
因为
爱我

总监安排座位的时候,特地将齐小雨安排坐在了高远的身边,她和高昊一左一右夹着高远,倒有点是他们家人的感觉了,饭局上,高远的健谈幽默令整个饭桌上的人相处得一派和乐融融,大概只有齐小雨自己觉得如坐针毡。

她很安静,举止得体,她的笑容有很强大的感染力,看着让人舒服。

这是高远不动声色地观察了身边这个儿子喜欢多年的女孩子,得出的结论。

饭局结束后,高远突然开口对齐小雨说:"很晚了,让高昊开车送你回家吧。"

"不用麻烦了,我可以打车回家的。"

"不麻烦,高昊很乐意。"

"那好吧。"齐小雨妥协,同时在心里暗自佩服,这是个厉害的老头。

一路上,齐小雨坐在副驾驶座上在假寐,后来竟真的迷迷糊糊地睡着了。车子开到公寓楼下,高昊也不急着去叫醒齐小雨,大概是太过安静了,齐小雨自己睁开了眼睛,大脑有些短路,反应了几秒才想起自己目前的处境。

她不好意思地看着高昊说:"不好意思,我睡着了。"

"没事,你今天大概也很累了,回去休息吧,明天见。"

"嗯,再见。"齐小雨感激道,然后推门下车。高昊望着她离去的背影,一脸宠溺,下车又等等,看到齐小雨家的灯亮了后,才会心一笑,开车离开。

酒店套房客厅里,高远穿着睡衣,站在阳台前,望着远方的灯火。

高昊走近，"爸，还不睡？"

"我在等你。"高远转身说，坐在沙发上，笑了，"她是个漂亮的姑娘，眼神清澈，难怪你会喜欢这么久。"

高昊满意地笑了，一扫脸上的疲惫，"爸，看来你很满意她。"

"是啊，我儿子看上的姑娘能差到哪里去？"他说这话的时候颇有些自豪感。

"不过，爸，我拿她没办法，我真的已经很努力了，可她就是不为所动。她对我太过冷淡了，我却还是舍不得放下。"高昊无力地笑了，他真的是第一次在父亲面前这样软弱。

"为什么？你也不差。"直到这个时候，高远才明白自己儿子一直都是在单相思，细心呵护长大的独子，何时受过这样的挫折？若是妻子知道，必然要掀起一场轩然大波。

"她曾经跟我说她不喜欢我是因为我的家世，我对她而言太过遥不可及了，可是她现在喜欢的也是一个家世显赫的男人，为什么她就会爱上他呢？这太不公平了。明明，我比陈秋末要早遇到她啊。"

"傻孩子，爱情有时候是没有理由的。"

"我真的不想放弃。"高昊无奈地说。

"那就不要放弃，我们高家就没有轻言放弃的主。"高远豪迈地说。

"爸，你支持我，我真的很高兴。不要告诉妈妈，她会讨厌齐小雨的。"

"你放心，该说什么不该说什么，我清楚得很。"

"那爸给我出个主意吧，下一步我该怎么办？"

高远思索了一番，"你不是说她有喜欢的男人吗？进展到哪一步了？"

"据我了解，目前他们还只是朋友，齐小雨在暗恋他，暂不清楚陈秋末的态度，但估计八九不离十，因为陈秋末对她很好。"

"那就从陈秋末下手，人无完人，总会有漏洞的。若毫无瑕疵，创造机会都要找到。"高远说这话时，他的眸子里闪过一丝凌厉。

听到高远这样说，高昊觉得一下子豁然开朗了，激动地说："爸，我懂了。"

"高昊，我只给你半年的时间，若是半年后，你还是得不到自己想要的，那么你就回家。"高远语重心长地说。

"爸。"

高远一副不容商量的口吻说："听话，你妈妈很想你。"

"好吧，我知道了。"

因着时间的紧迫性，高昊觉得自己的狠劲儿都被逼出来了。

第二天上午九点，节目开始录制，虽然齐小雨是第一次主持这样的节目，但是有高昊这样的能人在，整个氛围还是很轻松愉悦的，高远似乎早就做足了准备，不论是多么暴露隐私的问题，他都能对答如流，而且回答得令人赏心悦目。

一切都很顺利。

结束后，齐小雨跑去化妆间卸妆，高昊赶着送他父亲，他们离开了江城。

在这一切还处在风平浪静之际，齐小雨哪里知道，她往后的人生会因这位老人的到来彻底脱离原先的轨迹，变得混乱不堪。

而所谓人生如戏，大抵如此。

周六，齐小雨忙里偷闲去了一趟江城博物馆，二楼展厅的游客还是挺多的，她看着一个个展柜里被灯光照射着的清代瓷器，更加的晶莹剔透，想起记忆中，外公对这些藏品如数家珍的情形，他总是乐于对她讲藏品的来历以及他又是怎么得到它们的，眉飞色舞的样子，至今都记忆犹新。

那些日子，泡一壶茶，晒着太阳，一下午的时间就能够消磨过去，有种偷得浮生半日闲的感觉。

而帮助她保存下来这些珍贵记忆的人，是陈秋末。

她突然格外地想念他。

走出博物馆，她就给陈秋末拨去了电话，电话响了许久才被接听。

"秋末哥，晚上有空吗？我请你吃饭吧。"

"对不起，我今晚已经有安排了，下次吧。"陈秋末用淡淡的口吻说。

"哦。"她心里有些不舒服，知道陈秋末是在敷衍他，又不想去戳穿他。

用了点时间调整好自己的心情，齐小雨又给高斯打去了电话。

"你们陈总最近是不是很忙？"

"忙是很忙，但是心情不好也是个问题。"

"心情为什么不好？"

"大概是缺个女朋友了吧。"高斯开起了玩笑，然后建议，"如果你写一封很长很美的情书给他，他的心情一定会变好的。"

"你能不能不要调侃我，我跟你说正经的呢。"

"好啦，还不是因为你上次放他鸽子，他到现在也没有释怀，所以，你得去哄哄他啊。"

"原来是这样。"

齐小雨从未写过情书。

她觉得这是一件极浪漫的事情，将自己的心情写进美丽的信纸里，放进信封，递给心上人，他的表情他的言语，会成为一把钥匙，打开一个全新的世界。鉴于她不论怎么写都不满意，不得已去求教当年新闻系的大才女林妤。

自从林妤恋爱后，她的文学素养是越来越高了。一出口，一字一句都美得叫你心醉。

比如，林妤说："任凭霓裳美丽几许，我不为之饮一瓢弱水，因为我早已污尽一生。"

对林妤来说，情书这玩意，信手拈来，便是一封绝美的爱的誓言书。

果然，林妤没有让齐小雨失望。她只用了半个小时的时间，就文绉绉地打出了一篇文笔斐然的情书。然后齐小雨一点点抄下来，装进粉色的信封里，用蜡封口，盖上了火漆印。

在她的这一生中，这是第一次，也是最后一次。因为活了二十几年，能让她有如此冲动的唯陈秋末一人而已。

再过些天就是中国的情人节。

她想在那一天，递交出自己的心。

与此同时，清荷苑高级小区里，高昊刚签收了一份快递。

本不抱任何希望地拆开，却不曾想，这小小的快递包里藏着惊人的秘密，一度令他觉得这是上天赐予的最美的礼物。

——陈秋末与一个女人的婚纱照。

再不会有比这更令人欣喜若狂的消息了。

老天爷终于开始优待他了，明明他还未来得及去造假诬陷陈秋末什么，这货真价实的消息就自动送上门来了。

"齐小雨，这回，你该死心了吧。"

说完这句话，他拿起桌上的车钥匙，马不停蹄地往玫瑰园齐小雨她家赶。

她会做出什么回应呢？他拭目以待。

车子刚停在楼下，正巧齐小雨走出来，看样子是要出门。

高昊推门下车，喊了声："小雨。"

齐小雨顿住，忙问："你怎么在这里？"她的语气中带着不欢迎的成分，高昊也不介意。

"我有话要对你说。"他的神情凝重。

"什么话？"

高昊直接将陈秋末的婚纱照递给齐小雨，"这个女人叫葛雪籽。"

照片里的女人穿着洁白的婚纱，与陈秋末手牵着手，迎着阳光大笑着。

雪籽，再次听到这个名字，记忆中的画面不断地在脑海中浮现。

陈秋末那晚喝醉酒后叫的名字就是雪籽。

"她是陈秋末的前女友吧。"齐小雨故作镇定地说，"你干吗给我看这张照片？"

"小雨，葛雪籽和陈秋末在几年前就已经结婚了，你所爱的人根本就是个骗子。"

"你在瞎说什么？我不许你这样捏造莫须有的罪名给陈秋末。"

"你不相信也没有关系，可惜这就是事实。他们是夫妻，这张就是他们的婚纱照之一。"

"不是，不是。"齐小雨惊慌失措地否认。

高昊无奈，"只要去民政局查一下就清楚了，不是吗？"说完，高昊就要拉着齐小雨上车，前往民政局。

然而齐小雨态度很强硬。

她不要去民政局，她也不会相信陈秋末已经结婚。

心里矛盾极了，就这样维持现状最好。

她对高昊说："你快走吧，你说的话我是一个字也不会相信的。"

"齐小雨，你清醒一点好吗？逃避是没有用的。别说现在陈秋末他不爱你，就算他爱你了，你想做破坏别人家庭的事情吗？你要被千夫所指万人怒骂吗？"

"高昊，你说话真恶心。"齐小雨没忍住心里的酸意，眼睛红了，充满了泪水。

"可你也清楚，我说的都是实话，要没有充足的证据，我也不会来告诉你这件事。齐小雨，你要相信我。"

"我不知道你到底安的是什么心，高昊，你为什么就不能放过我呢？你为什么一定要让我变得这么悲惨痛苦呢？你是真的喜欢我，还是在报复我？因为我从不拿正眼瞧你，伤了你的自尊。"齐小雨近乎歇斯底里地怒斥道，脸颊上挂着两行清泪。

高昊觉得自己被齐小雨的这些话杀死了，他突然不明白自己为什么要做这样一件事了，明明他和齐小雨的关系刚刚才有了改善，自己却这样轻易地毁掉了这一切。

高昊颓丧地离开。

齐小雨头痛欲裂，出了小区门口打车去了南湖山庄谈允珍家。而在她身后不远处的高昊，心里得到了丝丝安慰。

刚进门，看到允珍在看电视，忙冲上去，旁敲侧击起来，"允珍，听说陈秋末结婚了？"

"是啊，你听谁说的。"

"我忘记了，好像是听到过有这么一回事。因为太震惊了，所以才来找你证实一下。"她竭尽全力让自己看上去镇定自若，漫不经心。

"是啊，他结婚了。他的老婆是云超的大妹，现在在国外生活。"

"哦。"齐小雨六神无主了，"为什么她要在国外生活呢？他们离婚了吗？"

允珍突然笑了起来，"你这个问题太好笑了，离婚？怎么可能呢？他们很相爱的，从中学时期就是大家公认的金童玉女，他们的结合被人称作奇迹，是本世纪最浪漫的事情。雪籽去国外，肯定有自己的理由。"

齐小雨觉得自己身上的力气已经被抽干了，她连说一句话的力气都没有了。

难怪陈秋末会与葛家相熟！难怪他不能做伴郎！都是有原因的啊。齐小雨这下子全都想明白了。

只是，齐小雨太难接受这个事实了。

她怀疑自己正在做一个荒诞不经的梦，狠狠地用手掐了掐自己的腰，发现真疼，那一刻心冷了，死了。觉得再不会比这悲惨的了。

"对了，陈秋末和雪籽的家也在南湖山庄，第113号别墅。"这个消息如晴天霹雳般，砸到了齐小雨的脑袋。

从允珍家出来后，齐小雨浑浑噩噩地在南湖山庄晃悠，最后找到了陈秋末的家。

在院子外，她望着别墅怔怔出神，一想到这就是陈秋末的婚房，心就揪疼。

他和他的妻子在这座大房子里，幸福地生活过。

入夜，长街热闹，心境却越来越平和。

齐小雨想，这大概就是彻底放弃的感觉，不再痛彻心扉，而是心如死灰。所有的感情若违背道德，那么就必须从心里清除干净。这是齐小雨的底线。

天空中突然下起了毛毛细雨，在明黄色的路灯下，缠缠绵绵地飘落在地上。

这雨来得真是恰到好处。

干燥的地面越来越湿，灰尘变成了土黄色，显得狰狞。街上的行人脚步越来越匆匆，齐小雨怔怔看着这突然间变得慌乱的世界，泪如雨下。

后来绵绵细雨变成了瓢泼大雨。

雨水打在小雨的脸上，噼里啪啦，刺骨地疼。

世界天旋地转，她停住了脚步，蹲在了地上，将头埋在膝间，双臂抱紧了自己。

衣服湿透，贴在身上，让齐小雨很不舒服。

她哆哆嗦嗦的，觉得很冷。是那种恍如被全世界抛弃的感觉，在心底滋生出了绝望。

那一夜，她的哭泣声湮灭在大雨滂沱的世界里。从凌晨走到清早，拖着僵硬的身体回到了玫瑰园。

这自我放逐近乎自虐的方式，也没能缓解她内心的苦痛。但好在，她发烧了。烧得糊里糊涂的，要不是后来林妤因为打不通齐小雨的手机，又因有录播，只得去附近陈秋末的公司请他帮忙找她，或许，她就病死了。

而其实，病死了对她而言，是一种解脱。

因为要是在这个世界上，注定要与爱进骨血的人擦肩而过，便是一种生无可恋，万念俱灰。

而她不想这样活着。

真的不想。

醒过来的时候，病房里空荡荡的，只有她一个人。这两天她睡得昏昏沉沉的，偶尔醒过来一次，也因着眼皮实在沉重而再一次陷入沉睡。

到今天，她的这场叫失恋的感冒才算有转好的迹象。

床头柜子上留有一张纸条。

"记得醒来把保温罐里的小米粥喝掉。陈秋末字。"

是了，那天是陈秋末横抱起她，把她送来医院的，在路上，他不停地对她说话，希望她保持意识清醒，结果她还是不争气地失去了意识。说真的，那时候觉得他叽叽喳喳的像只乌鸦，好吵，好烦。原来从决心忘掉他的那刻起，他的面目就自然而然变得可憎了。

他在她心里是骗子。尽管，他似乎什么都没有做错，是齐小雨自己傻气，遇事不会多想，习惯点到为止。若当初便知道陈秋末的婚姻，现在的自己也不会沦落到这凄惨的地步。

恨他吗？当初爱得多深，现在的恨就有多深。

她病了，他很着急。

可是，陈秋末啊，你对我越温柔，就是对我越残忍呢。因为我从没有想过，你为我做了这么多别人都不会为我做的事情，居然不是因为爱我。

她舔了舔干燥得起皮的嘴唇，拨通了陈秋末的电话。

"小雨，你终于醒了，身体觉得怎么样？"陈秋末紧张地问。

无视他的关心，齐小雨声音清冷地问："陈秋末，你喜欢我吗？"

陈秋末愣住了，过了会才找回自己的声音，半开玩笑地问："你呢，你喜欢我吗？"

这一刻，她虽然不再惧怕答案了，却终是不能随心所欲地回答。

"喜欢啊，不然谁和你做朋友呢。"

说出这话，她觉得自己的心在隐隐作痛。

从前的她才瞧不上朋友关系，不过现在知晓真相的她觉得做朋友是她的一种希冀，因为她心里清楚，他们连朋友都做不了。

秋末哥，你喜欢我吗？

这个问题，她再也没有勇气问第二次了。

算了。她放弃了，故意用轻松的语气说："秋末哥，你忙吧，再见了。"

"好，再见。"

挂了电话后，她将手机卡取出，扔进了垃圾桶里，仿佛将齐小雨爱上陈秋末的这段愚不可及的情也一并扔掉了。

后来，齐小雨不负责任地消失了。

就连电视台的辞职信也是通过快递的方式递交的。

她的大多数行李都还在玫瑰园。

就好像她从未离开过一样。

第三章 还是想和你在一起

窗外的海风把窗帘吹得鼓鼓的，明亮的灯光下，齐小雨抱膝而坐，盯着茶几上一杯已经冷却的咖啡怔怔发呆。

"后来呢？"

突然的女声打破了这一份静谧。

齐小雨抬头望着对面沙发上坐着的人，微微笑了，"后来我就在你面前了。"

"小雨，少来，你出现在我面前是在半年前。"

半年前，高昊携手齐小雨出现在家族聚会上，这个女人明艳动人，成了全场的焦点。高昊将她保护得太好了，以至于谁都不知道他藏着这么一个漂亮的女人。那场聚会后，宋莲影便和齐小雨成了朋友，她是高昊的表妹。

"你离开江城后又去了哪里，遇到过什么人，发生过什么事，你还没有说呢。"

宋莲影果然不是个好糊弄的主。

但，齐小雨更觉得今天的她才是最不可理喻的，因为，她居然会为了安慰宋莲影，给她讲她的故事，尤其这个人还是高昊的表妹，那些烂在心底已经生根的记忆，被她重新翻了出来。

第三章 还是想和你在一起

或许，也不一定是为了宋莲影。拥有那段记忆是一件寂寞的事情，或许对别人说出来了，她就能真的淡忘了。

此刻已是凌晨四点，这个故事齐小雨从下午一点多开始说，她说得很细致，中途也会像几分钟前那样陷入自己的世界里，浑然忘记自己所处的地方。要不是宋莲影太好奇后来发生的事情，她真的不想去打搅齐小雨。

"后来，我来到了海市，彻底断了与江城的所有联系，我的亲人，朋友，以及陈秋末，我都放弃了。这个过程就如同剔骨刮肉般，血淋淋的，可是我心里也清楚，只有这般伤口才能好得彻底。我便是用这样决绝的方式，向过去告别。提醒自己，这就是代价——爱上有妇之夫所要付出的残酷代价。"

"你为什么会来到海市？因为高昊吗？"

"当然不是，其实海市是我的故乡，我小时候在这里生活了很长一段时间，我不回来这里，我也不知道我还能去哪里。"

"原来是这样。那你和我表哥是从什么时候再遇到的呢？"

"起初，我在海市过了一段很扭曲糟糕的生活。那段时间我几乎天天泡吧，化浓妆，文身，染发，认识了许多社会上的混混，他们性格迥异，虽然脾气暴躁，但大多讲义气，我的生活变得精彩了许多，飙车，赌博，这是我从未接触过的东西。甚至，我被他们冠上了大嫂的称呼，因为他们的大哥在追求我。那个人不是个温柔的人，因为没有读过什么书，言语很粗俗，生活混乱，有很多女玩伴，但他抽烟的样子很帅气，我不止一次地想，跟了这样一个人，如果陈秋末知道了，他会不会心疼我。在我疯狂的想法还未付诸实践的时候，那个人就被警察抓了。因为泡了道上别的老大的女人，引起了一场混战，在混战里，他不小心捅死了人。听到别人说起那天的情形，我就觉得毛

骨悚然。之后，我就远离那些人了。后来，高昊费了很大的力气终于在酒吧找到了我。"

"你就抓到了救命的稻草，跟了高昊了？"莲影问。

"不。那时候的我，就算想跟高昊在一起，他也不会想要我啊。"那个糟糕的自己，连她自己都厌恶。

"为什么？"

齐小雨淡淡笑了，记忆回到了那个月朗星疏的夜晚。

那时候的她已经喝得烂醉如泥，往日的风采被邋遢代替。这不是她。或者对高昊来说，这不是他爱着的人。

她只是披着他爱着的人皮囊，内里是腐朽糜烂的。

他不想承认，他在拆散她和陈秋末的时候就毁掉了她，也一手毁掉了自己做了四年的美梦。

高昊把她带回了家，就这样看了她一夜。

她第二天醒来的时候，脑袋有些蒙，高昊压抑了一夜的怒火彻底爆发出来了。

"齐小雨，你怎么就这么堕落了？你把自己打扮成三陪女的样子，是在惩罚谁？"

他眼神中的厌恶一闪而过。

"你他妈才三陪女。"齐小雨粗暴地吼道。

高昊愣了愣，垂头丧气地坐在床边，齐小雨下床打算离开这个充满火药味的地方。

"你要多久的时间？需要多久才能忘掉陈秋末？"

齐小雨转身冷笑，"不要以为你很了解我，谁说我还记着陈秋末了，陈秋末是谁，我早就忘了他了。"

第三章 还是想和你在一起

高昊冲上去一把抱住了齐小雨,齐小雨睁大了眼睛,本应该一把推开这个男人的,可是手就像没有了力气般。

"小雨,你不要这样倔强。你想哭就都哭出来。"

那一瞬间,高昊的话就像有魔力一般,齐小雨就真的哭得撕心裂肺。

"离开之后,我已经没有什么好失去的了。我想要自己活得轻松一点,这难道有错吗?"

"可你的方式错了。"

"那你告诉我,除了这些,我还有什么办法?"

"有,你相信我,我会给你找到别的办法的。"高昊轻拍着齐小雨的背,安慰道。

那一天之后,齐小雨变了,高昊也变了。

齐小雨不再喝酒,高昊收敛了自己所有的脾气,变得温柔起来。

他给齐小雨报了很多兴趣班,烹饪、茶艺、插花、瑜伽……她的每一天时间都被安排得满满的,甚至比上班族还要忙碌,几乎所有能陶冶情操忘却痛苦的事情,高昊都陪着她做。

一年之后,齐小雨就像脱胎换骨般,心境与气质都发生了翻天覆地的改变。

然后,高昊安排她进入旗下星光杂志社做编辑。同月,高昊正式被任命为高氏传媒集团的CEO。

至此,她过上了平静的生活。

齐小雨这四年的记忆,是模糊的。所以她只能言简意赅地对莲影说了下自己的生活。

"他没有找过你吗?"莲影小心翼翼地问。

"没有。所以说,暗恋只是一个人的游戏,冷暖自知。"齐小雨自嘲地笑了。

"那你觉得你现在开心吗？"

"我不知道。我想应该是开心的吧，因为在我需要依靠的时候，都有他在。"

宋莲影笑了，"我今天才知道我表哥为了和你在一起，吃了那么多苦。小雨，小心哦，你从前对他那么坏，小心他在娶到你后，就对你不好。这个世界上的男人都是渣。"

齐小雨无语，笑了，"你只是刚好遇到的是一个渣男，也不用急着否定全天下的男人啊。"若不是宋莲影失恋哭着跑来找她，她动了恻隐之心，才不会在莲影问她有没有失恋过这个问题时如实相告。

"行行行，看在我表哥这般无微不至地照顾你的分上，我就勉强承认他是天下唯一的好男人。"

落地窗外，晨光微露。

宋莲影站起身来，伸了个懒腰，活动下筋骨，然后对齐小雨说："明天就要开记者会宣布你和高昊的婚讯，你不害怕吗？"

"为什么要害怕？"齐小雨不解。

"一旦媒体大肆报道你们结婚的消息，那么你曾经所放弃掉的，你的亲人，你的朋友，以及陈秋末，他们都会知道你在哪里了，知道你过得如何。等到他们来找你的时候，你要怎么解释那年你的失踪呢？"

"高昊帮我想好了，就说我生了一场大病，这些年一直都在疗养，故意玩失踪，只是不想让他们太过担心。"

"好吧，还是高昊想得周到。"

"你真的不怕见到陈秋末吗？我觉得你的心会动摇。"

"这时候的他大概儿女成群了。"齐小雨笑得苦涩，"好了，我

第三章 还是想和你在一起

们去睡一觉吧,这一夜,可真累人。"

莲影回房后,齐小雨去了书房。

书房红色桃木桌上,放着几份结婚请柬。

齐小雨伏案,拧开钢笔套,一一写上宾客的名字,打算明天一起寄给允珍,让她帮忙转交。

允珍,这么久都不联系她,她一定会骂死自己的。

想到此,齐小雨眉头轻蹙,倒是真有些害怕了。

前段时间,关于高昊与A女星的绯闻,被炒得火热。

A女星是一线明星,年近三十,这些年在电影界口碑极好,不传绯闻,不耍大牌,人长得美且还是个演技派,拥有大批忠实骨灰级粉丝。这次被拍到跟高氏集团的CEO同游普吉岛的照片,一时之间,水涨船高,身价翻了数倍,片约不断。

媒体们热烈讨论着这是不是要结婚的节奏时,当事人都默契地选择了沉默,这既不否认也不承认的态度,有些人认为这是炒作,是烟幕弹,A女星嫁入豪门不是那么容易的,也有些人认为这是真爱,女神的爱情无需向任何人交代。

虽然这场炒作是双赢的局面,但是高昊还是有些苦恼,这则绯闻是他父亲默认的,不然也不会演变成如今的全民话题。他想要出面否认,可是父亲不同意。父亲认为他应该为公司的利益考虑,诚然这则绯闻令高氏的股票一度涨停,但高昊更害怕齐小雨会受伤。因为,与他同游被拍到的女人是齐小雨,而非A女星,A女星只是高氏集团的形象代言人。

因着照片拍得模糊,A女星的轮廓又像极了齐小雨,那天恰逢A女星当时也在普吉岛拍广告,这才引出了这个大乌龙。

所有的秘密都是深爱

日后，一旦他和齐小雨再公开关系，A女星的粉丝一定会集体围攻齐小雨的。

所以，绯闻炒作至今，高昊选择了以一场发布会的方式结束闹剧，趁机实现自己的心愿，齐小雨即将嫁给他的消息，最好也能让陈秋末看到。

发布会下午三点钟举办，届时高昊和A女星会同时到场。这是个噱头，当媒体都以为这两人是要宣布在一起的消息时，高昊和A女星一起否认，并宣布高昊和齐小雨的婚讯，高昊相信第二日的头版头条会更大点。

下午三点，A女星盛装出席，穿一袭裸色一字肩蕾丝长裙，高贵优雅地挽着高昊的手腕，女神范十足，他们一出现，闪光灯不断，怎么看都是最养眼的一对璧人。

入座后，高昊莞尔，主持人宣布发布会正式开始。

高昊将麦克风移动到适合的位置，对场下的媒体朋友说："各位远道而来的朋友，下午好，今天我将就我近期出现的绯闻做出解释，接下来也会留二十分钟时间给媒体朋友提问。"

"A小姐是一位温柔娴静的女人，她有着世间最优雅的气质，举止高贵。她的父亲是我的国画老师，我们两家从小就有着密切的接触，所以我和A从小就认识。热爱电影是我们的一个共同点，所以她想要拍电影这件事，尽管其他人最先很反对，可我是第一个赞成她的。她在娱乐圈那么复杂的环境，依旧坚持本心，是一件难能可贵的事情，也因着她干净的形象，我邀请她成为我公司的形象代言人，这是一个十分正确的决定。但我们并非像外界所传的那种关系，我们不是情侣，我们也不是朋友，我们是亲人。"

有记者不淡定了，插嘴问道："那你们出游普吉岛接吻的照片又是怎么回事呢？"

"和我接吻的女人是我的未婚妻，我只能说你们会误解，是因为那张照片太模糊的关系，加上我未婚妻的五官与A小姐有些相似。说到我的未婚妻，我们因为这次的绯闻决定下个月举办婚礼了。我能这么快地心想事成，真的要感谢你们了。以上，便是我的声明。"说完，高昊起身，态度诚恳地鞠了一个躬。

接下来，记者们举手提问。

高昊在这中间安排了几个自己人，授意他们问出他想要回答的问题。

"高先生，您好，老实说我有了一种被戏耍的感觉，我大老远地从北京赶来参加您的发布会却没有想到是这样的结果。"某记者说完后一脸惋惜。

"那我就给你个独家好了，这是我和我未婚妻的结婚请柬，我亲自设计的。"高昊下台大方地交到记者手中，自豪地说。

某记者立刻成为了全场羡慕的对象。

此时，另一名记者开口问："高先生，您和您的未婚妻是怎么认识的？"

"我们是大学同学，我对她一见钟情。她是个单纯善良的女孩，我希望在以后的生活里，我能够把她保护好，让她继续过无忧无虑的生活。"高昊深情款款地说。

彼时，齐小雨和宋莲影正在房间里通过电脑看着那场发布会的直播。

"我表哥说话真讨喜，小雨，你真幸福。"

"是啊。"齐小雨甜美地笑了。

直到发布会结束的那一刻，A女星都没有说一句话，她只是露出淡

淡的微笑，得体适宜。

"听说我表哥给了A一份五年的合约，所以A才答应出席这场发布会的。"

"这应该是她人生中第一次做花瓶吧。"齐小雨说完，合上笔记本电脑，继续回床上补眠。

"你要小心了，按照现在网络信息传递的速度，你很快便会被人肉出来的。"

"我知道。"齐小雨轻轻回了句，然后陷入了熟睡。

宋莲影回到房间，接到了她表哥的来电。

"喂？你怎么会打电话给我？"

"想问你小雨在做什么？"

"睡觉啊。"

"幸好我没打她电话，不然就吵到她了。"他无比庆幸地说。

莲影感到无语，"你这副德行你爸妈知道吗？"

"宋莲影，记得做晚饭，别偷懒，否则我立马赶你出我家。"

"你狠。你就是对小雨太好了，所以姑姑才会对小雨那么冷淡吧。"

"我妈对谁不冷淡？"高昊反问，然后继续说，"我们以后又不跟我妈一起生活，她对小雨冷淡，我们无所谓。"

"看到你这样，我以后打死都不生儿子了。"

"去你的。"

挂了电话后，宋莲影认命地去厨房准备晚餐要用的食材。

她想，总有一天她要去匿名八卦下高公子是如何宠妻的，而齐小雨一定会成为全国女人的公敌。

这女人上辈子一定是拯救了银河系。

第三章 还是想和你在一起

寄出去请柬后,齐小雨陆续收到了来自允珍、林妤的电话。除了陈秋末,这让齐小雨有些怀疑,他是不是没有收到她的结婚请柬。

她本想用盛大的婚礼仪式告诉陈秋末,她过得很好。可惜,这一切只能随缘了。

允珍整整控诉了三个小时,齐小雨的耳朵才得到解放。

可是没过多久,林妤的电话也到了。

林妤用暴躁的语气问:"这是你的新电话号码啊?好的,你给我老娘等着。"这口吻活像流氓。

说完便挂断了电话。

齐小雨一头雾水,有点摸不着头脑。

第二天,日上三竿,她还在睡着,手机铃声就响起了,火急火燎的。

齐小雨刚按了接听键,那头的人就迫不及待地大吼一声:"快滚来机场接机。"

齐小雨吓得立刻坐直身子,"好的。"

手机里立刻出现了忙音。

齐小雨掀开被子赤脚跑去卫生间洗漱,然后挑选了一件白色连衣裙,下楼去车库。她自从接受高昊的求婚后,就辞职了,这些天一直住在高昊海边的别墅。

海边离机场要一个多小时的路程,她不确定她赶到机场的时候,最讨厌等待的林妤会不会直接杀了她。

她的银色小跑一路疾驰在沿海公路上,咸湿的海风吹乱了她的头发,但墨镜后她的眼睛里都是笑意。

再过不久,她就可以见到林妤了。这是个激动人心的时刻,这表示,林妤大方地原谅她了。

齐小雨到达机场停好车后,打电话问林妤她在哪里。

"我在吃牛肉面,你也来。"

齐小雨进去大厅,终于在二楼楼梯处看到林妤在向她招手,齐小雨连忙跑了上去,站在林妤面前,却有些胆怯。

"你胖了啊。"齐小雨取下墨镜,故意说着不着边的话。

"废话!你干儿子在我肚子里呢,我怎么可能不胖?"

"你怀孕了啊。"

"刚满七周。"林妤不自觉流露出小女人的模样令齐小雨羡慕不已,提及女人最幸福的三个时刻:求婚、结婚、生孩子。她们正在经历着。

"恭喜你,我真为你感到开心。"

齐小雨刚说完,林妤脸色就变了。

"你知不知道我已经结婚了啊?"

"啊?什么时候?"

"去年年初。我试图去联系你,让你参加我的婚礼的,可你断得干干净净。你看你当初答应要做我的伴娘的,你负了我。"林妤气鼓鼓地说,像只青蛙。

齐小雨讨好地说:"对不起啦!我真的不是故意要这样对你的。"

"这究竟是为了什么啊?你那生病的理由去见鬼吧,我才不相信呢。要我相信可以,这些年的病历药单一并交出来。"

"我失恋了嘛。"

"失恋?就因为失恋你就可以抛弃我吗?"这个理由显然无法说服林妤,让林妤消气。

"我是没办法。爱上一个结婚的男人,令我觉得太羞愧了。"

第三章 还是想和你在一起

"结婚的男人?什么意思?你什么时候爱上已婚男了?你不是一直都爱陈秋末吗?"

"就是陈秋末啊。"

"你说陈秋末是已婚男?你听谁说的啊。这到底是怎么一回事啊?"林妤都听糊涂了。

"允珍说的。"

"所以你就逃跑了?"

"嗯。"

吃完牛肉面,齐小雨开车带林妤回了家。

林妤跑上跑下仔细欣赏了一遍别墅,感慨道:"面朝大海,春暖花开啊。小雨,这可是你从前的愿望呢,有大房子,有海,有鲜花,还有阁楼。"

"是啊,我二十岁过生日时就这么许愿的,没想到你还记得。"

"我还记得二十一岁的时候,我们都在感慨自己的未来究竟是什么样子的,会不会儿女成群,婚姻美满,不被生活磨砺,做没心没肺的快乐疯子。"

"你的新郎是徐行之吗?"这是个难以问出口的问题,也是个令齐小雨害怕答案的问题。她希望她的好友生活简简单单的,没有大风大浪。

林妤故作神秘地说:"你猜呢。"

这让齐小雨有些为难。

"是徐行之。"她说。只有是徐行之,才不至令人唏嘘不已,徒增遗憾。

林妤挑眉,微笑,"答对了。"

"太棒了,你们是奇迹呢。"齐小雨激动地抱住了林妤。

"所以，我现在很荣幸地宣布，我还是那个没心没肺的快乐疯子，我没有变得市侩，变得现实，变得粗俗，我还是我，我喜欢这样的自己。"

"看到你这么幸福，改天我一定请徐行之吃饭，好好感谢他一番。"齐小雨由衷地说。

"这个不着急，让高昊先请我吃饭，赔礼道歉才是最重要的。"提及这件事，林妤怎么也开心不起来了。

"为什么？"

"你不知道这厮做了多么阴险的事情，真是越想越气，恨不得扒了他的皮。"林妤咬牙切齿地说。

"你冷静点，跟我说，我帮你惩罚他。"齐小雨劝说。

林妤坐下，平静了下情绪，说："我结婚前特地联系高昊，问他有没有你的消息，他明明知道我要结婚了，还故意瞒着我们，安的什么心。怎么着？害怕我把你抢走啊。他草木皆兵也得有个度。"

竟有这样的事情。

"好了，你原谅他啦。"

"你别因为要嫁给他了，就帮他说话，你说他做得过分不过分？"

"过分，没参加你的婚礼我是多么遗憾啊。"

"打电话给他，让他晚上给我个说法。"

"好的，遵命，陛下。"齐小雨讨好地说。

"烦死了，因为怀孕，情绪大起大落的。"林妤无比郁闷，她不该这样的，可是就是控制不了情绪。

"好啦，孕妇最大，你要吃些什么吗？"齐小雨不太清楚孕妇的忌讳。

第三章 还是想和你在一起

"你有什么？"

齐小雨打开冰箱，看了看，取出一盆千禧果，递给林妤，"我最近爱吃这玩意。"

"你终于不爱吃香蕉啦。前段时间听说香蕉有艾滋了，我还想起你来着。"林妤递了一颗进嘴里，"味道还不错，酸酸甜甜的，很爽口。"

趁着林妤在客厅看电视的空当，齐小雨打了电话给高昊。

"林妤来了，你把她得罪了，她很生气，万一不同意我嫁给你怎么办？"

"别啊，宝贝，我马上去负荆请罪。"

"嗯，来的时候买些孕妇能吃的东西。"

"她怀孕了？速度真快。"高昊羡慕地说，然后坏笑道，"不过，我们也快了，最迟明年吧，我就可以做爸爸了。"

"你想得挺美。"

"宝贝，你生的孩子一定是世界上最美的。"

"油嘴滑舌，看来你身边没同事在。"

"不，我在开会。"

"啊？那你还这么肉麻。"

"从前，我为了要保护你，才那么低调的，现在我们都公开关系了，当然要怎么高调怎么来着，小爷我从来就不是低调的人。"

林妤突然开口："在跟高昊那小子打电话吗？"

"是啊。"齐小雨笑了。

"快挂了，你要陪我和你干儿子。"林妤霸道地宣布。

"是，孕妇和我干儿子最大。"齐小雨哄得林妤身心舒畅。

傍晚，齐小雨在厨房里煎牛排，林妤在一旁拌水果沙拉，便听到

外面汽车开进来的声音。

"高昊那小子是不是故意拖到这么晚才回来的？知道我是孕妇，还敢让我饿肚子。"

"你不要故意挑刺啦，他最近比较忙，因为网上出现了对我不好的言论。"

"什么言论？你有什么不好的？"

"泡夜店的照片，浓妆艳抹，低胸短裙，一看上去就不像个良家妇女。"这不是齐小雨故意自贬，而是某知名八卦微博主的原话。

"这种事高昊处理起来不是应该是小Case吗？"在林妤看来，高昊是有这个能力的。

"夜里爆料的，就算后来沟通删掉了，也总归是流出去了，而且据说网友觉得我那照片很好看，都保存下来了。"

"谁会有你这些照片？"

"以前泡吧的朋友。"有些人是要经过时间筛选才能确定是好友还是路人，现在看来那些个当初她觉得有义气的人不过尔尔，齐小雨恨自己有眼无珠。

说话间，高昊就走了进来，笑得如沐春风。

但在林妤看来，就是一种贱笑。

林妤一副后妈的样子立在高昊面前，"怎么着？是下跪呢还是下跪呢？"

"大姐，我错了。"高昊求饶着。

"你让我觉得很遗憾。"齐小雨捞起牛排放在盘子中，插嘴。

高昊灵机一动，"那这样吧，你再举办一次婚礼，费用我全包。"

"你是咒我再婚啊，而且那时候齐小雨还是未婚身份吗？"林妤挑眉为难着他。

"这也不行,那也不行,你到底想怎么样啊?"高昊欲哭无泪。

"不知道。"林妤冷冷地扔下这句话。

这时候,齐小雨出来替高昊解围,"晚餐好了,都来吃饭吧。"

林妤摸着自己的肚子说:"我饿疯了。"

高昊去洗手,来到餐桌前,愣了愣,数了数盘子里的牛排数量,"十五块牛排,宝贝,你辛苦了,你喂猪啊?"这个猪当然指的是某孕妇。

齐小雨咳咳了两声,示意他闭嘴,多说多错。

林妤阴森森开口:"孕妇食量大。"

高昊低头,用叉子取了一块牛排放盘子里,安静用餐。

或许是因为林妤的到来,齐小雨食欲大振,一口气解决了五块牛排,仍不觉饱,这着实吓到了高昊。

"吃多了不消化。"高昊说。

"可是我很饿啊。"齐小雨可怜兮兮地说。

"好吧,我去给你拿健胃消食片。"说完,便起身去了客厅。

"你们什么时候开始同居的?"林妤悄悄问。

"没同居,他只是偶尔过来住。"

"做了没?"

"没。"回答这个问题的时候,齐小雨有些害羞。

"报纸上不是说你们同居了三年吗?"

"那是乱写的,我一年前才答应做他女朋友。"

"他对你真的好得没话说。"林妤笑着说。

"那你还生他气吗?"

"我哪里是真的生他气啊,我就是逗逗他。齐小雨,你这样帮着他，我们以后还能愉快地玩耍吗？"

话音刚止，高昊就回来了。

林妤收敛了脸上的笑意，重新变得一本正经起来。

齐小雨拼命忍住笑容，她觉得这一刻，有闺蜜真幸福。

吃过晚饭安排房间时，齐小雨坚持要让林妤跟她一起睡，林妤向高昊投过去一个抱歉的眼神，回房间洗澡去了。

齐小雨给允珍打去了电话，她最近很念旧，时常会怀念从前的时光与人，想念到哭，到痛彻心扉，遗憾那些过去的、想要的，都不在自己身边。

岁月催人老，大概就是这回事了。

夜凉如水，万籁俱寂，低垂的天幕上亮着几颗星子，如细碎的钻石镶嵌在黑色的帷幕上。

林妤吹干头发后，走出卫生间，看到齐小雨披着一件外套站在阳台上，迎着海风，背影单薄。

"在想什么呢？"林妤走到她身边问。

"在想，我丢去的正在一点点回到我的身边。"

"齐小雨，再把我们丢掉，你就是贱到渣了。"

"不会了，那个时候我还不成熟，还很孩子气。你请了多久的假？"齐小雨想带林妤逛逛海市每一个有趣的地方。

"我辞职了。"

"啊？怎么你也辞职了？"齐小雨微微吃惊。

"在家做全职太太不好吗？"

"不是不好，就是心情好复杂，女人到最后都回归家庭了。"

"有个好老公，女人还要那么拼命做什么？行了，早点休息吧。"

"嗯。"

第二天,齐小雨早起做早餐的时候,发现高昊也起床了。

齐小雨看了看墙壁上挂钟的时间,"你再去睡会吧。"

"你去吧,早餐我来做。"

"这是因为我在这里,所以要好好表现吗?"林妤突然神清气爽地出现在两人附近。

高昊笑着点头,把齐小雨推出了厨房。

齐小雨和林妤决定出门散会步。

早晨的海边,空气清新湿润,天空阴沉沉的,远方的海平面上出现了微微的光芒,再过不久,太阳就要升起来了。

齐小雨和林妤之间有些沉默。

"高昊我觉得他变了许多。"

"你也发现了?"

"是啊,他以前多桀骜不驯啊,眼高于顶,睥睨众生。现在呢,他变得平和稳重了。"

"所以,我是个坏女人啊。他变成了我喜欢的模样。性格、举止、穿着、发型都在模仿陈秋末。"

"经你这么一提醒,我才想起来,他真的是在模仿陈秋末,连西装品牌都穿一样的。"

"他为我牺牲太多了。"

"可是他这样,你的压力也很大吧。"

"知我者,林妤也。"

林妤觉得齐小雨是这个世界上最轻松的准新娘了,不用花心思准备婚礼,因为这些都交给了专业的团队打理,她自己对婚礼的要求也不是特别高，别人问她意见，她都说不错，漫不经心的，一点也不上心。

这大概也是因为新郎叫高昊，如果新郎是陈秋末，齐小雨未必就是现在这个态度了。

这些天，齐小雨开车带着林妤满地跑，行走于山水与美食间，让人欲罢不能，基本上海市风景优美的地方都去过了。后来，实在不知道去哪里了，齐小雨就带着林妤去附近的教堂看别人结婚。

日子过得清闲而又无聊。

这样的情况，一直持续到允珍他们一家人来到海市，头一天晚上，高昊安排在海鲜楼为他们接风。第二天中午，高家人正式与齐小雨的长辈碰头，双方都很客气，但也算其乐融融。

到晚上，年轻人在家门前的沙滩上办起了篝火晚会。烧烤架前，男人在忙碌着，女人们围着篝火谈天说地。

"小雨，看着你现在过得这么好，姐真为你感到开心。"

"谢谢姐，姐夫也对你很好。"

想起昨天晚上，舅妈得知林妤怀孕的事，再看看允珍的肚子，不断地叹息："要是允珍也能生个孩子出来就好了。"

"你和姐夫什么时候生个孩子啊？"齐小雨问。

"我暂时不想要孩子，没做好心理准备。"提及这个话题，允珍就心情低落，虽然葛云超有了深深这个孩子，倒不会给她多大压力，可是自己的爸妈以及葛家的老人早就有怨言了。

"允珍姐，怀孕是一件很幸福微妙的事情。"林妤开心地说。

"是啊，我知道呢。"

"秋末哥会来参加我的婚礼吗？"

"我不清楚，你们没有联系吗？"

林妤插嘴:"小雨没有陈秋末的电话号码,允珍姐,不然你现在打电话给陈秋末,问问他来不来参加小雨的婚礼。"

"那好吧,稍等。"

允珍拿出手机,调出陈秋末的手机号码,拨了过去,没多久,电话就被接听了,允珍按了免提键。

"允珍。"

陈秋末清冷的声音由着无线电波传来,迷人且令人陶醉。

"秋末哥,不好意思,这么晚打扰你,你在忙吗?"

"没关系,你有什么事吗?"

"是这样的,我现在人在海市,你还记得小雨吗?这丫头要结婚了,她想问问你来不来参加她的婚礼。"

"哦,不好意思,我最近在忙一个项目,有些忙,恐怕时间上不允许,帮我告诉她,我祝她新婚快乐。"

"那好吧,秋末哥,那就先这样啦,你忙吧。"

挂了电话后,允珍对齐小雨撇了撇嘴,"你也听到了吧。"

"他这么晚,还工作啊。"齐小雨不可思议地说。

"是啊,他是工作狂呢。"

"不用回家陪老婆孩子啊。"林妤接着试探。

允珍笑了,"他孤家寡人一个,日子过得清心寡欲,从前还会有些娱乐爱好的,最近几年,把那些时间都用在工作上了。"

"孤家寡人?"齐小雨喃喃地问。

允珍刚要再说什么,看到葛云超端着两个盘子走过来,小声地对齐小雨她们说:"睡觉的时候,我再跟你们说。"

"嗯嗯,好的。"林妤笑着点头。

自从允珍开了那个头后,齐小雨就一直心不在焉的。

好不容易挨到结束，允珍把深深安排好后，来到齐小雨和林好的房间，爬上了床。齐小雨和林好一副洗耳恭听的样子。

允珍缓缓说起："刚才云超在，我不方便说陈秋末的事情，但是我觉得陈秋末挺可怜的。"

"怎么可怜了？"林好帮着齐小雨问出口。

"其实，雪籽在七年前就病逝了。"

"什么病？"齐小雨问。

"胃癌晚期，她葬在加拿大，每年雪籽的忌日，葛家几个兄弟姐妹都会去加拿大扫墓，如果不是我也跟着去了一次，我哪里相信葛雪籽早就去世了。他们瞒得滴水不漏。秋末哥一直以为雪籽还会再回来的，一直都在等着她。可是，他哪里知道，他再也等不到她了。"允珍说着说着觉得很悲伤。

"他们为什么不告诉陈秋末呢？"

齐小雨的声音有些哽咽了，林好偷偷握住了她的手，安慰她。

"因为雪籽不让。"

"好残忍。"齐小雨的眼睛红红的，为陈秋末鸣不平。

"那个葛雪籽究竟在想什么啊？"林好愤愤不平道。

允珍叹了口气，继续说："当时雪籽和陈秋末感情太深了，而那又是他们新婚不久，她怕陈秋末会想不开。而且，雪籽有着所有女人都有的自私，她的一生太过短暂了，她希望陈秋末不要忘记她，永远只爱她一个人。所以，她编造了谎言欺骗陈秋末。据说陈秋末每年都会收到雪籽的明信片，如果有一天陈秋末知道那些明信片是伪造的，不知道会怎样。"

"应该会伤心欲绝吧。"林好说。

齐小雨的心里难受极了。

第三章 还是想和你在一起

允珍回房间后，小雨就直接哭了，她把头捂在被子里，不让自己发出声音。

林妤不知道要如何安慰她，索性也陪着一起哭。

一夜未眠。

第二天，两人的眼睛都肿了起来。

化妆师来看到齐小雨这样，吓了一跳，立刻让人去取了冰块，给齐小雨消肿。

齐小雨一言不发，目光呆滞地坐在梳妆台前，任由着这些人折腾。

还是很想和他在一起。

还是很想和他在一起。

还是很想和他在一起。

……

脑海中这句话一直在不停地翻涌着，来势汹汹，刺激着齐小雨敏感脆弱的神经。

只要有一线希望，就应该去努力争取。而不是在这里，继续那条阴差阳错的道路。她无声地对自己说，同时也坚定了自己的决心。

林妤看着沉默的齐小雨感到心疼，低头在她耳边低语："小雨，你忘记昨天你听到的事情吧。记着今天是你大喜的日子啊，你要做全世界最漂亮的新娘的。"

忘记吗？不，她不甘心啊。齐小雨紧紧地把双手握成了拳头状，指甲快要嵌进肉里了，却浑然不觉得痛。

齐小雨对房间里的其他人说："你们先出去吧，我们需要说会话。"

不一会儿，房间里就只剩下齐小雨和林妤两个人。

"待会高昊就会来接我先去他家见长辈,办中式的婚礼,下午我们俩去民政局领证,晚上参加沙滩婚礼。我突然间感到害怕,我现在没有办法嫁给他了。"

"小雨,现在都什么时候了!"

"我真的不能嫁给高昊,我想走,你帮帮我。"

"不,不行。我不能看着你一手毁掉自己的幸福啊。"林妤焦急地说。

"林妤,林妤。"齐小雨哀求着,"高昊就真的是我的幸福吗?不懂事的时候以为选择一个爱你的人便是幸福,现在才明白,要选择一个你爱的,因为被爱也是一件很孤单的事情。林妤,你嫁的人就是你爱的人,所以你不会懂我的感受的。"

"如果高昊不是你的幸福,那么陈秋末也不是。你确定你回去了,他就能接受你了?他爱你吗?你们能有未来吗?"

"可是我爱他啊。"齐小雨无奈地说。

"真的一定要这样吗?"林妤都快急哭了,再一次确认。

齐小雨坚定地点了点头。

"那好,你要我怎么帮你?"

"支持我,无论别人怎么说,你要站在我这一边。"只要有一个支持的力量,齐小雨觉得自己就能走下去。

"好,就算被骂,我也都支持你的决定。"

"谢谢,我要走了,希望能赶上最快回江城的飞机。这里,你什么都不要说,就装作你什么都不知道,我不想连累你。"

"好,等徐行之一来,我就跟他回家。"

齐小雨简单地收拾了几件衣服,塞进包里,将手机交给林妤,"恰当的时机,你帮我发条短信给高昊,就说对不起,我不能嫁给他了,也请他绝对绝对不要原谅我。"

"我知道了。"

趁着大家都在忙的间隙,齐小雨偷偷跑出去,开车前往机场。

而林妤反锁了房间的门,等待着暴风雨的来临。

高昊知道齐小雨逃婚的时候,齐小雨已经坐在飞机上,等待着飞机起飞。

天很蓝,很低,风和日丽。如此美妙的一天,注定不属于她。

飞机缓缓起飞的时候,齐小雨长长地舒了一口气,她终于自由了。

尽管未来是一片崎岖的路,但齐小雨还是觉得非常非常幸福。这一趟旅程的目的地是,陈秋末。她觉得好遗憾,四年未见他,如果那年的自己知晓真相,他们之间也许就不用空白四年了。

一个小时后,飞机降落在江城机场。

齐小雨走到机场大厅,突然停住了脚步,记忆中,四年前的她就在这里哭得撕心裂肺,那个凄苦可怜的身影仿佛出现在了眼前,齐小雨一下子没忍住,眼泪充盈在眼眶中,周围的一切都模糊了。

心中一个轻快的声音在说:"我回来了。陈秋末,你等我。"

去了洗手间花费些时间化了个浓妆,遮住了脸上的疲倦,在机场二楼一家餐厅里点了一桌子菜,慢条斯理地吃完,才走出机场大门,排队上了一辆出租车。

对司机说:"南湖山庄。"

午后的阳光透过玻璃,照在她的脸上、她的身上,整个人都变得暖洋洋起来。

她之所以要吃得饱饱的,是因为她身上没有手机,她也不知道陈秋末的手机号码,她只认识他家,大概需要等待很久才会见到陈秋末。

虽然她从前最讨厌的便是等待，可是这一次，她却等得心甘情愿，等得幸福。

海市。

宋莲影站在高昊的房间外，脚步迟疑，想要去敲门，又不敢，害怕见到一蹶不振的他。

知道齐小雨逃婚的那刻，高昊就像被抽干了所有的精力一般，差点站不稳，如果不是她在他身边扶着他，他就要摔倒了。

不要说是高昊，就连她这个伴娘，她都觉得无比讽刺，为齐小雨戏耍了众人而愤怒。

她害得向来骄傲的高昊变成这样，躲在房间，用酒精麻痹自己。一时之间，整个高家都沦为了别人的笑柄。

这样一个女人就是个白眼狼，枉费高昊宠爱了她三年，不值得，太不值得了。

婚礼已经宣布取消，虽然对外宣布的是，新娘偶感不适，已经入院治疗，婚礼延期。

可这样的说辞，谁又能信呢？

果然不到半个小时，齐小雨出现在机场的身影就被拍到，照片被传上了网络。

姑父已经查到了齐小雨飞去了哪座城市，他就是要来告诉高昊齐小雨回江城这件事的。

房间里传来酒瓶碎了一地的声音，清脆，听得人心惊肉跳，莲影顾不得什么，推门冲了进去。

屋子里灯光暗淡，厚重的窗帘紧紧隔开了房间和屋外的世界，阳光一点都投不进来。而高昊瘫坐在白色的羊绒地毯上，倚靠在床边，颓丧地低着头。

他的面前，一瓶洋酒已经见了底。

"高昊。"莲影轻声喊，这样的氛围太过压抑了，她都不敢大声说话。

高昊快速抬起头，在看到是宋莲影后，眼眸中的星光一点点变得黯淡下去，自嘲地笑了，"我还以为是她回来了，我他妈真的以为她会回来的。"

莲影避开地上的碎片，来到高昊身边。

"她不会回来了。"莲影冷冷地说。

高昊泪眼蒙眬，咬咬牙说："我恨她，我好恨她，我想跟她同归于尽。"

他哭得像个孩子一样，肩膀在颤抖着，是那样的无助。

莲影过去，抱住了他，陪着他一起落泪。

"高昊，振作点。"

"我是那么爱她，爱得失去了自我。就算她始终都不爱我，她也不该抛下我的。"

"她的良心被狗吃了。"

高昊冷笑，"不，她的心被她丢在了江城。她现在是要回去找回自己的心了。"

"你知道了？你知道她回江城了？"

"她除了那里，还能去哪里？"

"齐小雨她是疯了，你和那个已婚男相比，她凭什么抛弃你？"宋莲影恶狠狠地说。

"凭她爱他，凭她一定知道了那个秘密。"

"秘密？什么秘密？"

"小影,你知道吗?我苦苦隐瞒了四年的秘密,她肯定知道了。"高昊抽泣了一声,笑得比哭还难看,"是我低估了她的爱,我千算万算,也没有想过会在这样的时刻出了差错。陈秋末他为什么要那样幸运呢?他为什么是那样的幸福?"

"小影,过去的日子,我时常会让助理去海市拍下陈秋末的照片,我看着照片,学着他的穿衣风格,学着他的行为举止,因为那是齐小雨喜欢的类型,我以为只要我学会了陈秋末的品位,齐小雨就能多爱我一点了。"

"她配不上你,你值得更好的女人。"宋莲影泪眼婆娑地望着高昊。

"小影,你帮我找她回来,好不好?我心疼得厉害,我真的,真的,不能失去她。"

"高昊,你不要这么卑微,你这样,我会心疼的。"宋莲影哭成了泪人。

高昊摇摇头,开了另一瓶酒,直接举起酒瓶,往嘴里灌酒。

辛辣刺激的酒精刺激着他的胃,那里疼得厉害。

一股股热流,翻腾着,逼近喉咙,有些腥甜。高昊吐了出来,白色的羊毛地毯上赫然出现一块狰狞红艳的血迹。

宋莲影被这摊血吓了一跳,她大叫了一声,然后跑出去喊人进来帮忙。

她奔跑的背影越来越模糊,高昊渐渐地失去了残存的意识,倒在了地毯上。

出租车司机将齐小雨放在南湖山庄门口,齐小雨凭借记忆找到了陈秋末家,113幢。

第三章 还是想和你在一起

院子的木门上了锁,齐小雨将包放在地上,坐在地上,等待着陈秋末的归来。

秋末的天气,江城可比海市要冷多了。天空呈现灰色,高高在上,清冷的阳光照射大地,一点都不温暖,风掀起尘沙,带着刺骨的寒意拂面而来,饶是齐小雨穿着棉衣,都忍不住哆嗦。

已经连续几十个小时都没有睡觉,齐小雨的脑袋越来越沉,最后抵着膝盖睡着了。

但没过多久,她就被人推醒了。

她睡眼惺忪地抬头望着来人,逆光的他,犹如被阳光洒上了一层金子,熠熠生辉。

"齐小雨?"他的语气中带着一丝不可置信。

齐小雨猛地站起身来,与之比肩,理了理自己的衣服,笑了,"对,是我。"

"你怎么会在这里?"陈秋末皱眉问。

"我逃婚了,没地方可去,来投奔你来了。"齐小雨说得凄惨。

陈秋末扫视了一眼齐小雨,恰逢齐小雨突然打了个喷嚏,本来模糊的心意偏动了恻隐之心。

"先进去再说吧。"他拿出钥匙打开了门。

他没有对她拒之门外,这是个好的开始。齐小雨喜出望外,匆忙拿起地上的包,追了过去。

这套别墅内部的装修以白色为主,搭配着灰色、青色、黄色、红色等富有生机的颜色,给人眼前一亮。

齐小雨坐在沙发上,等待着陈秋末,他在泡咖啡。片刻后,陈秋末就端来两杯热气腾腾的咖啡,走向齐小雨,递了一杯给她,然后坐在齐小雨对面的沙发上。

"你怎么这个时间回来了?"齐小雨抿了口咖啡问。

"身体有些不舒服,就提前回来了。"陈秋末解释。

"身体不舒服?是感冒了吗?"齐小雨担心地问。

"头痛。"

"哦,那你要吃点药,好好休息了。"

陈秋末冷冷地打断她,"先别急着关心我,你是怎么回事?"

齐小雨有些为难地说:"能以后告诉你原因吗?你能让我在你这里住一段时间吗?拜托了。"

陈秋末面无表情地望着她,齐小雨心中忐忑,但好在最后,她听见他说:"可以。"那一刻的心情,真有种守得云开见月明的感觉。

"谢谢!别告诉任何人我在这里。"

"看你很困的样子,我带你去房间休息。"

陈秋末放下咖啡杯,起身,手插进裤子口袋里,脚步轻盈地往楼上走去,齐小雨跟着他,来到二楼转角的房间。

"你就住这里吧。"陈秋末推开门说。

"好。"齐小雨走了进去。

陈秋末转身离开,并轻轻关上了门。

齐小雨松了口气,目前为止,一切都还是很顺利的,都按照计划来。

呵欠连连,她想自己真的可以好好地睡一觉了。

门外,陈秋末听见里面没有动静了,才抬步向书房走去,打开了桌上的电脑,上网搜索了高昊的新闻,才知道,这个任性的姑娘惹下了多大的祸,逃之夭夭,没心没肺的,一如当初。

齐小雨这一觉睡到了第二日的中午。

第三章 还是想和你在一起

醒来睁眼的那刻,看到这个陌生的房间,怔了怔,后来才记起,她已经不在海市,回来江城了,这里是陈秋末的家。

嘴角微微上扬,眼睛亮亮的,充满笑意。

她拉开了窗帘,打开了窗,然后起身下楼,脚踩着的拖鞋与木制楼梯发出嗒嗒的声音,声音脆脆的。

还未靠近厨房,便闻到了饭菜的香气,陈秋末穿着围裙,在吧台前切着一块鸡脯肉,神情专注得一点也不像是在做菜,倒像是在谈生意。

"你没有去公司上班?"

"头痛没好,继续在家休息。"陈秋末谎说得脸不红气不喘的,其实他的头痛早就好了,他只是不放心她而已,怕她任性地再一次不告而别。

"你做了什么菜?我饿死了。"齐小雨走近,吧台上摆放着红烧肉、山药炒木耳、黄瓜炖鸭汤,都是些很普通的家常菜,色香味俱全。

"爱吃吗?"

"嗯,爱吃。"只要是你做的,我都爱吃。齐小雨甜甜地笑着,在心里补充道。

陈秋末放下手中的刀,脱掉一次性手套,丢进垃圾桶里,给齐小雨盛了一碗米饭,放在她面前,"你先吃吧,我还要做一道青椒炒鸡脯肉,很快就好。"

"我等你一起吃。"

"菜凉了就不好吃了。"

"不,我就等你一起吃。"齐小雨语气坚决,笑着坐上高脚凳,托腮看着陈秋末。

陈秋末妥协,又问:"那就先喝碗汤吧。"

"嗯。"

睡饱之后,齐小雨的胃口极好,一连吃了两碗饭。

陈秋末若有所思地看着她,一副欲言又止的样子。

齐小雨眼尖,放下了碗筷,对上陈秋末的视线,"你有什么要问我的吗?"

"四年前,你为什么会突然离开江城?"

"这个问题的答案,我也以后再告诉你。"

"又是以后说?"陈秋末挑眉,不满意,"一个小丫头,藏着那么多心事也不嫌累。"

"我答应你,我以后真的都会告诉你的。"

其实,这两个问题的答案很简单。

——因为我爱你啊。

离开,是因为我爱你。回来,同样也是因为我爱你。

"你以后有什么打算?"陈秋末又问。

"让我先休息几天,我再去想未来。"齐小雨求饶道。

"行。"

吃饱喝足后,齐小雨让陈秋末去看电视,她来洗碗,把厨房收拾好后,齐小雨来到陈秋末身边。

"你穿得这么单薄,也不怕生病。"

"我走得急,没来得及收拾行李。"

"玫瑰园那里应该有你的厚衣服吧。"

"有。"

"我带你去拿。"

"我暂时不想出门。"齐小雨有些为难。

第三章 还是想和你在一起

"那我帮你去取回来吧。"

"谢谢你,秋末哥。"

确认陈秋末的车离开后,齐小雨用家里的座机拨打了林妤的手机。

"喂?"

"林妤,是我。"

"你还好吗?"林妤压低了声音,紧张地问。

"我现在就住在陈秋末家,暂时很好,你不要告诉允珍他们。你回来江城了吗?"

"还没。"

"那边一定很混乱。"

"你舅妈唠叨死了,一味地怪你丢了他们的脸面,让他们难堪。我原本昨天下午就离开海市的,可是高昊出了点事,作为老同学,总得去探下病才显得厚道。"

"他怎么了?"齐小雨紧张起来,心都提到嗓子眼了。

"听说是胃溃疡,都吐血了。"

"他一定喝酒了。"

"你这次把他伤得体无完肤了,我想他再也不会爱你了。"

"对他,我真的感到很愧疚。为了我一个人的爱情,有太多人被伤害了。"齐小雨难过到不行。

"算了,事已至此,说再多抱歉都无济于事。你表姐他们明天回家,你尽量少出门,避开他们。"

"嗯,我知道,不仅要躲他们,我还要躲记者。"

"你知道就行。还有,他们问我为什么你要逃婚,我说我不知道。"

"嗯，就这样说吧。"

结束和林好的聊天后，齐小雨觉得既然无事可做，不如参观房子。这里，一定留有很多葛雪籽的东西。

这个已经消失在这个世界上"情敌"的性情如何，她还真的很好奇。

她身上究竟有什么吸引住陈秋末，让他爱了那么多年，就算分隔两地陈秋末也还是对她一如既往地深情。

一楼除却客厅、厨房与卫生间，还有一间房。

齐小雨拧开了门锁，推门直入，发现是一间画室，墙壁上挂满了画作，作品多是油画，以花鸟为主，靠窗的地方架着一块画板，上面被一块白色的布遮住了，布上已落了一层灰。

齐小雨轻轻地掀开了白布，赫然入眼的是一幅像极了陈秋末的肖像，他的眼神、轮廓、五官，以及那份漫不经心的气质，都能从这幅画中看出，足以见得画这幅画的人的功夫之深。

这间画室的主人是葛雪籽。

原来葛雪籽喜欢画画。她暗自记下，重新用白布把画板遮住，慢慢退出了房间。

路过扶摇直上的楼梯，齐小雨来到二楼。二楼有三间房加一个很宽的密封阳台，阳台上整齐地放着绿色植物，一层层的，吸收着阳光。阳台的上方，悬挂着六只球形玻璃瓶，里面长着水植，绿意盎然。

齐小雨推开了一扇门，走入其中，蓝白相间的卧室，美轮美奂，犹如走进地中海城市般。这应该就是陈秋末和葛雪籽的卧室了，白色典雅的欧式宫廷床后的蓝色墙壁上挂着陈秋末和葛雪籽的婚纱照，梳妆台前，摆放着一个首饰盒，在阳光的洗礼下有一种宁静的气质。

第三章 还是想和你在一起

陈秋末每天就是在这样的环境下入睡，再清醒。

而齐小雨现在住的那间房的旁边便是雪籽的衣帽间，干净整齐。三楼是一间空旷的阁楼，左侧被设计成一间家庭影院，右侧是陈秋末的办公桌。看完这一切，齐小雨是真的很嫉妒雪籽。她在这个家里的所有的一切，都被完好地保存着。

那个痴情的男人，大概每天都在睹物思人吧。

齐小雨只要一想到那么多个日日夜夜，就觉得毛骨悚然。

回到一楼，碰巧陈秋末推门而入，手里拎着几只衣袋子。

"我看你那些衣服都有些旧了，估计你不会喜欢，就去商场给你买了几件，希望你会喜欢。"陈秋末边说边将袋子递给齐小雨。

齐小雨感动得直点头。

四年后的齐小雨比四年前的自己多了许多的才艺，烹饪便是其中之一。

她可是跟着大师学了一年的厨艺，虽然在那之后不常做，但是基本功还没丢掉。她希望陈秋末能够对自己刮目相看，她早已不再是从前那个处处需要被人照顾的小女孩了，她要证明她如今也是会照顾别人的。

翌日，齐小雨在陈秋末上班前做好了早餐，午餐肉肉松三明治、鸡蛋饼，外加一杯牛奶，绝对美味。

陈秋末过来后先是愣了愣，然后笑了，"丫头真是长大了呀。"

"那当然，我都27岁了，别人在我这个年纪，孩子都可以打酱油了。"

陈秋末但笑不语，吃起早餐。然后，与齐小雨说再见，开车去上班。她觉得在那一瞬间，陈秋末是负责赚钱养家的丈夫，而她是负责

貌美如花的妻子。

空荡荡的屋子又只剩下她一个人。

这样一连过了很多天，齐小雨实在受不了了，便问陈秋末他公司里有没有什么职位适合她的。

陈秋末想了想，"高斯最近倒是缺一个私人助理。"

"那好，我就去应聘这个私人助理。"

陈秋末挑眉，略为吃惊："你说真的还是假的啊？"

"当然说真的，再待在家里，我会发霉的。"

"可是你不怕被别人看到你吗？"

"你开车载我，我躲在你车里，应该很难被发现吧。"齐小雨说。

"那也很难说。"

"我不相信我有那么倒霉。"

"随你。"

看他态度平淡，齐小雨不放心地问："是不是我要去你公司上班，你不乐意啊？"

"怎么会？我欢迎之至。"

"那你给我个投简历的邮箱。"

陈秋末拿出钢笔，在纸上写下了高斯的邮箱，并说："祝你好运了！"

"谢谢！"

那个下午的时间，齐小雨一直都埋首在陈秋末的办公桌前做自己的简历。

俗话说得好，简历三分是真，七分靠吹。齐小雨觉得她这份简历要是投过去石沉大海了，一定就是有黑幕。吃晚饭前，齐小雨自信满满地把简历发送到高斯的邮箱。

没过多久,就接到了高斯的电话。

"喂?"

一听到她的声音,高斯就有些激动地说:"齐小雨,真的是你啊。"

"是啊,真的是我。"

"你怎么会想到来应聘我的助理的啊?"

"我无聊呗。"

"行,看在我们交情好的分上,你明天就来面试吧。"

"行。"

齐小雨搭陈秋末的便车来到OM集团大楼。

从地下停车场坐电梯到21楼,电梯里,齐小雨一言不发,看上去有些紧张。

陈秋末突然扬眉笑了,"齐小雨,你知道面试是什么吗?"

"面试?大概就是面试官问你问题吧,看你的资历适合不适合这个职位。"齐小雨根据自己的理解说。

此时,电梯已经到了20楼。

"面试,就是走一个过场而已。"说完便听电梯"叮"的一声,门开了,陈秋末走了出去。

齐小雨跟在他身后,直到他进了他的办公室。

高斯已经等候多时。

"好久不见,高斯。"

"你迟到了啊,我给你泡的咖啡都凉透了。"

"没办法,你老板上班时间比你们迟半个小时,我搭他便车,拿

人手短吃人嘴软，当然不能有任何异议。"

"他特地去接你的？"高斯凑到齐小雨身边，在她耳边悄悄地问。

"我们同居了。"齐小雨笑得得意。

高斯震惊意外之余，忍不住钦佩道："真是个有前途的孩子。"

"那是。"齐小雨被夸得心花怒放。

这时恰好有人经过他们，踩着高跟鞋目不斜视地走进总裁办公室，高斯立刻变得一本正经起来，严肃认真地对齐小雨说："我带你先去下十楼的人力资源部，找曹经理填一份表格。"

齐小雨也收敛起笑意，恭恭敬敬地说："好。"

走进电梯，齐小雨问："刚才那个女人骄傲得像只孔雀，是谁啊？"

"孔雀？你倒是真说对了，我们都背地里叫她孔雀。她是老董事长的助理，半年前进的公司，是哈佛的MBA，听说是集团下一任的副总。"

"能力真强。"

"能力是强，但是能晋升得这么快，还不是董事长有意提拔，好让她跟我们总裁发展发展。不过现在看来，我们董事长的愿望要落空了，你都跟我们总裁同居了。"

齐小雨纠正："此同居非彼同居，算是陈秋末救济我吧。"

"你怎么落得这么惨了？"

"你都不看娱乐八卦的吗？算了，高斯，你听说过葛雪籽这个人吗？"

高斯琢磨了下这个名字，发现毫无印象，摇摇头，"没有。怎么了？"

齐小雨讪讪一笑，摆摆手，"没事，没听说过就算了。"他恐怕是不知道陈秋末结婚的事情。

见到人力资源部经理，填了应聘表格，随后，高斯便跟曹经理借用了下会议室，用作面试场地。

齐小雨和高斯刚坐下，不一会儿就有职员端来两杯咖啡。

齐小雨说了声谢谢，那个职员冲着她笑了笑，便退出了会议室，腼腆羞涩的样子，让齐小雨想起了当年自己的模样。

高斯喝了口咖啡，见齐小雨笑得暧昧。

"怎么了？"

"总裁面前的红人就是不一样啊。"

"哪里？茜茜是我学妹，认识的，所以才会给我们优待的啊。"

"我觉得她要不就是怕你，要不就是爱慕你，不然为什么都不敢正面看你。"

"你在瞎说什么啊。"高斯觉得无语，心里却忍不住想会不会真的有这个可能。

"你结婚了没？"

"没。"

"有女朋友没？"

"分手了。"

"为什么？"

"她出国了。"

"那正好，你看你那个学妹，对人礼貌周到，谁看着她那温暖甜美的笑容，都会喜欢的。"齐小雨越说越起劲。

高斯抚额，再也忍受不了面前人的叽叽喳喳。

"齐小雨，你忘记你今天是来做什么的吗？"他忍不住提醒。

"面试啊。"

"那你现在盯着我的感情问题在那里喋喋不休的,你觉得你合适吗?"

"我关心你嘛。"齐小雨露出无辜的表情,为自己辩解。

高斯轻哼了一声,抿了口咖啡,润润嗓子,"首先,我需要我的助理是一个谨言慎行的人。"

"好的,该说的不该说的,我以后都不说了。"齐小雨态度诚恳地说。

"下面,我们就来谈谈,你为什么四年前突然失踪这件事。"看到齐小雨突然脸色煞白,好吧,高斯承认自己公私不分了。

"这是我的私事。"齐小雨冷了眉眼,淡淡地说。

"不,这牵涉到你的责任感问题,我不需要一个随心所欲的助理。"其实他更想说的是,你知道在你离开后,总裁他疯了,加班成了家常便饭不说,办公室的氛围沉闷,谁都不敢多说话,那段生活只能用水深火热来形容。而他觉得,这一切的罪魁祸首就是齐小雨的不告而别。

见高斯是非得要知道答案的,齐小雨随口说:"我失恋了。"

"失恋?失什么恋?"高斯瞪大了眼睛,疑惑地问:"你有什么恋好失的?"

齐小雨回了个白眼,"就陈秋末啊,你不都看得一清二楚嘛。"

"白痴!"陈秋末让齐小雨失恋,这真是本世纪他听过最好笑的笑话了。

"你才白痴呢!"

"你脑袋秀逗了,我不是早就跟你说了嘛,陈秋末对你是不一样的。你的情书呢?你表白被拒了?不可能啊。"

"你什么都不知道,我懒得跟你说。面试还继续不继续了?陈秋末刚才问我面试是什么,他跟我说面试就是个形式,你要是再为难我,我就给你告状去。"齐小雨气焰嚣张地说。

"你狠。行了,面试结束。"高斯握笔在应聘登记表部门意见处签字。

"那我什么时候上班?"

"等人力资源部总监签字,就会拿给总裁签字,流程结束后就会通知你上班了。"高斯解释。

齐小雨笑意盈盈地说:"高斯,祝你和那个叫茜茜的幸福啊。"

"瞎说什么,我们只是前后辈关系。"

"哼,木头人。"说完,齐小雨做了个鬼脸,撒腿跑出去了。

高斯的头突然疼起来,这不省事的人以后肯定会折磨死他的。

后来,高斯觉得齐小雨这个人真衰。

因为他始终都没见齐小雨来办理入职手续,打电话给齐小雨问她有没有接到人力资源部的电话,齐小雨一头雾水,说没有。高斯估摸着时间,不应该啊,心想肯定是哪个环节出了问题。

齐小雨的聘用通知是需要陈秋末签字的,不会卡在陈秋末那里了吧?

高斯怀揣着忐忑的心情敲门进了陈秋末的办公室,他戴着无框眼镜正埋头翻阅文件。

高斯问:"陈总,你是不是不想让齐小雨来公司上班啊?"

陈秋末停下手里的动作,抬头一脸莫名地问:"怎么回事?"

"齐小雨本该今天就入职的,但是她没接到通知她上班的电话。"

"我没有看到过她的聘任文件,你去人力资源部问问吧。"说完,陈秋末的手机就响起来了,屏幕上显示着齐小雨的名字。

都是深爱 所有的秘密

"喂？"

"陈秋末，我是不是面试被刷了？"齐小雨想了又想，觉得高斯的那番话很诡异。

"没有。"

"那我明天会上班吗？"

"会。"

安抚好齐小雨后，陈秋末起身对高斯说："去问问哪个环节出了问题，明天齐小雨会来上班。"

"我明白。"

后来得知是人力资源部总监不肯签字，原来他是觉得齐小雨没有行政助理工作方面的经验，所以他觉得齐小雨不适合这份工作。归根结底，他想把他女儿安排到这个岗位。

高斯真是哭笑不得。

卡谁也别卡总裁的人啊。

高斯不得不对人力资源部的任总监说："齐小雨是陈总安排的人，陈总希望齐小雨明天能办理好入职手续。"

听到这话后，任总监捏了一把汗，连忙唯唯诺诺道："谢谢高特助的提醒，改天我请你吃饭。"

"新人背景要保密哦。"高斯意味深长地说。

"我明白。"

齐小雨就职的小插曲结束后，当天下午就被通知去OM集团报到了，一想到第二天就能欢快地和陈秋末一起上班去了，心里忍不住激动一番。

以后，不仅是在家里，就连工作的地方，她都可以跟陈秋末形影不离了。

第三章 还是想和你在一起

当晚，齐小雨特地准备了烛光晚餐，背景音乐是《我的歌声里》的伴奏。不一会儿，剔骨小牛排、蔬菜水果沙拉，以及烘焙的菠萝包一一被摆上桌，齐小雨脱掉围裙，将下午去花店买回来的白玫瑰花插进透明花瓶中，放在长桌中间，旁边是一盏中世纪风格的复古烛台。

窗外传来汽车引擎的声音。

她的心情变得愈加激动起来。

陈秋末一回来看到这阵仗，下意识地笑了，"就那么高兴吗？"

"是啊。"齐小雨开了瓶红酒，给陈秋末的杯子倒上，对站在一旁的陈秋末说："快去洗手然后来吃晚餐。"

陈秋末嘴角带着笑，去拧开水龙头，洗手。

"我看到你简历，你应该更喜欢杂志编辑的工作吧。"

"我灵感枯竭了，再也写不出优美的稿子了。"齐小雨坦言，"没办法，编辑就是一口青春饭。需要迎合读者的口味，然而读者的口味是最善变的。"

"也对。"

陈秋末关上了餐厅的灯，点燃了桌上的蜡烛。

烛光温暖地映入齐小雨的眼眸中，她柔情似水，言笑晏晏的样子，陈秋末看得入了魔。

直到齐小雨举杯，对陈秋末说："干杯！"

他才尴尬地回过神来。

那一夜，陈秋末躺在床上，有些失眠了。

满脑子都是齐小雨，她说话时的娴静，她眨眨眼的轻柔，她如铃悦耳般的声音一遍一遍出现在脑海中，挥之不去。

齐小雨的职场生活还是很顺利的，跟在高斯这个师父后面学习，不用看别人的眼色。高斯第一天就将她要做的工作打了一份表格出来，一项一项地解释给她听。这些工作，分为年度工作、季度工作、月度工作。除了月底忙碌外，基本上每天只需要花费三个小时就能够完成当天的工作。

齐小雨最喜欢的工作便是打扫陈秋末的办公室，以及每天上午九点去一楼拿报纸，送给陈秋末阅读，一个上午就可以看到陈秋末两次呢。

当然也有心情不好的时候，那就是她跟着高斯在员工餐厅吃饭，陈秋末却被裴钰拉着去新开的餐厅吃饭。

"你说裴钰既然都拿到DY船舶集团的总经理的Offer了，为什么还要接受陈秋末他父亲的邀请来OM呢？"齐小雨咬着勺子，眉头紧皱，胃口不佳。

高斯本来想回答这个问题的，但抬头看到了茜茜端着餐盘在找位子，他扬扬手，"茜茜，这边坐。"

齐小雨愣了愣，心想高斯什么时候开窍的。

茜茜微笑着入座后对齐小雨说："你好。"

"你好。"齐小雨回应，瞥了眼高斯，看他笑得合不拢嘴的模样，便知道他是春心荡漾了。

"茜茜，这个周末有什么安排吗？"高斯热络地问。

"我想去爬山。"

"是嘛，看不出来你的爱好这么健康。"

"是我妈觉得我自从工作后就不太流汗了，身体没以前健康了，所以就要我没事多去爬爬山，出出汗，对身体有好处。"

茜茜和高斯你一言我一语的，浑然忘记在场的第三个人。不过，第三个人当然不会是个安静的主儿。

"你这样说得我都心动了，我能加入吗？"齐小雨兴致勃勃地问。

"当然可以啊。"茜茜热情地说。

"高斯，你去吗？"齐小雨问。

高斯一脸心动，但想到自己的实际情况，不免失落起来，"我周末时间都是待命状态的，要是陈总有急事了，我就得随时加班。"

"这么苦逼？"齐小雨诧异道。

"不苦逼，加班费高。"高斯说得很实在。

"学长，没想到你这么辛苦。"茜茜一脸心疼。

"我是男人啊，这点辛苦算什么呢。"高斯哈哈笑着。

齐小雨看到高斯和茜茜之间情意绵绵的互动后，真替他们感到着急。

"高斯，你就跟我们一起去吧，我保证这个星期你不用加班，陈总不会有事找你的。"齐小雨信誓旦旦地说。

"你说了不算。"

"把陈总拉着一起爬山不就得了？"齐小雨打定了主意，不仅是爬山，骑马、高尔夫等一切能让陈秋末身心放松的活动，她都要帮陈秋末一件一件拾起来。

"陈总会参加吗？"茜茜有点不相信，当然她关注的重点不是陈总会不会一起去爬山，而是高斯能不能有时间去爬山。

当然，她的心思是瞒不过自认为英明神武的齐小雨的。

她轻巧地说："哎哟，晓之以理动之以情就行了嘛，我们这些小职员都是为了他身体着想嘛。一天到晚忙工作，没个兴趣爱好，老得快。"

高斯安慰着茜茜:"小雨是万能的,没什么事是她搞不定的。"
这马屁真是拍得信手拈来啊。齐小雨鄙视他,不过听着真舒心。

周四,下班时间刚到,同间办公室的同事就已经蠢蠢欲动,收拾座位准备闪人,高斯给齐小雨投射了一个全都靠你了的眼神,齐小雨点点头,回了个放心的眼神给他,穿上白色羽绒服,拎着包,往电梯奔去。

电梯刚下了两层就都挤满了人,齐小雨被挤在角落,人多了,空气就不好,各种难受不舒服,偏偏电梯还在每一层停下,速度慢得让人想哭。

好不容易挨到大厅,齐小雨随着人群出来,贪婪地呼吸着外面的新鲜空气。

她今天故意没等陈秋末一起下班,是因为她想去逛逛户外装备店,为他们的爬山做准备。

出了OM大楼,她就戴上了墨镜、口罩和黑色的帽子,帽檐压得极低,把脸遮得严严实实的,如此打扮,跟明星出行为了怕被粉丝认出来的装扮有得一拼了。

没过多久,陈秋末就找她了。

"你怎么没等我?"

"我有事先出来了。"

"什么事?"

"你来找我吧,我在祥福路这边的Columbia专卖店。"齐小雨说完就不管不顾挂断了电话,拿着一件玫红色的羽绒服进了试衣间。

齐小雨出来后站在镜子前看了看觉得挺漂亮的,就穿在身上,又去挑选防滑鞋。

第三章 还是想和你在一起

店门口，工作人员喊了声"欢迎光临"，齐小雨就知道是陈秋末来了。

陈秋末迈着稳健的步子很快走到齐小雨身边。

"陈秋末，周末跟我们一起去爬山吧。"齐小雨笑嘻嘻地说。

"不去。"陈秋末想也没想就拒绝了。

干脆利落得让齐小雨觉得心灵受到了伤害，"为什么不去啊？去吧。"

"太累了。"

"不会很累的，而且我相信你的实力。"齐小雨谄媚讨好道。

"我很多年不做挑战自己极限的事情了，上次去爬山还是大学时期的事情了。"

"那现在就去挑战一次啊，跟我一起去吧。"齐小雨劝说道。

陈秋末有些迟疑，"你刚说我们？除了你还有谁？"

"高斯和人力资源部的茜茜，这两人关系有点暧昧，陈秋末，公司应该没有什么禁止办公室恋爱的规定吧。"

"没有。"

"那就好。"

"你要买什么就快点买吧，我有些饿了。"陈秋末坐在小沙发上，玩起了手机。

齐小雨见陈秋末这么不配合，瞪了他几眼，也没有了仔细挑选的兴致，匆匆拿了防滑鞋、防风手套以及一只黑色双肩包就去柜台付钱了。

拎着购物袋走到陈秋末面前，他还在专心致志地玩着他的手机。

齐小雨火大地一把夺过他的手机，杏眼瞥了眼手机屏幕，原来不是在玩游戏而是在跟谁聊MSN。

"陈秋末，你真的不跟我一起去吗？明天周五我们一下班就会驱车前往山东，差不多晚上12点的时候到泰山脚下，然后就往上爬。你不跟着我去，我要是出了意外，看你怎么跟我姐交代。你放心，去之前我一定留下遗书，就说都是你害了我。"眼见说服不了陈秋末，齐小雨只得耍起无赖。

"瞎说什么呢，齐小雨，你怎么跟个长不大的孩子一样啊，幼稚鬼。"

"我就是幼稚鬼了，你到底跟不跟我们一起去啊？"

半夜十二点爬泰山，这么听起来，的确叫他很不放心，与其在家里提心吊胆两天，还不如跟着一起去。

"好吧，我陪你去。"

听到陈秋末妥协，齐小雨立刻喜笑颜开，购物的热情也恢复了，"我觉得有款羽绒服挺适合你的，穿在你身上一定很精神。"

陈秋末失笑，任由着齐小雨拉着他的手臂。

最后，齐小雨给陈秋末推荐的很多东西都与她之前买的是情侣款，陈秋末却浑然不觉。

出了专卖店，齐小雨和陈秋末已是饥肠辘辘了。

"想吃什么？"陈秋末问。

齐小雨本来没什么想法的，但是闻到空气中烧烤的味道，突然想起白天同事在谈论的京华城五楼新开的烤鲈鱼店，立即有些心动了。齐小雨把她的想法对陈秋末说了下，他没有意见，虽然京华城离得有些远了，可是，如果那家味道够赞，就绝对值得跑这一趟。

只是，齐小雨没有想到，今天那家烤鲈鱼店会有OM的同事在，明明那位同事昨天刚来吃过啊，怎么今天还来，真让人欲哭无泪。

"怎么了？"看到齐小雨的表情，陈秋末好奇地问。

"看到推荐我来吃烤鲈鱼的周姐了。"说这话的时候，齐小雨和周姐的视线相撞了，她连忙转身，背对着她。

"哪里？"陈秋末东张西望起来。

齐小雨拉了拉他的衣袖，偷偷指了指周姐的位子，陈秋末看到后，说："还真挺巧的。"然后拉着齐小雨走了过去。

齐小雨有些抗拒，这个时候躲都来不及，怎么还迎上去了呢？

"真巧，没想到会跟同事在同一家餐厅偶遇。"陈秋末礼貌客气地笑说。

周姐愣了愣，看了看陈秋末，又看了看齐小雨，不知道该做什么反应，只讷讷地开口喊了一声："陈总。"

"现在是下班时间，周姐叫我小陈就行了。"陈秋末客套地说着，然后将视线移到周姐对面的男孩身上，"这位想必就是周姐的儿子吧。"

"是啊。"周姐对她儿子说："小山，叫哥哥姐姐。"

"哥哥姐姐好。"小山的声音稚里稚气的，剪了个蘑菇头，很是可爱。

"周姐这顿饭就让我来买单吧。"

"谢谢陈总，不用了，这样我多过意不去。"周姐欲推辞。

"没事，我今天和小雨第一次来这家吃饭，听说还是周姐给小雨推荐的这间店，周姐给我推荐些招牌菜吧。"

"小齐也来了啊。"周姐面上热情，内心却波涛汹涌，真没看出来这个小齐居然是陈总的女朋友。

"周姐好。"齐小雨笑着向她点头致意。

齐小雨现在算是明白陈秋末的用意了。

如果明天她和陈秋末的关系在公司出现谣言了，那么周姐难逃关系，所有的责任都得由她负责。

陈秋末直接拉着齐小雨在周姐旁边的空桌前坐下，喊来服务员点单。

这时候周姐对服务员说："给他们来一份青茅草烤鲈鱼，一份酸辣海带丝，一份沙拉鸡柳，一份蒸茄子。"然后侧过头问齐小雨和陈秋末："饮料，你们要点什么吗？"

齐小雨翻了翻菜单："两杯青柠水。"

陈秋末一言不发，合上菜单，默认了齐小雨的话。

"好的，稍等！"

服务员收起菜单离开后，周姐看着齐小雨，觉得这个姑娘真厉害，手腕了得。

看着儿子吃得差不多了，虽然自己还没怎么吃，但这顿饭肯定是食不下咽了，便对陈秋末和齐小雨说："我们要先走了，陈总，小齐，你们慢慢吃。"

"你再吃点吧，还有很多菜呢。"齐小雨直觉她是因为陈秋末在这里才会拘束。

"我本来吃得就少，明天见吧。"

"周姐，等我和小雨吃完，我开车顺路载你们吧。"陈秋末诚意十足地提议。

"呃，不不不，不用了，我家就在这附近。"

周姐喊来服务员买单，陈秋末率先交出自己的卡，然后输入密码，周姐虽感到为难却也只能道一声谢谢。

等他们离开后，齐小雨问陈秋末："我看到你在聊MSN，跟谁啊？"

"嗯。"陈秋末不愿意多说，表情很是抗拒。

"是裴钰吗？你跟她有共同话题聊天？"齐小雨试探性地问。

陈秋末顺着她所想的接话："裴钰虽然外表看上去很御姐，但是内心像个孩子一样，骄傲，不谙世事，同时也缺乏安全感。"

"呵呵。你对她真了解。"齐小雨语气酸酸地说。

陈秋末浅浅地笑了，不再说话。

一顿饭吃下来，齐小雨吃得极度郁闷，最后对陈秋末嚷嚷着："不合我胃口，下次再也不来了。"倒有些无理取闹的成分在。

"我看你吃得挺多的啊。"陈秋末忍不住戳穿她。

"你……"齐小雨气得嘟起了嘴，率先离开了餐厅。

走出京华城，嗖嗖凉意迎面扑来，齐小雨紧了紧衣领，往夜色中走去。

陈秋末气定神闲地走到停车场，看到齐小雨倚在车上，微低着头，一副心情不爽请勿靠近的样子。

"你又怎么了？"

"没事。"车锁开了后，齐小雨拉开后车座的门坐了进去。

陈秋末明白她在介意什么，只是他真的不想去点破，因为有些话一旦说出口，就再也回不了头，也没有办法再继续走下去了。

就让他做一个糊涂人吧。

齐小雨以为自己睡一觉后，就不会生气了。但是，不行。

只要一想到陈秋末和裴钰是陈秋末的父亲有意撮合的一对，她就没办法淡定。

头一次，齐小雨没有做早餐，直接出门坐地铁上班了，她背着她昨晚收拾好的双肩包，脚步匆忙。

陈秋末看着她离开的身影，轻蹙眉头，想要叫住她，却开不了口。

他真的很想说:"齐小雨,再给我点时间。"

但就算给再多的时间,又有什么用呢?他理不清楚这段复杂的关系。

而齐小雨也未必不清楚他是个已经结婚的男人。

其实他昨天根本就没有和裴钰聊MSN,他只是试图通过MSN和雪籽联系,只是没有得到任何回应。

陈秋末到达办公室特地去看了眼齐小雨,她正在跟高斯有说有笑的,气定神闲,跟个没事人一样。

他看了看手里的早餐袋,回了办公室,打电话给高斯,让他拿给齐小雨。

现磨的咖啡加手工蛋糕,应该能减少点齐小雨的怒意。他猜测。

然而,齐小雨从高斯手里接过后,不多看,直接扔进了垃圾桶。

当然这件事,高斯是不会告诉陈秋末的。

中午,陈秋末跟着高斯一起去了员工餐厅用餐,齐小雨和一个女孩子面对面坐着,心情看上去不错,而她对面的女孩,陈秋末想就是齐小雨最近一直挂在嘴边的茜茜了吧。

高斯带着陈秋末坐到齐小雨那一桌。

齐小雨看到陈秋末,脸上的笑容消失无踪,仅仅几秒的时间,未免有些刻意为之。

高斯为了气氛不这么僵硬,一直试图和茜茜聊些开心的话题,想要感染到齐小雨和陈秋末,显然是有效果的,偶尔齐小雨也会跟着笑,那时候陈秋末那张冰山脸也会缓和一下。

"陈总,晚上你会跟我们一起去爬泰山吗?"茜茜小心翼翼地问。

没等陈秋末说话，齐小雨便插嘴："他不去。"

茜茜刚失落了一番，便听陈秋末说："我会去的。"

齐小雨终于正眼瞧陈秋末了，霸道地说："你不准去。"

"昨天是你非要让我去的，我答应了，装备都买了，现在怎么可能不去？"他说得理所当然。

"你去了，我们还能愉快地玩耍吗？"

"能。"陈秋末说。

齐小雨懒得理他，饭也不吃了，径自走开。

高斯给茜茜使了个颜色，茜茜心领意会，追了过去。

"陈总，你让着点小雨啊。"

"你觉得我是会无理取闹的人吗？"陈秋末冷冷地问。

高斯摇摇头，谄媚地笑了，"当然不是。"

他在心里为自己捏了把汗，他还是更喜欢和颜悦色的陈秋末，然而纵使好脾气的陈秋末也总是会被齐小雨气得咬牙切齿。

齐小雨跑去了大楼顶层，空旷静寂，屏蔽了整座城市的喧嚣。风呼呼吹着，吹乱了齐小雨的额发，她没来得及理好额发，一想到陈秋末，就委屈地流下了眼泪。

茜茜跟过来，看到齐小雨脸上的泪痕，微微吃惊。

"小雨姐，你怎么哭了啊？"

"我喜欢他，你知道吗？"齐小雨直白地问。

茜茜愣了愣，然后点点头，"嗯，我看出来了。"

"可是他若即若离的，让我很受伤。"

"你向他表白过吗？他知道你的心意吗？"茜茜睁着一双水灵的眼睛，虔诚地问。

齐小雨一直在想陈秋末知不知道她的心意，然后摇头，"我不确定。"

"那你就是没有表白过了。"茜茜坐在齐小雨身边,"你知道吗?你没有对他表白过,他是可以这样对你的,你根本就不应该怪罪他。"

"是这样吗?"

"当然。你应该勇敢地表白一次,告诉他你的心意,如果他还是伤害你,那么你就该放开他。我妈一直告诉我,女孩子要矜持点,要高姿态一点,若一个男生没有追求过你,他根本就体会不到你的得来不易,是不会太珍惜你的。"

"你妈说的真有道理。"齐小雨顿了顿,遗憾地说,"可我不能表白。"

"为什么啊?你和他,是你喜欢他多一点,那么你就应该主动争取。就像我跟高斯一样,其实我看出来了他对我也是有点意思的,但是他绝对不会比我用的感情深,所以我打算找一个适当的机会告诉他,我爱他,在大学的时候就爱他。"

"你……"

"很惊讶吗?我是为了他,才来到OM的,本来我该去英国留学的,但是我怕就此错过。我的运气还是不错的,等到了他和他女朋友分手了呢。可是小雨姐,造成他女朋友抛弃他去国外的人是我哥哥。所以,我并不确定我和他可以一直走到最后。"

齐小雨被这个女孩感动了,她是如此信任她,才会告诉她这么重要的事情,就像着了魔一样,她脱口而出:"陈秋末结过婚。"

"什么?"这太匪夷所思了。

齐小雨继续说:"大学毕业后,他们就登记了,只不过那个时候,没有举办婚礼,所以知道的只有家人。"

"难怪你说你不能表白的,可你也不能偷偷爱着啊,这是自我毁灭。"

第三章 还是想和你在一起

"没有你说的那么严重,我总有一天会告诉陈秋末真相的。只是,现在还没有那个勇气。"

"怎么不严重了?我看得出来你们对彼此都有意思,你们这样是不道德的。陈秋末的妻子多可怜啊。"茜茜义正词严道。

齐小雨被她那认真劲儿逗乐了,"你不要以为我三观不正,被爱冲昏头脑,破坏别人家庭。我告诉你,陈秋末的妻子死了。只是大家都瞒着他而已。"

"天呐!"茜茜已经惊得找不到话来形容此刻的心情了。

齐小雨从包里拿出纸巾,擦干净脸,又补了补妆,深吸了几口气,对着镜子挤出一抹明媚的笑容。

她站起身来,对茜茜说:"果然哭过之后心情好了很多呢,对了,我告诉你的事情不要告诉高斯,多一个人知道没有好处。"

"嗯,你放心吧,小雨姐,我一定守口如瓶。"

"谢谢。"

临近下班,齐小雨从背包里拿出保温杯,去茶水间灌上一壶白开水,出来的时候,正好看到陈秋末手里也拿着一个保温杯。

"小雨,你究竟要气到什么时候?"

"我没生气啊。"齐小雨冷冷地回复,从他身边走开。

下班之后,四个人在附近的餐厅吃了晚餐,然后出发去泰山,齐小雨故意对陈秋末冷处理,这让陈秋末心理压力很大。

因着晚上要开近六个小时的车,一个人有些吃力,四个人决定用陈秋末的车,半路上陈秋末和高斯换着开。齐小雨和茜茜坐在车后,起初还会瞪着眼睛望着窗外,后来,齐小雨干脆就闭上眼睛睡觉了。

茜茜给齐小雨盖了毯子,高斯掉过头来对茜茜说:"你也睡吧。"

茜茜不忘嘱咐："你跟陈总聊聊天，别让他睡着了。"

"你放心。"

茜茜将头歪在另一侧，分了齐小雨一半薄毯，在颠簸中睡熟。

其实齐小雨一直都在浅眠，虽然她睁不开眼睛，但是她能够听到高斯和陈秋末在小声地交谈，也能感受到车子停停走走。

后来刚到泰山脚下，齐小雨就惊醒了，缓了缓自己的倦意，然后推醒了茜茜。

高斯问："你到底睡着没啊？"

"睡着了。"

"那你醒得也太及时了，我们刚准备叫醒你们。"

齐小雨浅笑不语。

车停好后，齐小雨推门下车，阵阵的寒意令她有些受不住，她跺了跺脚，跑到后备箱那，打开，取出自己的背包。

陈秋末过来，说："等等。"

齐小雨莫名地望着他，只见他从后备箱中的纸袋子里拿出了一条厚厚的米色羊毛围巾，"围着吧。"

她冷得牙齿打颤，也不再固执拒绝，由着陈秋末给她围了一圈又一圈，冻得发红的脸像极了桃花瓣。

"谢谢。"她轻轻地说。

茜茜和高斯见他们两个人不再剑拔弩张了，由衷地为他们开心。

夜里爬泰山的人并不少，大家打着手电筒，走走停停，这漫漫长路，倒也不觉得枯燥无味，因为要照顾同行的两位女士，所以爬山的速度不快，但是时间长了，齐小雨还是觉得冷风灌入胸腔，阵阵地疼，很不舒服。这个时候，陈秋末就会给她倒一杯热水，温柔体贴得叫茜茜一阵羡慕。

第三章 还是想和你在一起

终于，五点多的时候他们到达了玉皇顶。

附近被一层薄雾笼罩着，远处的云海层层叠叠的，犹如仙境。

茜茜从包里拿出一块餐布摊在平地上，齐小雨喘得不行，直接瘫坐在上面，大口大口地呼吸着氧气。

陈秋末体力也似乎到了极限，他对齐小雨说："真搞不懂你为什么想来爬山。"

"还不是为了你啊，不想看着你再懒惰地生活。"齐小雨在心里默默地回道。

"这么累，下次你还来吗？"陈秋末又问。

"来。"她倔强地抬起头以示自己的决心。

后来大家累得都不想说话了，啃着干面包，就着矿泉水，恢复体力。

心中都觉得很自豪，在那么累的情况下都没有想过放弃呢。

不知不觉中，周边多了许多穿着军大衣的游客，大家举着相机拍摄远方的云海。

听说今天的日出在六点半。

大家都找好了位置，迎接初升的太阳。

六点半的时候，天边出现了红霞，渐渐地，太阳露出了个头，淡蓝色的天幕上立刻变得色彩纷呈，直到旭日彻底拨开了白色云层，大地被金色的光芒笼罩着，万物苏醒过来。

茜茜很激动，高斯拿着相机在拍，陈秋末只顾着缓劲儿了，而齐小雨淡定的眸子中沉静如水，只觉得她千辛万苦地爬上来看到的情景不值得她欢呼雀跃，简直没意思透了。

陈秋末催促着去宾馆，于是他们成为第一批离开玉皇顶的人。山上湿气重，再贵的房间里都有着一股霉味，但他们已无暇顾及这

些了。

洗完澡后,齐小雨重新穿戴齐全,躺在潮湿的被子里,沉沉睡去。

这一觉睡得并不安稳,噩梦连连。

惊醒之后,翻来覆去怎么都没法再睡去。似乎彻夜的疲倦已经没办法用睡得天昏地暗来释放。

齐小雨轻手轻脚地离开了房间,打算独自出去走走。下山的游客很多,齐小雨与他们逆向而行,来到了一处人烟稀少的地方,目光灰冷地望着远方。

她居然做梦梦到了葛雪籽。

梦里,雪籽步步紧逼,"齐小雨,不许你喜欢陈秋末,不许。"面容狰狞可怕,扑过来要掐小雨的脖子。

齐小雨是被吓醒了,后来只觉这个梦太过滑稽了。大概是日有所思夜有所梦吧。

呵,你凭什么不让我喜欢陈秋末呢?齐小雨不服气地想。

突然,齐小雨朝着雾蒙蒙的远方大声喊道:"我喜欢你啊,你到底知不知道啊?"声音势如破竹,清脆激昂,不多久远方传来了回音,一遍一遍地在山谷里回荡。

这样喊出来,心里确实舒服了许多,她气喘吁吁地打算再喊一遍时,听到身后传来了碎石的声音。

齐小雨猛地转过身去,就看到陈秋末颀长的身影站在雾气后,他一步一步地走向她,他的轮廓、眉眼清晰无比。

齐小雨被吓哭了。

她冲着他大喊:"我讨厌你。"

"小雨。"陈秋末无奈。

齐小雨退后了一步,不让他靠近,"我不想看到你。"

"小雨,你别任性,那里很危险。"

"不关你的事。"

陈秋末的耐心都被耗尽了,他不得不厉声道:"齐小雨,你能不能懂事点!"

齐小雨有苦难言,上前推开了他,从他身边气冲冲地跑开,耳边都是刺骨的寒风。

他都听到了,他在装傻。

她根本就不想无理取闹,她只是心里太憋屈了。

那一天,齐小雨在房间里睡了一天,陈秋末也是。

高斯和茜茜倒是在睡了一觉后精力充沛,拿着相机出去拍照留念了。

到傍晚的时候,茜茜实在受不了了,推醒了齐小雨,"吃晚饭啦。"

"几点了。"

"六点了。"

"哦。"

齐小雨掀开被子,去卫生间洗脸,茜茜跟了上去,兴奋地宣布:"我和高斯恋爱了。"

"太好了,恭喜你心想事成!"

"你也要开心啊。"

齐小雨实在不愿意扫兴,强颜欢笑道:"嗯。"

茜茜和齐小雨到宾馆餐厅的时候,陈秋末和高斯已经坐好了,四方桌上摆满了菜。

"为了庆祝我和茜茜有情人终成眷属,我特地让人准备了丰盛的

晚餐,来答谢红娘齐小雨,多亏她一语点醒梦中人,也多谢老板陈秋末,给我工作机会养家糊口。"高斯慷慨激昂地说。

齐小雨看了看菜,只说了句"真奢侈"后便开动了,因为她实在饿得没有力气说话了。

山上的食材有限,吃上这么一桌子菜,不知道要花费背夫们多少气力。所以,尽管菜有些多了,但是四个人还是一扫而空了。

齐小雨撑得仿佛只要一站起来就能吐一地,索性懒懒地坐在椅子上。

"在这个好日子里,小雨姐,你和陈总也和好嘛。"茜茜趁机提议。

齐小雨看了眼陈秋末,觉得再这样怄气也没意思,浪费的是彼此的时间。

"行啊,那就和好吧。"她大方地说。

陈秋末忍不住笑了。

第二天一早,齐小雨他们就坐缆车下山,望着满山的苍翠树林,感慨着泰山的巍峨雄伟,遗憾着还没看遍,便已匆匆离去。

男人的恢复能力比女人强,陈秋末在第二天就生龙活虎的了,而齐小雨腰酸背疼了整个一星期,才勉强恢复过来。

齐小雨暗暗发誓,以后还是不要那么劳师动众了。

她给陈秋末办了健身卡,要求他每天中午都去健身,周末的时候不是去骑马场就是去高尔夫球场,除了陈秋末被他父母叫回老宅相聚,其他的时间,齐小雨都给他安排得满满当当的。

高斯是最开心的人,因为他再也不会在周末的时候接到陈秋末的电话,他可以安心地陪着女朋友逛街吃饭看电影,日子过得优哉游哉。

第三章 还是想和你在一起

平安夜那天，公司提前了两个小时下班，齐小雨正收拾桌子准备下班就接到了林妤的电话，她约她一起回一趟江大。

电话里，林妤笑说："我最近不知道怎么了，总是怀念江大的大排面、铁板牛排、水煮肉片，怀念我们以前在图书馆里看书、在教室里上课的情形。"

"你就是太闲了。"

"你还真说对了。"

"可是，怎么办？我今天没空。"齐小雨不无遗憾地说。

"我又不是要你今天陪我去，等以后有时间啊。"

"我近期大概都没有时间呢。"

"你忙什么呢？"

"想装修房子。"

"你买房子了？"

"不是，陈秋末的房子。"

"什么情况？"

"就是想给他换个环境啊。"齐小雨随口扯了个谎。

因着约了室内设计师在附近的咖啡馆碰面，所以齐小雨草草说了几句就挂了电话。

齐小雨要见面的设计师何方是高斯介绍的，很有才气，之前齐小雨曾经趁着陈秋末去骑马不在家的机会，带他去家里参观了一下，把自己对想要他改造的房间的要求都说了一遍。之后，在网上也一直是沟通良好。

刚到咖啡馆，就看到了何方在向她招手，她微笑着走过去坐下，"不好意思，让你久等了。"

何方见齐小雨冻得鼻子通红，喊来服务员，点了杯卡布奇诺。

齐小雨喝了后，身上的寒意消除了大半。

"听说再过几天就要下雪了。"何方望着窗外萧瑟的大街随口说起。

"是吗？我都很多年没见过雪了。"齐小雨一脸期待地说。

何方纳闷："齐小姐不是本市人吗？"

"怎么说呢？我过去的几年都生活在沿海城市，那里是不会下雪的。"

"哦，原来是这样啊。"

何方拿出设计效果图，齐小雨翻看了一下，说："我觉得没问题了，签合同吧。"

"齐小姐真是我见过最爽快的客户了。"

"可能我不是处女座的关系吧。"齐小雨开玩笑地说。

这天，窗外朔风大雪，红梅怒放，没过多久，大地就银装素裹了。齐小雨站在如春日般暖融融的客厅里，形单影只，就在几分钟前陈秋末还发短信过来说等他回来可以一起堆雪人了，齐小雨故意视而不见。今天是他母亲的生日，加之元旦假期，所以这些天他都要留在老宅陪着，而她则会有足够的时间做自己想做的事情。

那天的情形，至今历历在目。

齐小雨正坐在沙发上看电视，陈秋末突然跑过来，焦急地问："小雨，你看到门口信箱里的东西没？"

"什么东西？"齐小雨明知故问。

"明信片。"

"哦，没有看到。"

"不可能啊。"陈秋末不放弃地又问："真的没有吗？"

第三章 还是想和你在一起

"真的没有。"齐小雨淡定地说。

她说谎说得脸不红气不喘，明明当时那张从瑞士寄来的明信片就被她坐在屁股底下。

陈秋末那天的心情一直都很低落，齐小雨的心情自然也好不到哪里去。

那晚，陈秋末早早地就睡了。

齐小雨偷偷去了他的房间，拿走了梳妆台上的首饰盒。

从前，齐小雨一直都以为那是摆放葛雪籽首饰的盒子，后来，她有次打扫陈秋末的房间，因为一时好奇便打开来看，发现那里面放着一沓明信片，从全世界各地寄来的，都署名为葛雪籽。

那时候，齐小雨真的是要气疯了。

可饶是在那样的情况下，她也完全没有动过要毁掉一切的心思，毕竟，她还是很同情这个女人的。

可是，现在她几乎快要疯狂了，根本就无法心平气和。

她失去了理智，就想完完全全地毁掉这些明信片。于是便真的去厨房拿了打火机，把这些明信片放在地上，点燃烧尽。

都已经消失在这个世界上了，为什么还要纠缠着陈秋末呢？她不允许。

这样大胆的行径，其实齐小雨也很害怕，因为她心里清楚，这些明信片就是陈秋末的底线，而她现在毁掉了这一切，未来陈秋末发现了肯定会非难她的。

门铃声突然响起，拉回了齐小雨的思绪。

她出去开了门，来的正是她请来帮忙处理葛雪籽东西的工作人员，鉴于葛雪籽的东西很昂贵，扔了可惜，她便联系了慈善基金会。

齐小雨引着他们到她觉得最碍眼的雪籽的衣帽间，他们将衣服叠

起来放进收纳盒子里,一箱一箱地往外搬,半个小时后,衣帽间都被清空了,再后来要处理的便是雪籽的画室。

这些日子以来,雪籽如影随形般,侵袭着她的内心,她知道这是她的心魔在作祟。

她觉得,既然都已经毁掉陈秋末珍视的明信片,不如就都毁掉吧,她要把这个家里关于葛雪籽的回忆连根拔起。

基金会的人走后,何方就带着工人们上门来了。

齐小雨说:"这几天可能要辛苦你们连夜赶工了。"

"你放心好了,我们的人手很够,三天后一定交房。"何方信心满满地说,其实齐小雨的要求很简单,改造三间房,换上新的墙纸、窗帘、灯饰、家具,一切都会焕然一新的,加之所有的东西都在来之前定好了,所以三天完工是没有什么难度的。

"谢谢。"

对齐小雨来说,这三天是漫长的,身心俱疲。

每当陈秋末一打来电话,她就需要跑出别墅到远一点的地方接听电话,就怕他听到声响提前回来。而擅作主张帮陈秋末处理掉过去,让她的心情很沉重。

工程结束后,何方请来了清洁公司的工作人员做了一次彻底的清扫。所以齐小雨刚和林好分手回到家时,有些受宠若惊,偌大的别墅不见一丝杂乱,不得不为遇到这样一个心思细腻的设计师而感到庆幸,齐小雨愉快地结了尾款。

到了晚上11点,陈秋末也回家了。

齐小雨心里很不安。

她能做的只是安静地坐在沙发上,看着不太感兴趣的电视剧,等着暴风雨的来临。

如果可以,她真的很想逃离这里。

"还不睡?"陈秋末脱了外套,拎在手里。

齐小雨看也没看他,冷淡地说:"再看会。"

"那我先回房了。"

"嗯。"

她的目光不自觉地追随着他的背影,直至看不见了。

没过多久,陈秋末急匆匆跑下楼来,惊魂未定,"齐小雨,我房间是怎么回事?"

齐小雨故作镇定地关掉了电视,站起身来,面对着陈秋末,轻启唇瓣:"漂亮吗?我觉得很漂亮,说实话,你之前房间里的风格不适合你,你适合黑白灰,干净纯粹。"

陈秋末眸光黯淡,"所以,是你做的。"

"嗯,我还做了其他的呢,你没发现吗?"齐小雨眨眨眼问。

陈秋末狐疑地上楼,打开其中一间房,开了灯,房间里立刻变得亮堂堂的,灯光下,陈秋末看清了室内的陈设,心下一沉,果然,雪籽的衣帽间变成了一间卧室,再看了看其他的房间以及三楼,似乎都没有变动过。

他觉得不可思议,齐小雨来到他的身边。

"你是怎么做到的?"

"请了个专业的设计团队,怎么样?你还满意吗?"

陈秋末彻底怒了,"齐小雨,你究竟为什么要这样?"

"因为我受不了啊。"她的声音轻轻柔柔,就连神情也是浅浅淡淡的。

陈秋末试图隐忍自己的怒火,缓了缓语气问:"雪籽衣帽间的东西呢?"他的心中还是存有一丝侥幸的。然而,他哪里会想到她做得

如此决绝。

"我捐了,拿不回来了,你要是乐意,我可以让基金会通知你拍卖的时间,你可以再买回来。"她说得极为轻巧,没有一丝懊恼的神情,有些没心没肺。

"我原来房间梳妆台上的首饰盒呢?"他不相信她能够做到那般滴水不漏,一丝不苟。

"烧了,烧了很久呢。"

陈秋末抓住齐小雨的双肩,微微用力,"里面的东西呢?"

齐小雨忍着疼与不适,风轻云淡地说:"哦,你是说明信片,当然变成灰烬了。"

"齐小雨。"陈秋末忍无可忍,大声喊着她的名字,情绪失控地说,"我让你住在这里,不是为了让你不经过我允许动这个家里的一分一毫,你没有资格。"

"我是为了你好。"

"别他妈自以为是了。"他怒不可遏地推开她,摔了身旁的落地灯,眼神凌厉得恨不得把她碎尸万段,可是齐小雨却毫不畏惧。

她靠近他,目光灼灼,"我喜欢你。"

这句话在陈秋末看来就像是个笑话。

"你不要对我有什么非分之想,我只把你当作妹妹,别无其他。"

齐小雨觉得可笑,反问:"真的只是妹妹吗?"

"是。"

"陈秋末,你清楚自己的心吗?你敢说你真的一点都不在乎我吗?你对我那么好,只是因为把我当作妹妹,你骗谁呢?"

"好,齐小雨,我承认我跟你之间是有些暧昧不清,但从今天起，我不玩了，我不奉陪了。"

这样冷漠的陈秋末让齐小雨感到心寒。

"陈秋末，你觉得这是玩吗？你真可怕。你一点都不关心，也不好奇，为什么我知道你结婚了可是一点也没有惊讶，还是跟你嬉戏如常？我明明有更好的选择为什么要放弃、不顾廉耻地来到你的身边？"

"我没兴趣知道。"陈秋末无情地说。

齐小雨被伤透了心，但是也不想放弃，"我知道你喜欢我，不仅我知道，你也知道。"

陈秋末的眼神变得更加锐利，气势逼人，逼退齐小雨，"如果我真的喜欢你，那么这份喜欢也只会截止于今天。"

"我不同意。"

"明天你就给我搬出去，我这里不欢迎你。"

他的毫不留情，令她悲痛欲绝。这不公平，太不公平了。

齐小雨咬咬牙，试图抓住最后的机会。"但是在那之前，我必须告诉你一件事。"

我本不想让你痛的，可是我太痛了。

"我不想听。"陈秋末就要走，齐小雨紧紧地拉住了他的手臂，拔高了声音说："葛雪籽早在七年前就死了，你听到了吗？她死了，你留着她的东西，她也回不来。"

陈秋末用力甩开了齐小雨的手，红着眼睛质问："你胡说八道什么？"

"我没有胡说八道，葛家人都知道葛雪籽死了，只有你和你的家人被蒙在鼓里。"

"这不可能。"陈秋末无意识地摇头，不相信，打死他也不相

信,"这不可能啊,她每年都会给我寄明信片。"

"陈秋末,你相信葛雪籽爱你吗?"齐小雨哭了,亲手撕开他心中的伤口让他痛让他醒悟,可是她感觉自己更痛。

"爱,没有爱,她不会嫁给我。"

"那你觉得她现在还在爱你吗?"

陈秋末蒙了。

齐小雨继续说:"你说她爱你,我相信,可是一个爱你的女人会离开你这么多年吗?"

"她只是喜欢上了自由。"陈秋末不死心地说。

"如果她真的爱你,我相信在她的心里,你远远要比自由要重要得多。她不会舍得离开你这么多年的,因为她当年得了胃癌,晚期,已经没有多少时日了,所以才会编造谎言离开你。她的墓就在多伦多。"

陈秋末已经不知道要用什么话去辩解,无力地瘫坐在床边,目光呆滞。

"而我没有办法去忍受她这样欺骗你,她自私地毁掉了你最年轻的时光,甚至是一生。"

齐小雨蹲在陈秋末面前,握住了他冰冷的手,泪眼婆娑,"你不是之前问我为什么四年前要不告而别吗?我告诉你,是因为我知道了你结婚的事情,我没办法接受这个事实,所以我只能逃避,我很爱你,但那份爱不能毁掉我和你,所以我走了。我现在为什么要回来,还是因为我爱你,因为我得知了真相,我可怜你,同情你,希望你能够得到幸福。陈秋末,我做这么多事,都是因为我爱你。在我的一生中,再也不会出现一个人,让我爱得放弃了自我。"

良久,陈秋末才找回自己的声音,"那你又是怎么知道真相的?"

"我要跟高昊结婚的前夕,允珍告诉我的。因为你不来参加我的婚礼,我觉得很遗憾。我一直都以为这些年,你过得很不错,你和你的妻子一定生了个可爱的宝宝,你们的家庭很幸福圆满。可我真的没有想到,现实是这样残酷,你过得是那样不好。你越来越孤僻,不跟朋友出去,失去了从前的爱好。所以,我最近才会逼着你走出去,去玩,去享受。我想把你枯燥灰白的人生一点点填满色彩。"她的声音一度哽咽。

"可是,齐小雨,我的心真的好痛。"陈秋末眼角湿润了。

"我知道,我知道。"齐小雨痛哭出声,起身勾住了陈秋末的脖子,脸贴着他的心口,"对不起,对不起,可是我被你伤到了啊,我也疼。"

"我怀疑过这一切,我真的怀疑过,可是我每次都阻止自己这样去想,我这样想就是在诅咒她死啊。"陈秋末的眼泪落在齐小雨的脸上,冰冰凉凉的。

陈秋末哽咽着声音,絮絮叨叨道:"她跟我说她想要过自由的生活,那时候我们明明在筹备婚礼,我问她是不是后悔嫁给我了,她说她不后悔,可是她突然说想出去走走,等她回来再办婚礼。我们大吵大闹过,她的气色越来越不好,越来越瘦,于是我妥协了,我只能让她出去走走。起初她还会每天给我打电话,我每次都会问她什么时候回来,她会哭,明明前一秒还在兴奋地对我说她在路上的见闻,这个话题让我们都觉得累,后来我就不问了。之后,电话联系也少了,变成了短信联系。那段时间我刚接手OM,OM负债累累,必须要找合伙人,我在日本和中国两边跑,终于谈成后,却发现我和她已经很久不联系了,我打电话给她,她的手机关机了,我想她一定是生我气了,我问葛家的人，有没有她的联系方式，葛家的人告诉我雪籽的玩心很重，等她想回来的时候就自然回来了。我在一个月后开始陆陆续续收到雪籽给我寄来的明信片，从她的留言中，我能看得出来她过得很快乐。但她居无定所，不愿意让我知道她的行踪，说是怕我去找她，给她压力。渐渐地，我就习惯了等待。我越来越适应商场的生活。偶尔会想，外面的世界太美了，所以她才流连忘返。我也开始喜欢上这种平静自律的生活。只不过没有想到……"

"只不过你没有想到，你会遇到我。是不是？"齐小雨接话，擦了擦眼角的泪。

陈秋末点点头，"遇到你，这场意外带给我的影响太大了，我不受控制。"

"陈秋末，我会陪着你的，我会等你，等你心里的伤口都痊愈。"齐小雨破涕而笑，泪光闪烁。

"齐小雨，我是喜欢你的，但是我却不知道我到底爱不爱你。你明白吗？雪籽是从我十三岁就陪着我的人，我们一起走过了风风雨雨，我对她的感情从前不会因为她抛下我而减少，现在更不会因为她的死而消失。"

"我可以等。"齐小雨痴痴地说，祈求道："别推开我。"

"我好困啊。"陈秋末觉得自己的眼皮真沉重，仿佛一闭上就能一睡不醒。

知道他是在故意逃避，齐小雨也不逼他。

"那你睡吧。"齐小雨离开了陈秋末的身子。

陈秋末掀开了被子，机械钻了进去，他蜷缩着身子，闭上了眼睛。

齐小雨守着他，不敢离开半步。

第三章 还是想和你在一起

她很怕他会做傻事。

墙壁上的钟，指针发出动听的声音，齐小雨累极了，不知不觉中短指针已经走过了数字2，她听着陈秋末发出的呼吸声，只盼他一夜无梦。迷迷糊糊之际，她撑不住困意，趴在床边，找了个舒服的姿势睡过去了。

而陈秋末缓缓睁开了眼睛，眼神清明。

下雪的夜晚，天空是明净的，没有风，万籁俱寂。

陈秋末穿着单薄的线衫，站在庭院中的小路上，静默着，身体渐渐冻僵。

前半生，他顺风顺水走到现在，记事以来，除了小时候因为调皮闯了祸被父亲一顿胖揍而哭过就再也没有哭过了。从小学开始，他就是班上的优等生，所有的老师都喜欢他，当然他也不确定那些老师是不是因为他父亲送礼而喜欢他。初中时，他的个子就长到了一米七八，不用活在别人所说的男生一米七五以下是三等残废的阴影下，他遇到了幼儿园的同学葛雪籽，两个人做了三年的同桌，直接晋升到高中。上高中的时候陈秋末加入了校篮球队，因为运动他的个子又往上蹿了五公分，再后来，陈秋末被保送到A大，然而他却选择了他喜爱的专业去了江大。一直以来，他都是别人羡慕的对象，轻而易举地就能够得到自己想要的。可是，今天，他才倍觉心酸，如果说只有普通人的人生才是平淡幸福的，那么他情愿做一个普通人，不要那么多的光环。从知道雪籽的事情后，他的眼泪怎么也止不住落下来，似乎要把一生的眼泪都流尽。

他崩溃了，他被打败了。

他哪里是个三十多岁成熟稳重的男人？他就是个莽撞冲动的毛头

小子,他没办法好好地控制自己的情绪。

因为失控,现在只能在这冰天雪地里,自我折磨。

如果严寒能够冻住眼泪,平息悲痛,那该有多好。

雪籽的笑声一直断断续续地出现在脑海中,如银铃般悦耳清脆。

她说:"我出生那天,天空下了很多的雪籽,你知道雪籽是什么样子的吗?它和雪花是两种概念,雪籽是小颗粒,晶莹剔透,漂亮极了,打在伞上会发出很好听的声音。"

她说这话的时候,坏笑着弯腰捧了一把雪撒到陈秋末身上,陈秋末被吓了一跳,回过神后,就这样跟雪籽你追我赶起来。

那一天,江城也下了这么大的雪。

画面生动清晰得就仿佛昨天发生的事情一样,陈秋末苦笑,蹲下身子,手里捧着一把雪,像天女散花一样抛向了天空。

"你真是个坏女孩,他们都这样跟我说,可我从来不信,但现在我信了。葛雪籽,你真是个坏女孩啊。"

齐小雨睁眼后发现自己正睡在陈秋末的床上,而陈秋末不知去了哪里,她立刻坐起身,下床跑出去找他。

刚下楼就闻到了面包的香气,齐小雨跑到厨房,果然看到陈秋末在做早餐。

他脸色苍白,但是很平静。

"你还好吗?"齐小雨突然开口。

陈秋末望向她,波澜不惊,"吃早饭吧。"淡淡的口吻。

齐小雨讪讪地拉开椅子坐下,然后就看到陈秋末把煎得金黄的鸡蛋放进齐小雨面前的餐盘里,挤了些番茄酱,除了这些,早餐还有午餐肉、烤肠、可颂,以及现榨的豆浆。

"陈秋末,你脸色很不好看,今天别去上班了吧。"

"我没事。"

他的状态很差,虽然他嘴上说着没事。

齐小雨伸手摸上他的额头,果然……

"你发烧了。"

陈秋末不理会齐小雨,慢条斯理地用叉子叉着烤肠送到嘴里。

"陈秋末,你不要逞强。"

"齐小雨,你不要以为我不会赶走你,如果你再这么聒噪的话。"陈秋末威胁道。

吃完早餐后,齐小雨去洗漱,化妆。

陈秋末在楼下洗盘子,他洗得极其认真细致,就像在做一件天大的事情一样。

齐小雨下楼后,找到了感冒药,给陈秋末倒了一杯热水,"如果你要去上班,你就吃了它吧。"

陈秋末猛地咳嗽起来,然后接过杯子,将药扔进嘴里,一口咽下。

齐小雨又说:"今天我开车。"

陈秋末同意。

推开门走出去后,齐小雨看到天空还在飘着雪,雪花以轻盈的姿态在空中打个旋儿,最后落在地上。

陈秋末不小心将冷风吸进肺部,剧烈地咳嗽起来。

齐小雨看他病弱的样子,心烦气躁地说:"去医院吧,好不好?"

"不好。"陈秋末冷着脸拒绝,然后走到车前,直接坐进了副驾驶座位。

齐小雨觉得这个时候的陈秋末脾气真倔。

一路上,陈秋末觉得自己的喉咙干痒干痒的,忍了又忍,终于抑制不住地咳嗽起来。车里很闷,陈秋末开了车窗,冬日凛冽的寒风立刻鼓鼓地灌进来,车厢里原先的温暖一下子被寒冷取代。到后来,齐小雨实在冷得受不了了,才关上窗。

那个时候,陈秋末已经倚靠在座椅上睡着了。

睫毛轻颤,睡颜宁静。

车子开进OM集团的地下停车场,齐小雨解开安全带,看了看陈秋末,他一点也没有要醒来的意思。

她突然有些不确定,他昨天到底有没有睡觉。知道了那些事后,他还能睡得着吗?

齐小雨轻轻叹了口气,推了推陈秋末:"醒醒,到公司了。"

可是陈秋末一动不动。

齐小雨有些着急了,解开了陈秋末的安全带后,又推了推他的脑袋,这时候,他的脑袋已经彻底垂下,抵在她的肩膀。齐小雨这时候才确定,他陷入了昏迷状态。

立刻打电话给高斯,急得直掉眼泪。

"你到办公室了吗?"

"到了,怎么了?"

"你快下楼来,陈秋末晕倒了,我一个人没办法。"

"好,你别着急,我马上下来。"

挂了电话后,齐小雨声音哽咽着不停地喊陈秋末,可他就是不答应她。

高斯边走边焦急地给附近的医院打电话,齐小雨哭着给陈秋末重新系上安全带,然后对高斯说:"快上车吧。"

"你坐到后面去,我来开车,你这样的情绪开车,我还担心我的人身安全呢。"高斯打开车门，把齐小雨拉了出来。

车子开到医院时，医生与护士已经等在门口，然后陈秋末就被抬上了急救床。

齐小雨腿有些发软，差点摔倒，幸好高斯眼疾手快地扶住了她。

"小心点。"

齐小雨泣不成声。

急救室外，高斯递给齐小雨一杯咖啡，"拿着，暖暖手。"她冻得在发抖，明明医院里有中央空调。

"是不是出了什么事？"

齐小雨望了高斯一眼，有苦难言，随即她摇摇头，"没事。"

经过一系列检查后，医生确定陈秋末是得了肺炎，"病人已经醒过来了，现在正在输液。"齐小雨提着的一颗心终于放了下去。

随后，陈秋末被转到VIP病房。

齐小雨坐在米白色沙发上，望着陈秋末。陈秋末的呼吸并不顺畅，甚至肺部会隐隐地疼，他咳嗽起来也是没完没了的，每到这个时候，齐小雨除了给他倒一杯热水，什么话也不会对他说。

到最后，陈秋末实在忍受不了这怪异的氛围了，问："你为什么不说话？"

"你想要我说什么？"齐小雨的语气中带着讥讽。

"什么都可以。"

齐小雨如泄了气的皮球，垮了肩膀，"可我什么都不想说。"

"你生气了。"陈秋末很确定。

"你为什么会突然发烧，还转成肺炎了？你做了什么？"她并不认为陈秋末的身体有那么差劲。

"没什么，就是昨天半夜欣赏雪景了，确实有些冻人。"

齐小雨无语,"你真的是疯了。"

陈秋末笑了,"这样也挺好的,生病了就没有力气去想事情了。"

到中午,高斯给齐小雨他们带来了饭菜。

陈秋末对高斯说:"别把我生病的事情泄露出去,就说我出差了。"

"好,我知道了。"

齐小雨开始一勺一勺地喂陈秋末吃饭,极有耐心。看到她把陈秋末照顾得这么好,高斯也就放心了,默默地退出病房。

而待在医院,真的是一件极其压抑的事情,尽管自己没有生病,可是齐小雨却觉得快了。陈秋末睡着后,齐小雨打开了电视机,调低音量,电影频道刚开始播放日本的电影《情书》。

很多年前,齐小雨和林好在宿舍里就看过这部电影,本以为早就被遗忘在过去的时光中了,可是当看到熟悉的电影画面,才发现所有的细节她都记得一清二楚。

关于死亡,尤其是爱人的死亡,总是会在心里延绵许久。齐小雨不由自主地想起了陈秋末,他也会如此吧。

影片的开端,日本神户被一场大雪覆盖,漫天遍野都是雪白的世界,雪花簌簌落下,渡边博子就躺在雪地中,在哀思缅怀藤井树,那个三年前在登山旅途中意外死亡的她最爱的人,参加完三年祭后,渡边博子去拜访藤井树家的时候在藤井树的毕业纪念册里记下了一个地址,并往那个地址寄出了一封情书,却没有想到收到了同名同姓的女藤井树的回信。渡边博子的新男友陪着她一起飞往小樽了解真相,渡边博子发现这个女藤井树与她的未婚夫是同学,并且与自己长得一模一样,她怀疑男藤井树是因为她长得和女藤井树一模一样才跟自己

第三章 还是想和你在一起

在一起的,如果是这样,她将不会原谅他。渡边博子为了了解两个藤井树之间的故事,与女藤井树保持书信来往,而女藤井树写出了自己对那些年的回忆。影片的最后,渡边博子放下了过往,开始了新的生活。而女藤井树也逐渐了解到了当年年少的藤井树对自己的感情。

齐小雨脸上的泪已经干涸。

"好看吗?"陈秋末问。

齐小雨愣了愣,侧过头看他,发现他也在看着自己。

"你什么时候醒的?"

"在听到你抽泣的时候,我一下子就惊醒了,想问你怎么了,看到电视画面,就都明白了。"

"你看过《情书》吗?"

"嗯。"陈秋末顿了顿,说:"这是雪籽最喜欢看的电影。"

原来是这样。齐小雨有些失落。

陈秋末苦笑一声,"或许她就是因为看了这部电影才会想到用隐瞒自己死亡来减少未亡人心中的悲伤。"

"你想多了。"

"也许吧。"

齐小雨问:"渡边博子用三年的时间走出了对未婚夫死亡的悲痛,你呢?你也需要三年吗?"

"如果渡边博子不知道藤井树的秘密,或许三年远远不够。"陈秋末感慨道。

"是这样吗?"齐小雨觉得难过极了,起身走到了窗边,望着外面白雪皑皑的世界,说,"如果你多回忆回忆她的不好,是不是就能早点忘却悲痛了?"

渡边博子就是这样的。

陈秋末没再出声。

没过几天，陈秋末的肺炎渐渐好转，而接连几日的大雪终于停了。

大雪之后，是宁静。

宁静的好像还有她的心。

因为在陈秋末出院的前一天，他的父母亲来到了病房，也注意到了齐小雨的存在。而他对她的维护被她听到，只觉所有为他做的傻事都是值得的。

第一次见到陈秋末的父母，齐小雨有些局促不安。

他的父亲面部严肃眼神凌厉，他的母亲风韵犹存不苟言笑，齐小雨默默好奇，这样的结合居然生出了陈秋末如此性格的儿子，是不是奇迹？

陈秋末对他父母介绍了齐小雨，齐小雨礼貌地喊了声："伯父伯母好！"

他母亲直接问齐小雨："你们是什么关系？我儿子是结了婚的人，你凭什么来照顾我儿子？"语气并不友善，她的态度到底是伤了齐小雨的自尊，陈秋末让齐小雨先出去。

病房外，齐小雨倚在墙上，听着里面的对话。

陈秋末说："爸妈，我要告诉你们一件事，其实，雪籽已经去世了。"

"你说什么？"陈母情绪激动起来，"什么时候？"

"七年前。"

"什么？"这回连陈父都不淡定了，"难怪我让你们离婚，你一直拖着不离，既然她都已经死了，你为什么不早告诉我们？"

"我也是前不久才知道的。"

第三章 还是想你 在一起和你

"葛家人什么心态?故意瞒着雪籽死亡的消息,耽误了你这么多年的幸福,他们怎么那么厚脸皮?"陈母越想越气,"这件事我一定要去问问清楚,他们必须给我们一个交代。"

陈秋末阻止道:"这件事就到此为止了,我不想再去追究。况且我们现在也不是能和葛家决裂的时候,我们两家的合作太多了,一荣俱荣,一损俱损。"

陈母有些不甘心,却也没法反驳,想起方才病房的女孩,连忙问:"所以,你现在是跟那个女孩发展关系吗?"

不等陈秋末说话,陈父插嘴:"既然雪籽死了,你就和裴钰在一块吧。"他的语气中带着不容置疑。

陈母一听不乐意了,"那个裴钰有什么好的,你一定要让她嫁给我们儿子?"

陈父的声音不怒自威:"你懂什么?她的身后是整个裴氏集团。"

"你不觉得那个裴钰的性情跟葛雪籽一样吗?目中无人,高高在上,我不喜欢这样的女孩子。"陈母坚决反对,"要不是当年秋末鬼迷心窍,非葛雪籽不娶,现在能落得这个下场?葛家实在做得太缺德了。"一想起儿子这些年所受的苦,陈母就心酸落泪。这七年,她不知道自己在陈父面前抱怨了多少葛雪籽的不是,如果不是因为葛家得罪不起,这样的儿媳妇她早就让儿子跟她离婚了。

而陈父跟裴家攀交情,撮合裴钰与陈秋末也是想事成后陈秋末跟葛雪籽结束那畸形的婚姻,到时候OM就算和葛家关系破裂了,有裴家这棵大树庇佑,也不会起多少风浪。只是为人父的,心思再周密也不轻易说出。

"爸,不管我将来还会不会开始一段新的婚姻,我的妻子绝对

不会是裴钰,希望你能打消撮合我和裴钰的念头,我不喜欢太过盛气凌人的女人。这样的女人是很好的合作伙伴,却不会是好的人生伴侣。"

"秋末说得对。"陈母十分赞同。

陈父挑眉,不满地问:"你是看上刚才那个小姑娘了?"

陈秋末不否认也没有承认,倒是陈母问:"她什么家世?跟你相配吗?"

"妈。"陈秋末不满道。

"妈这是为了你好,就算你被葛雪籽耽误了,你也不要降低你的格调,挑些社会地位跟你不匹配的女人。两个人没有相同的家世,没有共同的爱好,是不会长久的。"

"妈,小雨是个很好的女人。"陈秋末脱口而出。

听到陈秋末这样维护那个女孩,陈母睁大了眼睛,"你果然是喜欢她的。"

"我累了,我想休息了。"陈秋末下了逐客令。

齐小雨听到这儿,立刻走开了。

看着陈父和陈母坐电梯下楼后,齐小雨重新回到了病房,看着陈秋末沉着一张脸,她有些不自在地走近,"谢谢!"

"什么?"陈秋末回过神来,望着齐小雨。

"我都听到了,你刚才很维护我。"

"不客气,我不会允许别人贬低你的。"

"即便那个人是你母亲吗?"

"对。"

齐小雨上班之后,收到了无数同事的热切关怀。

第三章 还是想和你在一起

办公桌旁围了一圈人,嘘寒问暖,搞得齐小雨莫名其妙的。周姐过来,适当地替她解了围,众人散去后,齐小雨问:"什么情况?"

"你是不是跟陈总出去旅行去了啊?"

"没有啊。"嗯,周姐想象力真丰富。

周姐不相信,"别瞒着我了,你跟陈总同一时间不来上班,又同一天回来上班,过去的这些天,你们肯定在一起。"

"那倒是的。"不过不是度假,而是在医院治病。

"高特助对别人说陈总出差了,你回家割阑尾了。"

什么?他就不能编个健康点的理由吗?齐小雨郁闷。

"看样子我似乎在办公室人缘不错。"齐小雨感到欣慰。

周姐笑了,"等到他们知道你和陈总的关系后,你就是全办公室甚至全公司的公敌了。"

"其实,我和陈总还真没什么关系。"齐小雨认真地说。

周姐摆摆手:"要不是我亲眼看到陈总对你的好,我也不相信你和陈总有关系啊。以前大家都在猜测陈总会喜欢什么样子的女孩,现在我知道答案了,就是你这样的,素面朝天型,一脸的胶原蛋白,看着都让人羡慕。"

"周姐,其实我有涂BB霜。"齐小雨笑着纠正。

周姐回到座位后,高斯就过来宣布公司年会定在本月25号,在挪威酒店顶层的玫瑰宴会厅,不过在那之前,每个部门都要出个节目。

齐小雨写了个公告直接贴在公司内部网首页。

高斯凑过来,贱贱地笑了,"小雨,想不想跟陈总一起唱首歌。"

"不想。"齐小雨想也不想地就拒绝。

"陈总想呢。"

听到高斯这样说，齐小雨摸了摸鼻子，语速极快地说："那就唱首歌吧。"

高斯在心里暗乐。

想起方才他也是在总裁办公室这么说服陈秋末的。

"陈总，想不想跟齐小雨在年会上唱首歌？"

"不想。"陈总翻看着文件头都没抬。

"齐小雨可是很期待的。"

陈秋末抬头，若有所思，然后说："既然她喜欢这样，那我就同意了。"

这两个人，还真有意思。

到年会那天，陈秋末和齐小雨作为压轴，站在舞台上为大家演唱了一曲《Way back into love》。

OM的老员工都知道以往年会，陈秋末从不会表演节目的，然而这次却破了先例，着实耐人寻味。

伴奏响起，齐小雨低下头想第一句台词，她不知道陈秋末紧张不紧张，但她现在很紧张，尽管这首歌他们之前练习过很多次了，但是还是怕在这里出了差错丢人。

齐小雨和陈秋末原本是隔了一个人的距离的，然而陈秋末却主动牵住了齐小雨的手，这个温柔的举动让台下的女听众羡慕嫉妒着。

I've been living with a shadow overhead.（我过着阴影遮头的日子。）

I've been sleeping with a cloud above my bed.（我睡在乌云笼罩的床上。）

I've been lonely for so long.（我已经孤独很久了。）

Trapped in the past, I just can't seem to move on.（被困在过去，我总是不能走出来。）

I've been hiding all my hopes and dreams away.（我将自己的希望和梦想藏匿起来。）

Just in case I ever need them again someday.（希望某天它们能再次派上用场。）

I've been setting aside time.（我任由时间流逝。）

To clear a little space in the corners of my mind.（来清理我脑中的角落。）

All I wanna do is find a way back into love.（我只是想找一条可以重新获得爱情的路。）

I can't make it through without a way back into love.（如果不能破镜重圆，我将无法活下去。）

Oh oh oh

I've been watching but the stars refuse to shine.（我看着星星不再闪烁。）

I've been searching but I just don't see the signs.（我一直在寻找，只是看不到预兆。）

I know that it's out there.（我知道它一定存在。）

There's gotta be something for my soul somewhere.（在我灵魂深处的某个地方。）

I've been looking for someone to shed some light.（我一直在寻找能够带来些许光亮的人。）

Not somebody just to get me through the night.（不仅仅是个可以陪我度过夜晚的人。）

I could use some direction.（我希望可以找到方向。）

And I'm open to your suggestions.（也愿意接受你的建议。）

All I wanna do is find a way back into love.（我只是想找一条可以重新获得爱情的路。）

I can't make it through without a way back into love.（如果不能破镜重圆，我将无法活下去。）

And if I open my heart again.（如果我再次敞开心扉。）

I guess I'm hoping you'll be there for me in the end.（我希望你能一直陪我走到尽头。）

There are moments when I don't know if it's real.（有时候我不知道是不是真的。）

Or if anybody feels the way I feel.（有没有人和我有相同的感觉。）

I need inspiration.（我需要的是灵感。）

Not just another negotiation.（而不是另一次谈判。）

All I wanna do is find a way back into love.（我只是想找一条可以重新获得爱情的路。）

I can't make it through without a way back into love.（如果不能破镜重圆，我将无法活下去。）

And if I open my heart to you.（如果我对你敞开心扉。）

I'm hoping you'll show me what to do.（我希望你能教我怎么做。）

And if you help me to start again.（如果你能帮我重新开始。）

You know that I'll be there for you in the end.（你知道我

会一直陪你走到尽头。）

一曲完毕后，场下响起了阵阵掌声，齐小雨却情绪失控了，她泪光闪烁地走下舞台，陈秋末追上她将她搂进怀里，带她离开了宴会厅。

这一幕，震惊了在场大多数人。

高斯被人团团围住。

"什么情况？"A同事问。

"什么什么情况？"高斯装傻。

B同事："他们是情侣关系吗？"

"不会是。"裴钰阴沉着一张脸，冷冷打断，随后提了提身上的白色皮草，起身离开了宴会厅，优雅婀娜。

"她生气了呢。"C同事说。

"当然会生气，她比齐小雨强太多了。我相信陈总和齐小雨之间一定是清白的。"A同事说。

"我更喜欢齐小雨。"茜茜弱弱地插嘴。

寒冬腊月天，齐小雨穿一袭大红色的抹胸长裙，冻得牙齿打颤，脸上的眼泪都快变成冰碴了。上车后，陈秋末赶紧开了空调，给齐小雨披上了车上的薄毯。见齐小雨暖和多了，陈秋末才问："你为什么要哭？"

齐小雨抽出纸巾轻轻擦掉脸上的眼泪，想起方才的混乱，"你为什么要搂着我啊？"

知不知道这样子让她以后在公司里很难混的。

"你先回答我。"陈秋末霸道地说。

齐小雨想了想说："被歌词感动的。"

"就这样？"陈秋末不相信，她显然在说谎。

齐小雨点点头，"该你回答了。"

陈秋末有些不好意思了，"我觉得你当时需要我这么做。"

"我没说，是你自作多情了。"

"齐小雨，你心里其实是很感动的吧。"

齐小雨心头一甜，不自在地将头转过来，望着车窗外，模糊的玻璃上，她的笑容若隐若现。

你不知道，当你唱"You know that I'll be there for you in the end"时我有多感动。

年会第二天上午，整个OM集团员工打扫好办公室卫生后就正式放假了。

关于陈秋末和齐小雨的绯闻八卦，虽然大家都很好奇，但是也不敢明目张胆地去问。

放假之后，齐小雨对自己的这个新年何去何从有些拿不定主意，陈秋末问她要不要跟允珍联系，齐小雨想也没想就拒绝了，因为要解释的东西太多了。而陈秋末也很怕回家，往年他都会去葛家拜年，但是自他知道雪籽的事情后就很难再面对葛家人了，而且他父亲有意留裴钰在家过年，这一意孤行的做法令他不悦。最后两人决定结伴去广西溜达一圈。

除夕那天，陈秋末开车载着齐小雨去江城机场坐八点十分的飞机飞往南宁。一上飞机，陈秋末和齐小雨就把手机关机了，并打算接下来十天的时间里都不开机。十点半，飞机降落在吴圩机场。

一出机场大厅，齐小雨就感受到了南宁的温暖，来之前订了南湖公园附近的酒店，一间标准间，因为如果订两间房齐小雨觉得太浪费

第三章 还是想你 在一起

了。到酒店放好行李后，在酒店用好午餐，齐小雨和陈秋末就去了旁边的南湖公园，消磨掉了下午的时间，晚上回酒店看春晚跨年。齐小雨是在没心没肺地玩，但是陈秋末心里还是有丝担忧的，就怕他的行为把他爸气出病来。趁齐小雨去洗澡的空隙，他偷偷开了手机，果然手机振动疯了，有几十个未接电话。他回了电话过去，"爸，你找我？"

陈父吼道："你是不是跟那个齐小雨一起去南宁玩了？"

"你不是都能查得到吗？"陈秋末说。

"你明天立刻给我回来，我把裴钰留在家里，可不是为了让她每天面对我跟你妈。你让裴钰难堪，就是给我丢脸。"

"可是爸，如果你不擅作主张的话，你也就不会丢脸了。"

"你还敢说我？"

"行了，爸，祝你和妈新年快乐，我挂了。"说完，陈秋末立刻挂了电话，将手机关机。

齐小雨吹干了头发出来，不满地看着陈秋末："我听到你打电话了。"

陈秋末耸耸肩，笑说："你耳朵真灵。"

齐小雨想有人找真是一件幸福的事情，她即便是开了机，大概也只有林妤、高斯会给她发拜年短信。谁让她手机里就存了三个人的号码，陈秋末、林妤、高斯。

大年初一清晨，齐小雨和陈秋末用了早餐后就退房在琅东车站坐车前往德天，前往德天瀑布，近五个小时的车程，一路颠簸，齐小雨累得够呛，起初还会兴致勃勃地看着一路秀丽的风景，后来直接趴在陈秋末肩膀上呼呼大睡了。

中午的时候，陈秋末推醒齐小雨，让她吃午餐。没过多久，就到

了德天瀑布风景区。齐小雨曾在旅游杂志上看到说，德天瀑布是世界上最美的瀑布之一，那时候她就计划着有朝一日一定要来见见这声势浩大、气势磅礴的归春河水。在看到归春河里越南男子戴着绿色帽子划着竹筏卖香烟等东西，齐小雨小声地对陈秋末说："果然越南男人爱戴绿帽子。"

陈秋末笑了笑，"果然极品。"

在中越交界处，齐小雨一腿跨界，冲着镜头摆了个剪刀手，然后笑着对陈秋末说："我这样也算是去过越南了呢，省了签证钱。"

陈秋末玩心大起，把相机交给齐小雨，"我也要来一张这样的照片。"

"嗯。"

拍好后，齐小雨就拉着陈秋末去附近的市场闲逛。

游览了近两个小时后沿着公路一路下去走到景区大门，齐小雨每到一个景点，就会把相机交给其他游客，让他们替她和陈秋末拍照，乐此不疲。后来，他们从德天前往北海，穿梭于北海大街小巷，又用两天时间玩了涠洲岛后，齐小雨和陈秋末回到北海银滩对面的酒店住下了。每天，他们从海鲜市场买各类海鲜回来借用旅馆厨房加工，鲜美得不像话，齐小雨觉得自己起码得胖五斤。

这般悠闲快活，直到齐小雨因为海鲜过敏才不得不节制自己的饮食。

陈秋末租了一辆电动车想要带她去附近的药店买药，然而齐小雨却拒绝了，她献宝似的从包里拿出了三样东西，摆放整齐，说："前段时间，我喜欢的一个作家说，包里放好三样东西，安眠药、止痛片和红霉素眼膏，她到现在还没发现它们三个解决不了的问题。现在我就来试验下。"

第三章 还是想和你在一起

"能行吗？"陈秋末有些不放心。

齐小雨点头，"既然这个红霉素眼膏这么神奇，那么肯定能治我的过敏。"

果然，涂在脸上过敏的皮肤上，齐小雨就不觉得痒了。

齐小雨得意，"果然是我喜欢的作家，有见识。"

"你喜欢的那个作家一定是个糙妹子。"陈秋末说。

"……"

两天后，齐小雨脸上的红肿消退了，这两天，她素面朝天，都是戴着口罩墨镜出来，把自己的脸护得严严实实的，就怕吓到人。如今好了，剩下的时间，她终于可以好好玩耍了。

午后的阳光慵懒地晒在齐小雨的脸上，她盘腿坐在沙发上，低头专心致志地看着手机里的视频，连陈秋末回来了她都未察觉。

陈秋末凑过去，发现视频里一个外国姑娘在编辫子。

"怎么在看这个？"

"觉得很漂亮。"

"嗯，你的头发编起来一定很好看。"

齐小雨被夸得心花怒放，但转念一想，"可是看上去很复杂，我笨手笨脚的，估计编得不会好看。"

陈秋末点头，"是很复杂。"

"不然你试试？"齐小雨笑着提议。

陈秋末瞥了齐小雨一眼，"我一个大老爷们，给你编辫子，你觉得合适吗？"一副你想都不要想的表情。

齐小雨嘟起嘴，恋恋不舍道："可是真的很好看啊。"

最后，陈秋末还是在齐小雨的软磨硬泡中妥协了。

齐小雨去卫生间拿梳子，递给陈秋末，讨好地说："一切就拜托你啦。"眉目舒展,眼含笑意。

陈秋末的动作很轻柔,手指穿发间似有魔法一般,让齐小雨的心中多了几许悸动。

他只看了一遍就差不多会了,但是真正上手却是需要极大的耐心的,粗糙地编好辫子然后绾在齐小雨脑后并用发卡固定,却怎么看也不满意。

齐小雨照着镜子,倒是很喜欢,安慰着陈秋末:"松松垮垮的更漂亮呢。"

"是吗?像个小疯子。"

"哎呀,男人的审美跟女人是不一样的。陈秋末,这应该是你第一次给女孩子编辫子吧?"

"嗯。"

"你没有为葛雪籽做过这样的事,我真开心。"

陈秋末没想到齐小雨会突然提起雪籽,怅然道:"她喜欢短发,她觉得留长发会让她变笨。"

在他们之间,只要有人稍微提一下葛雪籽,气氛就会立刻变得很沉重。

"接下来的几天我都想这样漂亮地走出去。"齐小雨暗示着陈秋末,眼神炯炯,带着殷殷期盼。

"好,只要你不觉得厌烦。"陈秋末爽快答应。

"不会。"

只要是你陪着我做的事情,我都不会觉得厌烦。

往后,我要陪着你,创造许多许多的第一次。齐小雨在心里暗下决心。

第四章

世间最好的一面，便是拥有你

从广西回来后,陈秋末受到陈父的召唤回家去了,自然是受到了一顿训斥。

OM集团员工正式上班的第一天,关于裴钰即日起担任集团副总的消息在公司内部网首页公布,就任仪式将会在两天后举办。

关于裴钰今年留在陈家过年的消息不胫而走。

大家都在传陈秋末和裴钰好事将近了,很明显在大家眼里,齐小雨这个绯闻女友被炮灰了。他们一致认为大家族的人都是很现实的,谁会选择齐小雨而不去选择裴钰呢?齐小雨的脸色不太好,一整天都有些心不在焉。

发呆之际,陈秋末给她发来短信。

"晚上下班后你一个人回去吧,我有约会。"

"哦。"齐小雨回过去。

随后跑到高斯身边,"陈秋末晚上是不是跟裴钰约好一起吃饭庆祝了?"

"你怎么知道?"

"我猜的,裴钰就喜欢缠着陈秋末,一有点好事就喜欢庆祝庆祝。"这是她去年总结出来的经验之谈。

"这次,你可冤赖裴钰了,是陈总主动说请对方吃饭的。"

"为什么?"

"他父亲的命令。"

"在哪家餐厅?"

"花园街那边的浮世绘西餐厅。"高斯如实告之,然后不放心地问:"你不会想搞破坏吧?"

"我以什么身份呢?"齐小雨反问。

"女朋友啊。"高斯说得理所当然。

齐小雨给了他一个白眼,说了声:"白痴!"

如果她真的是他女朋友,他根本就不会去和其他女人吃饭约会。

"难道我说的不对吗?"

"高斯,我觉得你有必要去请教下茜茜,我和陈秋末之间的事情,我都对她说过。"

"啊?"高斯有些傻眼了。

齐小雨回到座位上,打开网页,上百度搜索下可以用什么办法打击情敌,却发现没有什么建设性的方法。

不过,虽然心里没有主意,但是齐小雨还是会出现在浮世绘西餐厅的,就让那在裴钰心中浪漫美好的两人晚餐变成三人晚餐,想想,似乎这个办法还是很厉害的。

临下班前,齐小雨特地去洗手间补妆,然后赶在陈秋末跟裴钰之前到达了浮世绘西餐厅,刻意安排个偶然相遇。

然而,齐小雨并没有遂心。

因为,在那之前,她狭路相逢了高昊,他坐在靠窗的位子,气定神闲地翻看着菜单,俊朗的脸消瘦了许多,齐小雨就站在街道上,停住了脚步,就这样望着他,带着深深的恐惧,那一瞬间,世间所有的声音都消失了。她本想逃走的，但是却意外地与他四目相对。

高昊脸上都是意外，齐小雨目瞪口呆，几秒钟后，想要仓皇而逃的时候，高昊动作极快地冲出餐厅拦住了她的去向。

"你怎么一看到我就跑？我有那么可怕吗？"他温柔地笑了，语气中带着责怪。

齐小雨无言以对。

这个人，为什么还能若无其事地面对她？是心理素质太好了还是记忆力出现了问题？齐小雨都要开始怀疑几个月前自己到底有没有让高昊难堪了。

"好……久……不……见……"她的语气极慢，甚至有些颤音。

"是啊，好久不见，你胖了呢。"

齐小雨脸色有些苍白，就连敷衍的笑容都显得很无力。

"你也是来这家吃晚餐的吧？"高昊说。

齐小雨刚要否认，只听高昊说："我下午刚到江城，现在真的好饿，陪我一起吃个晚餐吧。"说完，就动作自然地拉着齐小雨重新回到了餐厅。

还是那个位子，只要在餐厅外就能看得一清二楚的位子。

齐小雨有些坐立不安，她突然很害怕陈秋末和裴钰的到来，那一定很混乱。

"吃点什么？"静默的氛围里，高昊突然询问，齐小雨心惊了惊。

齐小雨将视线放回餐单上，点了一份牛油果沙拉。

"就吃这么一点啊。"

"我不饿。"齐小雨说，她想说一个正常的女人在见到几个月前逃婚的对象后都会被吓得吃不下东西的。

高昊笑了笑，对服务员说："我要一份椒盐濑尿虾、一份盐烤腰蛤、一份盐烤竹蛏、一份白葡萄酒焗青口、一份烤干贝刺身……"

齐小雨出声打断，"你吃得了这么多吗？"

"我点多了，你会帮着一起吃啊。"高昊说完又对服务员说："开一瓶白葡萄酒，就这样。"

等菜的间隙，齐小雨问："你来江城是有什么事吗？"

"找你。"高昊直言不讳。

齐小雨紧张极了，后背出了一身冷汗，浑身无力，淡漠地"哦"了一声，然后将头转到另一侧，看外面繁华的街道。

高昊一点都不介意她的无视，手机在口袋里振动了一下，他拿出手机查收了下新短信然后嘴角微微上扬，随意地将手机放在桌上，轻声呼唤："小雨。"

小雨转过头来望着他，有些心不在焉。

"你能告诉我，你为什么要逃婚吗？"

"高昊，事到如今，我再做解释也没有什么意义啊，已经发生了的事情是没有办法回头的。你可以恨我。"

"不，我不会恨你的，我只想挽留你。"

"挽留我做什么呢？一个心思根本就不在你身上的人，你强留在身边也只是互相折磨。"

这老生常谈的话语，齐小雨真的有些受够了，于是直截了当地回："而且我不配。"

"这四年，你究竟有没有那么一刻爱过我？"

"我感动过，尝试过，但是不行。"感动不等于爱，她对他的感情已经直接跳过爱情到了亲情，虽然这个世界上最不缺的就是没有爱情只有亲情的夫妻，可齐小雨清清楚楚地明白，那不是她要的生活。

她渴望爱情,她这一生都追求爱情。

"在你心里,是不是我连陈秋末的千分之一都比不上?"

"你们根本就没有可比性。"本就是各有千秋,又何必比较。

"是你觉得我根本就不配和陈秋末相提并论吗?"高昊钻进了牛角尖。

齐小雨厌倦了与他的对话,只想匆匆说完,然后直接走人。

"高昊,我没有这么说过。我想,我真的吃不下,我先走了。"齐小雨想要起身,却见高昊一脸愠怒,直接摔碎了桌上的杯子,厉声说:"坐下。"

霎时,整个餐厅的人都望向了他们这桌,探究的视线一道道投射过来,齐小雨有些心虚地低声问:"你到底想怎么样?"

"齐小雨,没有你这么狠心绝情的。是你做了对不起我的事情,如今气焰嚣张的人却是你,你还有心吗?难道做了那样的事情后,你就心安理得了?"

"我本来就是自私自利的人啊。"齐小雨自我否定着。

"利用完我过了四年的安逸生活,然后一脚踢开我,让我变成全城的笑柄,颜面尽失,这就是你给我的报答吗?齐小雨,你欠我,你永远都欠着我。"高昊怒吼着。

"是,而且这辈子都还不了。"

"不,你要补偿我,你有责任治愈你带给我的伤口。"

"那么,你想要我怎么补偿你?"齐小雨有种豁出去的冲动。

"我不知道,我只知道这个问题暂时是没有答案的,你必须自己去找到答案。"

这时,陈秋末和裴钰一前一后走进了餐厅,齐小雨背对着他们所以不知道,但高昊看得一清二楚,忽然不动声色地笑了,"至少你要做到我满意为止。"

裴钰上前挽住陈秋末的手臂，他们走向了齐小雨和高昊附近的位子。

高昊笑意盈盈向他们招手，故意说："好巧，陈秋末，你带着妻子来吃饭啊，不如跟我们坐在一起吧。"

齐小雨转过头看过去，第一眼看到的是陈秋末面无表情的一张脸，然后是裴钰笑得花枝招展的样子，最后她的视线停在了她挽着他的手上，玫红色的指甲油将手衬得愈加纤细白皙，配一条带着碎钻的手链，精致耀眼。

重新看向高昊，齐小雨觉得自己的眸子都能喷火了，他实在太可恶了，故意装傻，讽刺了所有人。

陈秋末一脸漠然地看着眼前的情形。

裴钰柔情百媚地问："是你认识的人吗？"

陈秋末不知道该怎么来形容此刻的心情，那个男人，不，在他眼里是男孩，他的热络透着虚情假意，"认识。"但可笑的是，这明明是他们第一次正式见面。

"那就坐那里吧。"裴钰说得理所当然。

陈秋末被拉过去，就坐在齐小雨旁边的位子，裴钰在他对面，正要喊来服务员点单，被高昊制止了，"我点得很多，一起吃吧。"

裴钰有些拿不定主意，便听见陈秋末说："谢谢，不用，我们的口味未必相同。"

高昊缓缓笑了，"我倒是觉得我们的口味惊人地相似呢。"意有所指，在场的人都心知肚明。

齐小雨不动声色地投给高昊一个警告的眼神，示意他别做得太难看了。

陈秋末浅笑，忽视高昊的话，点了两份肉眼牛排。

齐小雨微低着头，"这家店上菜速度真慢，我想走了。"

"这不，来了。"裴钰接话，看着慢慢走过来的服务员。

骄傲的裴钰终于主动跟齐小雨说话了，却是在这样尴尬的氛围里。

服务员端来了齐小雨的沙拉以及高昊的青口，顺便拿来了白葡萄酒，给在座的人都倒上，齐小雨渴得很，举起高脚杯凑到嘴边，浅浅地抿了口白葡萄酒。

裴钰兴致勃勃地问高昊："我叫裴钰，你呢？"

"高昊。"

"为什么我觉得你看起来很眼熟啊？"

"是吗？陈太也是海市人？"

"陈太？"裴钰笑开了，这个称呼可真有意思，唇齿饶舌间格外优雅动听。

"不好意思，高先生认错人了，她不是我太太。"陈秋末纠正。

"哦，是吗？没想到陈先生也是个风流公子啊，家里藏着一个，外面带着一个，很是逍遥呢。"高昊讽刺道，故意让人以为他想歪了。

"我们只是同事。"陈秋末言简意赅地解释，不想多费唇舌。

"不必跟我解释，我又不是你的什么人，对吧，小雨？"高昊体贴地夹了块青口肉喂到齐小雨的嘴边，齐小雨无奈张嘴吃下。

裴钰一脸羡慕道："你们感情真好。"

"那是自然。"高昊略微得意地说。

齐小雨叉子插了颗千禧果到嘴里，含糊地说："你今天话真多。"

第四章 世间最好的一面，便是拥有你

高昊不经意地笑笑，然后婉转了语气对裴钰说："不好意思，裴小姐，请原谅我的失礼。"

"没关系，我不介意。"话一说完，裴钰突然作出恍然大悟状，然后激动地对高昊说："哦，我想起来了，我们以前真的见过呢，在海洋之星游轮上，你们公司主办的时尚派对。"

"裴小姐这么一说，我倒是有些印象了，裴小姐当时很是美艳动人呢。"高昊胡编乱造着。

裴钰被赞赏，不禁莞尔。

"没想到你居然是齐小雨的男朋友，是男朋友吧？还是已经结婚了。"裴钰好奇地问齐小雨。

齐小雨抬头望着裴钰，没有说话。

裴钰觉得有些自讨没趣，讪讪一笑。

高昊说："小雨是我的未婚妻，我们本来都快要举办婚礼了，后来因为某些原因，暂缓了婚期。"

"哦，原来是这样啊。"裴钰冷冷地接话，已没有兴趣往下了解了。

长长的桌子上陆续摆满了菜，飘散着美食的香气，大家都不再说话，一时之间就只剩下了刀叉触碰瓷器的声音。

气氛很压抑，若不是餐厅里正播放着的《我的歌声里》的原声伴奏，齐小雨觉得自己一定会吃得消化不良。

饭吃得差不多的时候，高昊笑着对陈秋末说："这还是我们第一次这样面对面坐着吃饭呢。"

陈秋末"嗯"了一声，"是啊。"

"你可比杂志报纸上的照片帅多了，难怪有很多的追求者。"高昊虚伪地恭维着。

"你也很年轻有为。"

齐小雨真的受不了他们这种话中夹枪带棒的相处状态,拿着餐巾擦了擦嘴,率先起身,"抱歉,我身体有些不舒服,我想先回去了,你们慢慢聊。"

说完便潇洒地转身离开。

高昊没有要追过去的意思,因为心里清楚,现在就算追了过去也是自讨没趣,还不如在这里恶心恶心陈秋末。

裴钰诧异:"你就让她一个人走了啊。"

"女人有时候不能太惯着。"

"是这样吗?我就希望我男朋友能多惯着我。"裴钰故意暗示,却偏偏对象是个木头人。

离开前,裴钰去了洗手间,两个人眼神凌厉地对峙着。

高昊率先开口:"我和齐小雨不会结束的,你趁早放弃吧。"

陈秋末失笑,"你知道你现在就像个什么吗?"

"什么?"

"一个长不大、霸道幼稚的小孩子。"

高昊不去反驳,只面上风轻云淡地笑着。

没关系,我现在忍你,我们来日方长。

齐小雨回到家洗完澡后觉得肚子很饿,便跑去楼下给自己下了一碗鸡蛋面,顺便等着陈秋末回来。今天的状况,她必须解释,否则她和陈秋末努力到现在的关系就会出现裂痕。

九点多的时候,齐小雨终于听到了汽车的鸣笛声,她连忙跑去开门,没一会儿,陈秋末就出现在她眼前了,他的手上抓着外套,一脸倦意,看也不看齐小雨一眼,径自进屋。

齐小雨追上去，着急地说："我不知道会遇到他。"

陈秋末深深地看了她一眼，依旧是什么话也没说。

他怀疑的表情让她忍不住提高了声音吼道："真的是偶遇，你相信我。"

"可是，齐小雨，那么多的餐厅，为什么偏偏是浮世绘呢？又为什么偏偏是在这一天这个时候？就像冥冥之中注定了一般的。"他真的很恼火，尽管知道齐小雨也很无辜。

齐小雨有些哑口无言，热泪盈眶，潸然落下。

陈秋末从她眼前走过，上楼休息去了。

城市的夜色朦胧，月光清冷，高昊站在阳台上看着远处灯火阑珊，举着手机在耳侧，嘴角挂着淡淡的笑意。

"你今天表现得很好。"

"彼此彼此。"女子语气里是明显的笑意，"高昊，你真的能够帮我得到陈秋末吗？"

"当然能，因为，齐小雨我势在必得。"

"有多少把握？"

"你就看我的能力吧。"

"你已经开始行动了吗？"

"是。"

"很好，谢谢。"

收了线后，高昊又拨出去一个号码，等待接听。

"老板。"电话那头的男声清明恭敬。

高昊凝眉，"开始吧。"

"是。"

终究,这一场蓄谋已久的争夺战还是拉开了帷幕,而在这之前,他还有幸得到了不错的战友。

平静的早晨,齐小雨下楼后没有发现陈秋末的身影,餐桌上没有像往常那样摆上香气四溢的早餐,喊了喊陈秋末没有等到回应,齐小雨又去院子看了看,发现陈秋末的车已经不在家了,他没等她一起就走了,齐小雨不免失落。

他还是生气了。

OM集团CEO办公室,陈秋末匆匆推门而入,身后高斯跟着进去,陈秋末冷着声音命令:"通知公关部,不管付出多大的代价一定压住这件事。"

"公关部的人已经去交涉了。"

陈秋末开了电脑,登录新浪微博,数不清的消息触目惊心,提醒着他这次的事件已经在往严重的方向发展。

而那条关于他婚外情的长微博,发于凌晨一点,但到此刻已经转发过五万、评论三万了,且每刷新一次数据都在上升。

"马上去查这个微博博主。"

"已经派人去查了。"高斯犹豫不决,但还是狠下心来问:"陈总,我也是昨天才知道你结过婚这件事,震惊意外之余没想到短短几个小时,这件事已经闹到尽人皆知了。"

"嗯。"

陈秋末仔细阅读了这篇名为《实拍OM集团CEO陈秋末多年隐婚并婚外情》的长微博,图文并茂,大致讲着他在上学期间有个交往的女朋友,两人于大学毕业后就结婚了,但因为相当低调,没有举办婚礼,所以没有多少人知道,下面附了一张他和葛雪籽的婚纱照。接下

第四章 世间最好的一面，便是拥有你

来又讲陈秋末不甘寂寞金屋藏娇，瞒着老婆在外面养着小情人，并且过年期间同游北海，同住一间房，打情骂俏，恩爱异常，而这位小情人就是OM集团的员工。下面同样附上一张图，是两人在海边嬉闹的照片。

陈秋末的脸色越来越难看，气得直接摔掉桌上的绿植，花瓶碎地的声音，令人心惊肉跳。

以往这类道德沦丧的帖子从来都是网友态度一边倒的，这次更甚。再看网友的态度，网友在强烈谴责陈秋末劈腿的同时不忘言语侮辱着"小三儿"。陈秋末皱眉，心中疑惑，为什么齐小雨的名字会被隐瞒。

高斯接了个电话后，对陈秋末说："楼下已经聚集了一些记者。要不要打电话告诉小雨，让她不要来公司。"

"你打吧。"陈秋末说，然后目不转睛地盯着电脑评论，快速打出了一条微博，一字一句地慢慢研究，删删改改，才发送出去。

"亲爱的网友们，感谢大家对我感情的关心。我不得不遗憾地告诉大家，我的妻子已经于七年前死于加拿大，多年情感空白，我已经习惯了一个人的生活，但终究还是遇到了我生命中的异数。我们目前仍处于尝试状态，希望大家能够给予自由空间，停止转发关于我婚外情的那条不实微博，并停止对她的辱骂。万分感激！"

正好一百四十个字，希望能停息这场风波。

而城市另一边，齐小雨在听完高斯的电话后蒙了，脑袋里出现了短暂的空白。一分钟后，她才反应过来，她应该要回房间打开电脑看看那条所谓的婚外恋微博。

在微博搜索处输入"陈秋末外遇"几个字时，她的手都在哆嗦。

与揭露陈秋末婚外恋长微博一起出现在齐小雨眼前的还有陈秋末

最新发表的微博。

她最先看的也是这条微博。

也因为陈秋末的最后一段话,再加上已经有粉丝出来为陈秋末说话了,齐小雨的心中稍稍多了些欣慰。

随着更多她与陈秋末在一起的照片被曝光后,齐小雨看着那一张张近景照,怒不可遏,她确定,她被跟踪了,而且是从很早之前。

她心里有了一个怀疑的对象,实在是因为太过巧合了,令她不得不怀疑。

她拿出手机,凭借着记忆拨了一串数字,电话响了很久才被接通。

"喂?"那人的声音有些沙哑混沌,像是在睡梦中被人吵醒的样子。

"是我。"

"齐小雨。"声音大了许多,也明朗了。

"高昊,是你做的吗?"齐小雨直截了当地问。

"什么是我做的?"

"你别装傻。"

"小雨,你一早打电话给我,跟我说莫名其妙的话,我怎么一句话都听不懂啊。发生什么事了?"

"网上有人曝光了我和陈秋末的关系,并说陈秋末跟我是婚外情。"

"什么?竟然有这样的事情。小雨,那你还好吧?"高昊的语气变得紧张起来。

他显得很无辜,毫不知情,可是齐小雨不相信,"为什么你一回来就会发生这件事?"

"真的不是我做的。你等我一下，我去看看什么情况。"

齐小雨挂了电话后，六神无主起来，不禁怀疑难道是自己猜错了，不是高昊做的。

片刻后，高昊回了电话过来，义正词严地对天发誓："小雨，我看了那条长微博了，也看到了陈秋末的微博，我现在才知道原来葛雪籽死了啊，怪不得你要回到陈秋末身边。可是小雨，你怀疑这件事是我做的，那就让我太寒心了，我怎么会呢？我再怎么样也不会去伤害你啊，我舍不得的。"

"真的不是你吗？可不是你，又会是谁呢？"齐小雨前一句是对高昊说的，后一句是在自言自语状态中。

高昊说："谁知道呢？陈秋末的敌人应该不少的。"顿了顿，随后安慰道："不过，这件事应该影响不大，陈秋末会处理好的。"

"对不起，我误会你了。"齐小雨略带抱歉地说。

"没事，我理解你的心情。"高昊善解人意地说。

挂了电话后，齐小雨一直在刷着微博，网友的态度似乎有了很大的改变，原博被骂得很惨，果然造谣这件事是站不住脚的。

然而，就在大家以为事情在往好的一面发展时，原博又发了新的长微博。

这一次，主角变了。

变成了齐小雨。

长微博名为《揭露陈秋末新欢恋情内幕》，齐小雨点击长微博，最先入眼的是那一张自己的高清照片，明眸皓齿，笑得简单纯粹。

"首先，本博为上一条微博出现的错误向陈先生道歉，当然了，本博之所以会误会他婚外情主要还是他们保密工作做得太好了。其次，我要隆重介绍下本篇中的女主人公，即陈先生新欢——齐小雨。

此女的前任是海市高氏集团小开高昊。此类报道详情请问度娘，相信大家对比过照片之后就一清二楚。据她前同事透露，此女性格高冷，情商极高，对付男人也有一套自己的手段，独立自我，不玩一哭二闹三上吊的把戏也能牢牢握住男人的心。去年抛弃身家上亿的高昊后，便离开了海市，在很短的时间里就钓到了陈先生这样的钻石王老五，可谓手段一流，令人羡慕。

"但是，姑娘，抛弃一个四年来对你呵护备至宠爱有加的男人，你良心何在？于心何忍？你图什么呢？

"最后，本博代表其他姑娘，恳求姑娘，放过陈先生吧，他不年轻了，没有四年时间陪你玩。"

文字结束后，下面又贴出了几张她跟高昊在去年放给杂志的合照。

同样，这条微博一经发出每分每秒都在被人转发评论，一跃成为热门微博。

齐小雨点开了评论，想要知道大家会有什么反应。

【你来揍我啊】：好大一朵白莲花，鉴婊完毕！婊子下地狱！

【有种放学后见】：贱人自有老天收，求放过陈先生。

【我渣我渣我渣渣】：挺漂亮一姑娘，就是恶心了点。求放过陈先生+1。

【吃葡萄不吐葡萄皮】：求放过陈先生+2。

【狐狸精么么哒】：求放过陈先生+3。

……

【陈秋末全国粉丝后援团】渣女！求放过陈先生+10986。老大，回头是岸啊~

【我就是有点纯有点坏】：就这样子还出来吓人，陈先生高先生，我比她漂亮，快来爱我。

【学霸爱学渣】：来哥这，哥陪你玩四年，哥比陈秋末年轻，我18。

【顿顿吃茶叶蛋的土豪】：18岁的滚蛋，妹子，哥给你吃茶叶蛋。

【呆瓜不是瓜】：能喜欢这极品的陈先生一定也不是什么好鸟。

【美和爱陈生】：楼上贱人不要骂我陈生，白莲花，求放过陈先生，他是我的，一万年。

【小野是我媳妇】：这姑娘比我媳妇差远了。小野，我爱你。

【陈太在此】：我才是如假包换的陈太，小三死全家。

【野蔷薇也有春天】：有没有人觉得高生比陈生帅多了，这姑娘眼睛没长好，鉴定完毕！

【无耻公子】：姑娘如此好命，上辈子一定是拯救了银河系。

……

【林妤要做辣妈】：男欢女爱，关尔等屁事，速速散去~

齐小雨的视线停留在这个"林妤要做辣妈"的微博名上，顺手点进去一看，确定是她的好朋友林妤时，眼泪一下子夺眶而出，连忙私信她，道了一声"谢谢"，然后关闭了微博。

林妤选择在微博上替她说话，而不是打电话给她。齐小雨感到很安慰，不愧是她的闺蜜，懂得这种时候为她好就是不打扰她。

"我们试图联系过这个微博博主，想要他删掉微博，但是没有得到回应，并且我们查到IP地址，显示在国外。"高斯笔直地站在陈秋末办公桌前汇报结果。

"不可能是在国外,他一定用了代理服务器上网。"

"陈总,这件事想必是预谋许久了,非一朝一夕就能做到的事情。"

"你觉得会是谁做的?"陈秋末问。

高斯还没来得及回答,陈秋末放在桌上的手机已经嗡嗡振动起来。

看了看屏幕上显示的名字,陈秋末苦笑,无奈。

他可以拒绝葛家任何人的来电,却唯独拒绝不了允珍打来的,因为她打来,只会为了一个人的事情。

终于,这一天还是到来了。

按了接听键,陈秋末声音低沉地喊了声:"喂?"

"陈秋末,你混蛋!"允珍气冲冲地骂道,"陈秋末,你怎么可以这样?"

"对不起,允珍。"

"说对不起有用吗?她现在在哪里?"

"在我家。"

允珍诧异地问:"什么?南湖山庄的家?"

"嗯。"

"好你个陈秋末,我跟你没完。"

下一秒,电话里出现了忙音。

结束这个小插曲后,陈秋末对高斯说:"会是高昊吗?"

"为什么怀疑他?"

片刻,陈秋末讽刺地笑了,"我真是草木皆兵,风声鹤唳了。不可能是他,因为他爱齐小雨,不会让她处在这个大漩涡里的,他绝对舍不得。"

第四章 世间最好的一面，便是拥有你

允珍风风火火地来到南湖山庄113号，按了门铃，在看到齐小雨来给她开门时，真的是气得牙根痒痒。

"齐小雨，你丫真躲在这里。"她冲上去一把抓住齐小雨的长发，往屋子里拽。

"姐，你轻点，疼。"齐小雨嘴上求饶。

"怎么着？跟我玩最危险的地方就是最安全的地方？"允珍一把将齐小雨推坐在沙发上。

"姐，你不要生气。"

"我怎么能不生气？"

"我只是怕解释。"

"解释，你当然需要解释。我真没有想到，我的小妹妹这么有能耐，一跃成为网络上名人了。你怎么会跟陈秋末扯上关系？你明明就知道他和葛雪籽的事情。"

"我爱他。"

"什么时候？"

"七年前，在外公的葬礼上，我对他一见钟情。"

那么早，允珍吃惊。

"在我心里，他根本就配不上你啊。"

"允珍姐，你太高看你妹妹了。"

"他能给你的爱很有限。"允珍看得很透彻。

"嗯。可是只要他在我身边，我就够了。"

"你傻啊。"允珍一副恨铁不成钢的样子。

齐小雨笑了，反问："我要是不傻我能喜欢他吗？"

"为什么偏偏喜欢他？"

齐小雨想了想，说："感觉。起初是一种很舒服的感觉，然后便是患得患失的恐惧感，最后是贪婪的感觉。我笑得不再肆意，我要的更多。我知道，他一对我好，满天繁星都不及他。我也知道，我要的不是一时情缘，而是天荒地老。爱情便是这样深不可测像谜一样的玩意，常常让人哭笑不得，能让疯子变成诗人。"

允珍愣了片刻后，眼睛里溢着晶莹的泪水，欣慰地笑了，"小丫头是真的长大了。"

"是的，我长大了，我懂得争取的重要，我懂得自己想要的，便是拼尽全力也在所不惜。"说到此，齐小雨强忍住落泪的冲动，哽咽了声音说："姐，世间最好的一面，就是拥有他。若我的世界里没有他，我不知道要怎么度过剩下的人生。这已经不是失恋，而是失去灵魂，失去命。"

"可是现在你正处在风口浪尖，有无数的人都在骂着你。做出这一切的人应该是陈秋末的竞争对手，他给你带来了麻烦。"

"我不怕麻烦，只要他不放弃我，我就什么都不在乎。任何得到都要付出了代价才显得公平，我把这当做是我爱陈秋末的代价。"

"万一最后他放弃你了呢。"

"那他便不值得我爱。"那我便去死，齐小雨心想。

失去了陈秋末，生不如死。

所以，不如去死。

最后，齐小雨感慨了一句："我把我这辈子的不要脸都给了陈秋末一个人了。"说出这句话后，齐小雨觉得又感动又自豪。

到了饭点，允珍依靠在厨房门上，望着在做午餐的齐小雨。

外面风和日丽，一派祥和。

尽管外面的世界已经变了天，但好在南湖山庄现在一向门禁森严，记者们应该混不进来。

第四章 世间最好的一面，便是拥有你

允珍突然想起什么，问："所以，是你告诉陈秋末雪籽已经去世的事情的？"

齐小雨抬头望向她，"嗯。说到这，我要谢谢你，姐，多亏你把这件事告诉了我，不然我现在就是高昊的妻子了，那我肯定会抱憾终身的。"

"没有想到我居然是促成你逃婚的人。"允珍一时之间感慨万千，"那么四年前，你突然跑到我家问我陈秋末结婚的事情，哦，你还是因为陈秋末才会突然失踪的。"

齐小雨微微笑了。

"齐小雨，你已经是没心没肺到人神共愤了。"

"事不过三，我真的不会玩三次失踪的。"齐小雨做出保证。

那天，允珍一直陪着齐小雨，直到葛云超打电话问她在哪里，她才回了家。

齐小雨洗手做晚餐，她想今天的陈秋末一定很累，看了看冰箱里的食材，打算做他爱吃的酸菜鱼。

然而，齐小雨没有等到陈秋末。他打来电话告诉她他最近都回老宅，免得被记者跟踪。

这是个宣告，不是商量。所以齐小雨也没能说上话，他就快速地挂了电话。

裴钰在开车，路上有些堵，车子龟速般地前移着，身后汽车喇叭声从刚刚开始就没有断过，好像这样他们就能顺顺当当地离开这该死的堵车路上了。若放在平时她早就下车去发一通火了，但她今天心情不错，不想因为这些人破坏这份美好。

今天下班后，她刚取好车，就接到了高昊打来的电话，他约她去

吃饭,说是要庆祝,很奇怪,他的声音很落寞。这个关键的时候,她觉得自己应该要小心谨慎,若是被人知道她和高昊联合了,那之前唱的戏都白唱了,但就在那一瞬间,他低沉富有磁性的声音,引得她鬼使神差地一口就答应了。

或许原因无他,他这次干得漂亮。事后她在心里这样安慰自己。

吃饭的地点约在G会所,那是全城最安全最不怕被记者偷拍的地方了,这一点,高昊想得很周到。

快到G会所的时候,裴钰接到了高昊的电话。

电话通了后,裴钰抢先说:"我马上到了,不好意思,路上堵车。"

"哦。"他冷淡地回应着,然后径自挂了电话。

裴钰足足愣了三秒钟,这人也太敷衍她了,她还是第一次受到这种待遇。

"算了,不跟你计较。"裴钰安慰自己。

推开包厢的门,裴钰走进去,裸色的高跟鞋踩在柔软的羊毛地毯上,没有发出一丁点声音,她看到高昊身着一身黑西装,右手握成拳头状放在背后,站在玻璃墙前望着外面的世界,背影孤独,她怔怔看着,忽然很好奇他现在在想什么。

就在她出神的时候,高昊突然转过身来,眼神锐利得如鹰隼,神情凝重。

"我来了。"裴钰挤出一抹笑容,以试图掩盖住自己的尴尬。

高昊迈出步子,走到餐桌前,拉出椅子,绅士范十足地对裴钰说:"坐吧。"

裴钰受宠若惊,笑着说:"没想到高先生有如此风度。"她脱下自己的粉色大衣,露出里面的白色缎面连衣裙,姿态优雅地入座,高昊帮她将大衣挂好。

"不知道你为什么会选择在今晚请我吃饭？"裴钰好奇地问。

"若是说我想喝一杯酒，却找不到陪伴的人呢？"高昊半开玩笑地说，嘴角上扬，认真专注地注视着裴钰，继续说，"听说裴小姐酒量很好。"

"我今天开车来的。"她笑着婉拒。

这时，门再次被打开，会所的工作人员端着托盘，将一道道精美的餐盘放在桃木桌面上，刹那间，空气中原先飘散着的淡淡花香味一下子被美食的味道覆盖，有红茶香熏骨、芋丝脆春卷、绿茶肉末豆腐、首乌茯苓白术鸡汤、荠菜拌香干，这个分量两个人吃正好，且都是养生菜。

裴钰难掩错愕，"这些……"都是她爱吃的。

他的心思未免太细腻了，居然提前调查了她的喜好。

"喜欢吗？"高昊笑问。眉眼舒展开来，目光中透着奕奕神采。

这是今晚他第一次露出笑容，虽然风轻云淡的，一晃就消失不见了，但是裴钰觉得赏心悦目，不动声色地说："喜欢。"淡淡的语气中听不出任何情绪。

高昊给自己倒了一杯白酒，小小的骨瓷酒杯，他仰头一口饮尽，动作一气呵成，裴钰看得很舒服，很少有男人能将喝酒这件事做得如此有气质。

白酒的辣促使他微微皱起了眉头，然后舒展开来。

"这酒很清香，你真的不喝？"

裴钰摇头，夹了块春卷，咬了口，咸淡适宜，最重要的是一点都不觉得油腻。

"味道如何？"

"不错，不过顶多排第二。"裴钰挑剔地说，然后自豪地说："在我心里，我奶奶做的春卷是世界上最好吃的。"

高昊笑笑，往自己酒杯倒满了酒。

裴钰看着他，看来他是真的一心想醉。

想起下班前看到那个微博名为"真相君"的博主发出的最新微博，是关于陈秋末、齐小雨、高昊，以及她自己坐在浮世绘餐厅用餐的照片，立刻引起了轰动，因为大多数人都不明所以，在问这是什么情况。那些照片抓拍得极好，他们每个人的脸上都露着笑容，营造出了一幅和睦相处的画面。事实上，裴钰自己都记不得这样的画面真的在昨晚发生过。

"这个雪球越滚越大，我不懂你为什么要把我也牵扯进来。"裴钰问出心中所惑。

高昊微眯着眼，眉头深锁，"你觉得你和齐小雨相比，在网友眼里，谁能配得上陈秋末？"

裴钰脱口而出："当然是我，我跟齐小雨没有可比性。"

"那不就行了，你还有什么可担心的？"他说得轻描淡写。

"看来你势必是要把我一起拖下水了。"

"明天是你的就职仪式，OM一定会发出新闻稿，到时候你的身份就会曝光，美丽高贵，低调优秀，完美的家世和学历，这么优秀的你一定会得到所有人的羡慕。"

"可是我看到有人在怀疑我是你的女朋友。"

"我们的关系越复杂，才能越吸引别人的眼球，我不懂你在介意什么。"

"我只是不习惯和别人传出绯闻。"裴钰说。

高昊自嘲地笑了，"我懂了，你只欢迎你的绯闻对象是陈秋末。"

第四章 世间最好的一面,便是拥有你

"是的。"

"我很想问你一个问题。"高昊说。

"什么问题?"裴钰迟疑地问。

高昊问:"你看上陈秋末哪一点?"

"他与我相配。"裴钰诚实地回答。

高昊问:"你爱他吗?"

裴钰莫名地笑了,"这个问题我总觉得很傻气。"

"傻气吗?我并不觉得。"高昊变得严肃起来,"看来你并不爱陈秋末。"

"不是的。"裴钰否认,语气有些急。

"在我看来,你看中的不是陈秋末这个人。"高昊直接指出。

裴钰生气了,"你凭什么质疑我?"

"齐小雨说爱陈秋末,那是真的爱。"高昊自顾自说起来:"爱了整整四年,为了陈秋末,她可以抛弃一切。陈秋末出现在她最没有安全感的时候,他给了她温暖,她为他着迷。她这个人很迷恋安全感,做事冲动,常常不顾后果,有一种傻气的孤勇存在,偶尔会很偏激,也为陈秋末做过很多傻事。四年前,我告诉她陈秋末结婚这件事后,她就气得离家出走,在海市天天在酒吧鬼混,差点失去自我。四年后,她一知道陈秋末的妻子已经死去的事情,就不顾一切地抛下了我回来江城,赖着陈秋末。"

裴钰浅笑,幸灾乐祸道:"我觉得你很失败,饶是在齐小雨这样伤害你的情况下,你还爱她。你失去了男人的尊严,不觉得很不值得吗?不就是一个女人?没有她,凭你的条件,照样能找到更优秀漂亮的女孩子。"

"我爱她,也恨她。"高昊纠正,然后说,"你的观点正好暴露

了你对爱的态度。"

"那你说我对爱什么态度。"

"不在乎、无所谓的态度,你是个只以自我为中心的女人,你瞧不上别人为爱放弃自我。其实,陈秋末是你的棋子,是你不给人生留下污点的棋子。"

裴钰心里有些不适,他直白的话语到底是刺激到了她,自己还是第一次被人这样剖析,关键是那个人还说得很对。

他看穿了她。这让她无法接受。

于是,她气急败坏地说:"你活该被人抛弃,男人的嘴像你这么毒辣也不多见。"

高昊一杯一杯白酒下肚,眼神已经变得很浑浊,轻笑出声:"我对小雨可不会这么毒辣。"

裴钰失去了与他待在一起的耐心,起身去拿外套,穿上,正要离开,便听高昊说:"别走,不许走。"

裴钰呆住了,因为她发现高昊哭了。

她怔怔望着他,心里复杂烦乱极了。他一个年轻有为的名门贵公子为了爱哭了,这给了她极大的震撼。

那句"别走,不许走"让裴钰重新回到了座位。

他越来越醉,说话絮絮叨叨的,啰唆死了。

"裴钰,我让我最爱的人成了名声扫地的坏女人,我这样是不是很坏?"

"嗯,很坏。"

"可是,裴钰,是她逼我的,我没有办法。"

"我明白。"没有人会愿意伤害一个自己那么珍视的人,裴钰觉得高昊有些可怜。

"所以,我恨她,真的好恨她,她让我变成这样的坏人,变成了伤害她的人。"高昊喃喃地说。

裴钰的心中莫名泛起了一丝酸楚。

后来,高昊醉得不省人事,趴在桌上。裴钰喊来会所的工作人员,跟她一起合力把高昊安置在会所的房间里。

工作人员离开后,裴钰去洗了把手,回来给高昊盖好被子,静静地看着他棱角分明的脸,在意识到她有"他还挺帅的"这个想法后,仓皇而逃。

齐小雨一夜失眠,到了早上才昏昏沉沉地睡着。

中午的时候,陈秋末打了电话给齐小雨,却无人接听,他不免有些担心起来,连忙让高斯找辆车送他回南湖山庄,因为他躲在后座位,记者们看到不是陈秋末的座驾,且驾驶座上的人不是熟脸也就没在意,在确定后面没有记者跟踪的情况下,陈秋末终于坐直了身子,长长地叹了口气。

昨天的微博热点占据着多家报纸头条,普通大众都对富二代们的感情生活有着很大的兴趣,使得绯闻愈演愈烈,谣言四起,网上突然出现很多所谓的知情人士,在胡编乱造,公关部的人一直守着微博不停地举报违规,微博管理人员也都进行了封号的处理,唯独那位"真相君",举报他损坏了陈秋末的名誉,被微博管理人员反驳了。

车子很快开到南湖山庄。

陈秋末跑进别墅,在一楼没有见到齐小雨的身影,厨房里也没有午餐的迹象,上楼跑到齐小雨卧室,直接推开门,便看到了昏暗的房间里,开着一盏床头灯,齐小雨熟睡着,在看到她还在,他的心里着实松了口气,小心翼翼地不发出声音,退出了房间。

他让开车送他来这里的人回去，他今天不回公司了，并打电话给高斯，让他在裴钰的就职仪式上代表他发言。在高斯还没来得及提反对意见的时候，陈秋末已经挂了电话，并关机。

他脱下西装，挽起袖口去厨房准备齐小雨的午餐。

齐小雨睡得很沉，陈秋末去叫她起床，喊了很多声，她才醒来。

她睡眼惺忪地望着他，还以为自己是在做梦。

陈秋末去拉开了厚重的窗帘，外面的阳光一下子照射进来，齐小雨遮住了自己的脸，然后慢慢适应着光线。

再望向陈秋末，他还在，齐小雨就知道自己不是在梦里了。

"几点了？"

"一点半了。"

"哦。你怎么会在这里？"不是说这段时间都不会在这里了。

"打你电话没人接，我担心你。"

"是吗？可能是我睡得太熟了，我没听见。"

"起来吧，下楼吃午饭。"

"嗯。"

陈秋末离开房间后，齐小雨掀开被子，去卫生间洗漱，换衣服，慢条斯理地做完这一切后才下楼，见到陈秋末还在，齐小雨有些意外。

"如果我没有记错，再过十分钟就是裴钰的就职仪式了。你不参加吗？"

"董事长会去主持，我去不去都无所谓了。"

来到OM集团上班后，她才知道董事长是常年不会来办公室的，除非是参加董事会议这些不可避免的情况。这次裴钰副总的聘任状大概也是由董事长亲自颁发的吧，这可真给裴钰长脸。

第四章 世间最好的一面,便是拥有你

齐小雨坐下来,虽然食欲不振,但是看着面前简单却得她心意的午餐还是动了刀叉,并快速解决。

陈秋末给她端来了两杯香蕉奶茶,一人一杯,两人面对面坐着,齐小雨没等到陈秋末率先开口倒是自己忍不住说:"我没再看网上的言论了,是不是又有什么新的微博了?"

"网上的那些乱七八糟的你不用理会,我想说的是,我爸今天给人力资源部总监下达了命令,大概明天就会通知你去公司了。"

"劝我离职?"

陈秋末为难地说:"是。"

"嗯,我能接受。"齐小雨想到这个可能了,毕竟因为这件事OM的股票大起大落的。

"我仔细想了想,目前让你离开OM这个是非地是个明智的决定,等到过一段时间,大家就会淡忘你的事情了。"

"嗯。"齐小雨的心情有些复杂,说不上是好也说不上是坏。明明知道陈秋末为了她好才同意他父亲的决定,但是她就是无法释怀。

陈秋末迟疑不决地问:"你想不想去国外玩一段时间?"

"我不去。"齐小雨斩钉截铁地拒绝,放下奶茶杯子,跑上了楼。

陈秋末追着上楼,齐小雨将门关得砰砰作响。

"小雨,你别生气。我只是有些担心,担心你会出事。"陈秋末在门外说。

齐小雨抵着门,到底是意难平。

"我不知道,我只是觉得你在抛下我。"齐小雨越说越委屈,眼泪立刻模糊了视线。

"我没有抛下你。"陈秋末有些着急,"你开门,你不要哭。"

齐小雨在听到他说"你不要哭"后心里一暖,心软地开了门,泪眼婆娑地问:"你怎么知道我会哭?"

"我了解你啊,你就是个爱哭鬼。"

齐小雨终于破涕而笑。

然而陈秋末的担忧并不是没有道理的。

第二天网上流传着一份OM集团对外发出的正式声明。

声明中首先介绍了裴钰即日起荣任OM集团副总的职位,并详细地介绍了她的学历背景与工作成果。其次,谈及陈秋末和齐小雨的绯闻,声明中表示齐小雨已经离职,不再是OM集团的员工,她本人的言行都与OM集团无关。最后,声明中表示陈秋末在认识到齐小雨的为人后已经与她和平分手,并接受他父亲的意见,与裴钰发展关系,为结婚迈出第一步,请媒体朋友们给予私人空间,并能祝福他们。

事情转变得如此迅速,众多网友只觉雾里看花,摸不着头脑。这个裴钰又是哪里冒出来的?随后微博上真相君爆料,这个裴钰就是和陈秋末面对面坐着用餐的那位气质美女,众人才恍然大悟,感慨着陈秋末的真命天女出现,平凡女孩终成炮灰。

陈秋末震怒了,他冲进董事长办公室,质问道:"爸,你怎么可以让人发出那样一份声明?"

"我是为了公司利益着想,尽快平息这件事。"

"这叫平息吗?你这是在胡编乱造。我什么时候说过要跟裴钰发展关系了?"

"这是迟早要发生的事情。"

"不可能。"

"我真不知道你脑袋里究竟在想什么,你是中了齐小雨的蛊了,

第四章 世间最好的一面，便是拥有你

齐小雨和裴钰哪有可比性？算了，不提这个人了，总之，秋末，这件事没商量的余地。若是你再执迷不悟，我可以送走齐小雨，让你再也找不到她。"

"爸，你不能这么专制霸道。"

"你的一切都是我给的，这辈子，你都得听老子的话。"

陈秋末气冲冲地走出董事长办公室后，正好看到了裴钰。

裴钰立刻无辜地表示："这件事我事前根本就不知道。"

陈秋末也没有力气去分辨她说的话是真是假，因为已经无济于事了。

裴钰敲门进入董事长办公室，满面笑容，"谢谢伯父。"

"小钰，你要努力抓住秋末的心。"陈父语重心长地说。再怎么看，他都觉得裴钰这姑娘撇开家世不谈，也比齐小雨强多了，就纳闷自己的儿子怎么会喜欢齐小雨而不喜欢裴钰。

"我会的。"裴钰露出会心一笑。

其实，陈父的困惑也是裴钰的困惑，然而裴钰在很久之后终于找到了答案。

因为齐小雨会卑微地贴近陈秋末的心。而她太骄傲了。

齐小雨在接到允珍、林妤甚至是高昊打来的慰问电话后知道了那份声明。

他们三个人都问了同一个问题。

——齐小雨，你还好吗？

她敷衍着笑过去，心里却在说：我不好，真的不好。

晚上陈秋末回来，试探齐小雨今天有没有上网看到不开心的东西。

齐小雨脸上漾起灿烂的笑容,叽叽喳喳地向陈秋末说了今天她做的事情,插花、画画、弹钢琴,所有附庸风雅的事情都做了。她的眼睛清澈明亮,只有她知道自己的心到底有多疼。

陈秋末上楼的时候,齐小雨突然喊住了他,"陈秋末。"

陈秋末转身居高临下的望着她,声音温和地问:"嗯?"

"我现在是你的女朋友了吗?"她勇敢地问出口。

"是了。"陈秋末笑了,离开。

他们终于是男女朋友关系了,可是齐小雨却一点也高兴不起来。

世人渐渐地不再将齐小雨跟陈秋末联系在一起,因为陈秋末携手裴钰频繁出现在公开场合,为了吸引所有人的视线,将注意力转移到裴钰身上。当然,陈秋末的良苦用心,齐小雨是不知道的,她被妒火冲昏了头,把所有的不满都憋在心里装淡定,后来性格变得越来越沉默、越来越冷淡,渐渐习惯敷衍陈秋末。

她走在了一条看不到亮光与希望的路上,越来越茫然。

"出来吗?陪我去做产检啊?"林好在电话里问。

"不去。"齐小雨想也没想就拒绝。

"你天天闷在家里也不怕发霉。"

"我有很多事要做。"

"你有什么要紧的事做?"

齐小雨一时语塞。

林好就知道那是齐小雨的借口,又说:"夏天都来了,你不把自己打扮漂亮点,怎么留得住陈秋末?"

"你最近一定没上网。"齐小雨猜想。

"对啊,我最近在看书。"林好回。

第四章 世间最好的一面,拥有你便是

"算了,我们在哪里见面?"齐小雨妥协道。

"市人医门口。"

"嗯。"

挂了电话后,齐小雨走到镜子前,看着面容有些憔悴的自己,叹了口气,真不想出门。不过,既然答应了的事情,不管多为难自己,是一定要做到的。

医院永远是个门庭若市的地方,这里充斥着悲欢离合,生老病死,齐小雨潜意识里很讨厌医院。

她走了没多远就看到了林妤这个孕妇,她的肚子已经很大了,显得很累赘。

齐小雨走过去,原本表情淡淡的脸上一下子绽放着浅浅的笑容。

"你瘦了很多。"林妤心疼地说。

齐小雨笑了,"是你胖了,所以看谁都觉得瘦了。"当然,她的确是瘦了。

林妤的手摸了摸圆鼓鼓的肚子,"不知道以后我还能不能恢复身材。"脸上洋溢着幸福的笑容。

"肯定能,女人对自己狠点,什么事情办不到。"

陪着林妤产检完后,又去了专卖婴幼儿用品的店,齐小雨满心里都是羡慕,羡慕林妤现在的生活。

和林妤用完下午茶后,齐小雨就跟林妤分别了。

正坐在出租车上回家,手机突兀地振动起来。看着是高昊打来的电话,正犹豫着要不要接,又看到手机屏幕上显示着的日期,恍然记起今天是高昊的生日。

她按了接听键,"喂?"

"在哪里呢?"高昊问。

"在外面。"齐小雨如实说。

"我们见一面吧。"

"好。"她干脆利落地答应。

"齐小雨,你是不是想起来今天是什么日子了?"高昊笑了。

"嗯,刚看到日期想起来的。生日快乐!高昊。"

"谢谢。晚上六点,我在新世界酒店顶层的旋转餐厅等你。"

"好。"

齐小雨去了ALUXE DIAMOND概念店挑选了一对白蝶贝纯银袖扣,然后赶往新世界大酒店。

旋转餐厅位于酒店的第五十层,齐小雨到达时,高昊已经在了,桌上摇曳的烛光映衬得他的眉眼都温和了许多,外面是江城流光溢彩的夜色,美不胜收。

齐小雨入座,从包里拿出黑色的绸缎礼盒,推至高昊面前,"生日快乐!"

"齐小雨,我就知道你会买ALUXE DIAMOND家的东西给我。你也太懒了,你都送了三年了,第一年是领带夹,第二年是耳钻,第三年是皮带扣,所以,这第四年,我猜测你送的是袖扣。"他笑得如沐春风。

齐小雨有些羞赧,"还真被你猜对了。"

高昊的笑意更浓了,笑眯了眼睛,说:"没关系,只要是你送的,我都喜欢。"

齐小雨切着牛排,高昊突然提起了从前的事情。

"你还记得那次,我们在海市金鼎酒店的旋转餐厅,为准备求婚的伴郎弹唱求婚伴奏曲吗?"

齐小雨的记忆回到了那个时候，笑了，"当然记得。那时候有一位男士要跟他的女朋友求婚，可是就在他下跪的那一刻，停电了，那片区域的灯光一下子消失了，好在餐厅里点着许多蜡烛，我看到那个男人蒙了。"

"是啊，求婚遇到停电，放谁身上都很囧啊。"

"你还记得他为他女朋友准备了什么音乐吗？"齐小雨问。

"《What are words》。"

"嗯，是的，就是这首。后来，你很潇洒地走到钢琴前，弹奏起这首曲子，餐厅里有位老外走到钢琴前唱起了这首歌，他唱得非常好听，然后那个男人成功地向他女朋友求婚了，他女朋友在这个特别浪漫的求婚仪式上哭着答应了他。我想，当时在场的人会对这一幕终生难忘的。"

高昊轻轻哼唱了起来：

Anywhere you are, I am near.（不管你在哪儿，我都会在你身边。）

Anywhere you go, I'll be there.（不管你去哪儿，我都将会在那里。）

Anytime you whisper my name, you'll see how every single promise I keep.（你任何时候轻呼我的名字，你都会看到我会兑现所有给过你的誓言。）

高昊歌声刚停止，齐小雨就拍手鼓掌，激动地说："这首歌，我最爱的也就是这几句了。"

齐小雨从来没有想过，有一天，她会跟高昊在一起回忆从前的事

情,一件一件地说起,她记得清清楚楚,十分羡慕那段时光。

谈笑风生中,不知不觉中已是三杯红酒下肚。她真的很久没有这样开朗地笑过了,这时光可真美。

而他真想时光就停留在这一刻,他们说着彼此经历过的往事,没有陈秋末,只有他跟她,是那样快乐恣意,任谁都偷不走的时光。

高昊突然坐在齐小雨身边的沙发上,深情款款地盯着齐小雨看,眼神迷离深邃,他说:"小雨,吻我。"

齐小雨有些呆住。

他突然咧开嘴笑了,然后就把齐小雨一把拉了过来,吻上了她的唇,他用舌头撬开齐小雨的贝齿,吸吮着她口中的芳甜,火热的气息轻轻扑在齐小雨的脸上,她渐渐地闭上了眼睛,回应着这个吻。

她想自己是真的疯了。

对,她就是疯了,被陈秋末逼疯了。

她用力推开了高昊,一脸烦躁,拿起包,离开了餐厅。

热闹的街头,她走在这繁华世界里,却始终有着一种被抛弃的感觉,孤单寂寞得要命。一对一对热恋中的情侣从她身边路过,他们的脸上都是幸福甜蜜的笑容,刺激着齐小雨的神经。

所有的人都很幸福,只除了自己。她突然对自己的人生感到非常失望。

她颓丧地坐在路边,望着车来车往、络绎不绝的街道。

不远处,高昊站在路口,遗世独立。

他静静地看着那个看上去很可怜的女孩,一分一秒,时间一点点过去,齐小雨仍没有要离开的意思。她失去了朝气,消瘦了许多,他心疼她,舍不得她,更觉从前做的都是错,他已经没有办法再进行他那幼稚的报复行为了,他放弃恨。

第四章 世间最好的一面，便是拥有你

高昊快步走了过去，拉起齐小雨，拥入怀中。

"小雨，回到我的身边好不好？我们重新开始。"

齐小雨眼中的惊慌渐渐消退，她沉默着，不知道要如何回答。

"我知道你跟陈秋末在一起，他让你不开心了。你看，爱一个人是一件很累的事情，是不是？陈秋末这个人你得到了，也没有得到幸福。他根本就不适合你。"

齐小雨过了许久才开口说："对不起，高昊，我不想回头，这条路是我选择的，就算最后是悲剧收尾，我也要坚定不移地继续走下去。"

齐小雨跟陈秋末几乎是同时到家的。

陈秋末看着齐小雨带着酒意冲他傻笑，"你去哪里了？"

"和朋友吃饭。"她答，并没有问他为什么这么晚才回来，有些事心知肚明即可，又何必说穿，伤人伤己。

齐小雨挽着陈秋末的手臂，抬头望着他，"秋末，吻我。"

陈秋末笑了，低头往她嘴唇啵了一口。

齐小雨觉得不够，不依不饶着："你敷衍我。"

看着这么主动的齐小雨，陈秋末只觉得可爱，双手抱住了她的头，两个人的唇贴在了一起，这个吻霸道深入，热情似火，最后齐小雨经受不住了，陈秋末才松开她。

陈秋末微笑，说："我这样够有诚意了吧。"

"嗯，很有诚意。"齐小雨夸赞道。

陈秋末拥着齐小雨一起走进了别墅。

身后是曼妙的初夏夜晚，风轻轻在吹。

陈秋末刚结束这个月的行政会议，走出会议室，就接到了一个陌生号码的来电。

"喂？"

"我是高昊。"

"哦，有事吗？"

"我打电话给你，是想告诉你一件事，不好意思，昨天我和齐小雨吃饭被人偷拍了，视频已经流入网络，不知道你看到没有。"

"我没有。"

"哦，那很好，我建议你还是不看的好，免得让自己不好受。"

"就算看了，也不要怪罪齐小雨，她最近心情不好，你要理解她。"

高昊虚情假意了一番。

"我们之间的事情不需要一个外人来说三道四，怎么对待齐小雨，我心中有数。"陈秋末烦躁地说。

陈秋末转身问高斯："齐小雨是不是又出了什么新闻了？"

"什么？没有吧。"高斯心虚地否认。

陈秋末若有所思地盯着他看，试图找到一点不寻常的迹象，然后突然拿出手机拨了高斯的手机号码。

"对不起，你所拨打的号码已关机，请稍后再拨！"

他挑了挑眉，收起手机后，命令道："你一般手机都不关机的，而你一般手机关机了就表示你深受骚扰。所以，把关于齐小雨的新闻找给我。"

高斯吞吞吐吐地问："真的要看吗？能不能不看？"他抱着侥幸心理，满怀期待地望着陈秋末。

陈秋末冷冷地扫了他一眼，薄唇轻启："不行。"便头也不回地进了自己的办公室,他的心情很不爽,原来昨天齐小雨是跟高昊两个人一起喝的酒啊。

片刻后,高斯手里捧着iPad走进来,递给陈秋末前再一次问了一遍:"你确定你真的要看吗?看了之后你会后悔的。"

"我不会后悔的。"陈秋末语气坚决地说,顺便拿起iPad。

是一段视频,高清的,就像微电影一样,背景看上去很眼熟,想了想确定这就是新世界大酒店的旋转餐厅。

齐小雨一直在跟高昊有说有笑的,她看上去无忧无虑的,很幸福的样子,过了会,镜头切换,陈秋末便看到了齐小雨跟高昊接吻的画面。

眼看着陈秋末的脸色愈加难看,高斯在一旁替齐小雨说话:"我是觉得这可能是两个人闹着玩的。"都怪该死的视频拍得太清晰了,齐小雨脸上的腮红都拍得一清二楚,这让他没办法对陈秋末说,哦,这不是齐小雨,一定不是。

陈秋末阴沉着一张脸讥讽地问:"你会跟你的女性朋友这样闹着玩、火辣辣地接吻吗?"

"不会。"高斯叹了口气,如实说。好吧,他承认这次是齐小雨错了,她过火了。

陈秋末隐忍着即将爆发出来的怒意,吩咐高斯:"联系各大网站让他们给我删掉这视频,所有的报道都给我删掉。"

高斯立刻为难地说:"这不妥吧,如果我们出面了,这样媒体的主焦点就又会回到齐小雨身上的,他们会怀疑我们公司为什么要插手这件事情,一旦闻到一点不对劲,就会知道裴钰是你放出去的烟幕弹,那么集团又将处在一堆绯闻漩涡里。你之前做了那么多事,不就是为了让齐小雨离开流言蜚语,过平静的生活吗?"

"那你的意思是放任不管？"

高斯仔细想了一番然后说："等着视频的男主角处理。现在网上都在热议他跟齐小雨和好了，就看他现在会不会出面回应这件事，又会怎么回应。"

"他不会回应的。"陈秋末说，他有预感，高昊巴不得这样的视频闹得尽人皆知。陈秋末觉得他必须找齐小雨问清楚，不然他这一天都会心神不宁的，于是便拿起外套，走出办公室。

他发疯似的一路超车，用了平生最短的时间赶到了南湖山庄。

脑袋里都是齐小雨跟高昊接吻的画面，甩都甩不掉。

家里又是空荡荡的，陈秋末上下都找了个遍才确定齐小雨是真的不在家，他的内心被没来由的失落感填充。

他没有想到她最近会这么勤快地外出，虽然，他本就很少过问她是怎么安排自己的时间的，他觉得那是她的自由，但是他总以为她一定是宅在家里的，闲来伺花弄草，等着他归来。

然而，现实并不是他所想的那样。

他觉得心慌、恐惧、不安。这样的患得患失，疑神疑鬼，是他从前从未有过的一面。

他坐在沙发上，从阳光正好一直等到夕阳西下。

齐小雨才拎着大包小包从外面回来，她开了家里的灯，在看到陈秋末端坐沙发上，一本正经的样子时吓了一跳，半会才问："怎么都不开灯？吓到我了。"

"你去哪里了？"他问。

齐小雨放下手中的袋子，"购物去了。"然后走去厨房倒水，喝了一杯水，缓解了下疲劳。

陈秋末走过来，"齐小雨，你是不是有什么事情瞒着我？"

他的样子很阴郁,齐小雨终于发现他的不对劲,但也对他的问题很是不解,连忙反问:"我有什么事情瞒着你?"

"这是我问你的问题,只有你心里清楚。"

这说话夹枪带棒的语气,齐小雨听着很不舒服,冷了眉眼,问:"你什么意思?"

陈秋末冷笑,"我什么意思?我的意思就是你跟高昊和好了吧。"

他没有用疑问句,若是在中午,他一定不会用这样肯定的语气说这句话,但是经过了一下午的思想交战,他笃信,媒体的猜测不会是捕风捉影。

这莫名其妙的话从陈秋末嘴里说出来,齐小雨真是错愕到不行。

"你说的这是什么话?什么叫我跟高昊和好了?"

看她一脸莫名其妙的样子,陈秋末不由反感道:"齐小雨,我真没有想到你是这么虚伪的女人。齐小雨,你怎么能在外面吻了别的男人后回来再让我吻你?你没有羞耻心吗?还是你就是一个水性杨花的女人。"他的情绪终于爆发了出来。

齐小雨呆住了。

陈秋末恶狠狠的话语,令她的头脑出现了空白。

她有些词穷,最后用力甩了陈秋末一耳光,眼泪也同时流了下来,歇斯底里地吼道:"你怎么可以说我是水性杨花的女人?你就是这么小看我的吗?"

陈秋末还是第一次被人甩嘴巴,脸都麻了,可见眼前的这个女人是下了狠手了。

"你气急败坏了?"陈秋末嘲讽道。

齐小雨有些害怕,她怕陈秋末不会原谅她。她从前一直都觉得打

人耳光是最不尊重人的事情,她以为自己不会再被逼到要打人耳光的地步,但是她今天明白了:

当你所在乎的人不屑你冤枉你,用毒蛇般的话语伤害你,你就有一种要掐死这人的冲动,打耳光算是轻的了。

两人就这样陷入了僵持的局面。

齐小雨眼含泪水,情绪冷静了一番后才问:"是谁告诉你我跟别的男人接吻的?"

"你和高昊在旋转餐厅的视频已经被人传得热火朝天。"

"怎么可能?"齐小雨觉得难以置信。

陈秋末直接拉着齐小雨上楼去她房间,开了电脑,搜索到了视频,点开给齐小雨看。

齐小雨挺直了背,感觉脊梁骨发寒,如坐针毡。

视频播放结束后,她忧心忡忡地面对着陈秋末,此刻心中完全是另一种心境,她似乎理解了陈秋末的恶言相向。

"对不起,但是我真的没有跟高昊和好,我们只是朋友。"齐小雨试图解释。

陈秋末也没那么激动,试图心平气和地问:"那你告诉我,你为什么会去回应他的吻?"

"那是意外。"她觉得自己很难去解释这个问题,原因是那样的模糊混乱,她自己也不知道,这究竟到底是为了什么。

陈秋末看清楚齐小雨眼中的为难之色,大胆猜测:"齐小雨,你爱的是他是吗?"

"不,你不能因为这一件事就随便给我下定义,我清清楚楚地知道我爱的是谁。"

陈秋末也不想如此悲观,但是现实逼得他不得不往坏处想。

第四章 世间最好的一面,便是拥有你

"你真的确定吗?你曾经说过你同情我,现在看来,或许你真的只是在同情我,只是你误以为那还是爱。"

"陈秋末,你够了。"齐小雨无力极了。

"我想我们暂时分开一段时间吧。"

"陈秋末。"她嘴里呢喃着,心中似有什么碎了一般,后来,她终于有了勇气,说:"突然有一天,我觉得待在你的身边没有了安全感。我喜欢你好像没有了任何的意义。我想这就是高昊吻我的时候我为什么去回应他了,我看到了他的激情与欲望,不知道从什么时候开始,我就失去了这两样东西。

"陈秋末,当你和裴钰一起出席酒会出席拍卖会等等场合时,你有想过我的感受吗?你有没有想过当我看到你们的照片时我为什么没有去问你?我不是聋子瞎子傻子啊。

"你知道你最伤害我的是什么吗?是你在我最需要你的时候给了我一堆的失望。"

说完这些话,她取出行李箱,将柜子里自己的衣物收拾进去,动作迅速,很快便从陈秋末眼前离开下楼,拿着沙发上的一堆购物袋子,出了别墅。

这中间,他一直沉默着,没有任何的挽留。

他倏然用手捂住心口,告诉自己:

"没关系,不疼的。"

齐小雨拖着行李箱穿过南湖山庄的人工湖,走捷径到了允珍家,但是她很迟疑,自己究竟要不要去打扰她。

她看着灯火明亮的葛家,迟迟迈不出脚步。她直接颓废地坐在了路灯下,抱膝,脸贴着双腿,闭目养神。

过了没多久,手机铃声响起。

齐小雨不为所动,无论是谁打来的,她都不想知道。可是那电话不依不饶的,响了一遍又一遍,齐小雨从包里拿出了手机,看到是允珍打来的,心里还是忍不住会失望。

"喂?"她故意让自己的声音听起来正常。

"在哪呢?"

"干吗?"

"别给我装死,现在立刻滚到我家来。"允珍简单粗暴地命令着。

齐小雨哀怨地叹了口气,"你知道啦?"

"嗯,陈秋末给我打了电话,让我一定要留下你。"

齐小雨嘴上抱怨:"你说他这又何必呢,明明就是他赶我走的。虚伪!"

"你得了吧,嘴硬,心里肯定很感动。你说你们俩不就吵个架嘛,有必要搞这么大的动静?"

齐小雨的声音低了低,嘟囔着:"那也要看为什么事吵啊。"

"行了,你现在在哪里?我去接你。"

"我在你家门口的路灯下。"说出口后,齐小雨真觉得自己贱。

"小样儿……给我等着。"

齐小雨在心里数到20,允珍就气喘吁吁地站在她面前,她抬起头仰视她。

"你真像个可怜虫。"允珍毫不留情地说。

齐小雨起身,头晕目眩,立刻伸手扶住了路灯杆。

"怎么了?"允珍扶着她,着急地问。

"头有点晕。"齐小雨再次睁开眼,视线清晰,晕眩感已经消失了，她笑着对允珍说："别担心，我没事了。"

"那跟我回家。"允珍拎着齐小雨的行李箱，拉着齐小雨往家走。

允珍对着在餐桌前摆餐盘的张妈说："张妈，你休息吧，我来弄。"

"谢谢张妈。"齐小雨说。

风韵犹存、身姿优雅的老太太冲着齐小雨温婉一笑后就离开了，留给她们好好说话的时间与空间。

"姐夫呢？"齐小雨一边拉开椅子一边问。

"他陪着深深在房间里玩，怕你看到他不自在，就不出来了。"允珍给齐小雨盛了一碗饭，放在她面前。

齐小雨闻着饭菜的香气，还真觉得很饿。

允珍给自己倒了杯凉白开，陪在齐小雨旁边，等到齐小雨吃得差不多的时候，她给齐小雨倒了杯凉白开，"现在你可以跟我说说，你们之间发生什么事了吧。"

"我觉得没什么好说的。"齐小雨有些逃避。

"说嘛，不然我今晚会因为好奇而失眠的。"允珍讨好着说。

齐小雨喝了口凉白开说："你不要惊讶。因为这次的事传播范围比较小，所以没有闹得尽人皆知。"

"什么事啊？"允珍有些急了，看齐小雨的表情，还挺严重的。

"昨天是高昊的生日，他约我一起吃晚餐，我想着这几年都是我陪着他过生日的，便买了礼物去了，我们聊起了很多从前有趣的事情，后来高昊吻了我，我回应了。然后今天网上就出现了我们接吻的视频，陈秋末看到了，发了很大的一通火，他说了很多伤我的话，我也不想忍了。"齐小雨说着说着忍不住鼻尖酸意，哽咽了声音，"反

正他跟我说分手了。"

"啊?哪有到分手这么严重的地步?"

齐小雨哭着说:"是他跟我说的,不是我说的。"她有什么办法,难道还死乞白赖地求他收回分手的话?那她就真的会讨厌自己了。

"小雨,你有没有想过视频是谁拍的呢?"允珍严肃地问。

齐小雨摇摇头,其实她心里是有人选的,但是也不是很确定。

允珍看到垂头丧气的齐小雨,安慰道:"别难过了,陈秋末不会真的跟你分手的,他只是在说气话,气急了才会胡言乱语。"

"嗯。"齐小雨也不相信,她会这么轻易地就失去陈秋末。

允珍一直等齐小雨入睡后才走出房间,给陈秋末回了个电话。

"喂?允珍。"

"她就在我这里,你放心吧。"

"嗯,谢谢!"

"陈秋末,你现在是不是特后悔?"

陈秋末不假思索地答:"是。"

允珍好意劝道:"下次吵架不要再口不择言了,伤人伤己。"

"我知道。"

凌晨两点钟,高昊睡得迷迷糊糊之际,床头柜上的手机就响了,音乐铃声在这静谧的环境里显得突兀刺耳。

高昊坐起身,拿起手机,看了看是裴钰打来的,立刻低咒一声:"发什么疯?"

本想直接挂断,但是转念一想,这深更半夜的,要是没有急事也不会打来电话了。他按了接听键,"喂?"

第四章 世间最好的一面，便是拥有你

"高昊，你能不能来帮帮我，我车子跟人追尾了，但我没带够钱。"裴钰的状况有些糟糕，她的声音都在颤抖着。

但高昊感到莫名烦躁地问："你难道就没有别的朋友了吗？"

裴钰一愣，半会才开口说："抱歉，打扰你休息了。"

下一秒手机便传来嘟嘟嘟的忙音。

高昊的困意都被这通突如其来的电话赶走，他躺在床上，试图睡过去，但满脑子都是裴钰的那张脸，着实放心不下。裴钰这样高傲的女人主动打电话求他帮忙处理问题，说明事情很严重，而他却是那样的态度，想想便觉自责，叹息一声后，还是一跃而起，下床，换衣服，拿着钱包和车钥匙，出门。

他给裴钰回拨了电话，问："你现在在哪里？"

裴钰的声音哽咽了，"我在沿江公路上，我只知道这里有一处水厂。"

"好，我试着找找看。他们要多少钱？"

"五万。"

"这么多？你遇到敲诈了？"

"嗯。我喝了酒。"裴钰哭着说。

原来如此，高昊明白是怎么回事了。挂了电话后，开车出了小区，到了附近的24小时ATM取款机处取钱，然后再前往沿江公路。

找到裴钰花了高昊一个小时的时间，这中间，裴钰一直打电话问他什么时候到，他的脾气就快要被耗尽了，正当准备掉头的时候，却看到了前方停的两辆车以及车旁的几个人里，穿着白色套裙的裴钰赫然在列，终于松了口气，嘴角不自觉地上扬，"终于找到了。"

他开近，然后按了汽车喇叭，车灯照得裴钰和那一男一女睁不开眼睛，在路边停好车后，裴钰就小跑着过来，等着他下车。

她有些恐慌不安，高昊下车后，她就直接扑到了他的怀里，激动地说："谢天谢地，你终于来了，我太害怕了。"她几乎泣不成声。

高昊感觉到他的黑衬衫被泪水沾湿了，他已经不再错愕，而是轻轻拍了拍裴钰的背，给她安慰，"别怕，没事了。"

不远处，粗犷的男人吹了声口哨，然后恶狠狠地说："就别卿卿我我了，先把我们的事情解决了。"

高昊目光如炬地望着那人，平生最看不惯这种欺负女人的男人了，裴钰稍稍后退了一步，与高昊拉开了距离。

高昊露出鄙夷的神色，拉着裴钰走过去，看了看两辆车的情况，不严重，但是那男人居然敢开口要五万。若不是为了裴钰，他早就上去揍那男人了。

"钱带来了没？"男人兴奋地露出一口黄牙。

"不着急。"

"你什么意思？"男人身边的女子一脸不高兴。

高昊笑了，"先签下保证书，保证不会把这件事说出去。"

男人吐了口唾沫在地上，"婆婆妈妈的，我齐威也是有头有脸的人物，你给我钱，我自然不会说出去。"

"齐威，哪里混的？"高昊露出玩味的笑容，"张威、李威的，我倒是听过不少，就是没有听过齐威。"黑暗中，他整个人看起来不怒自威，给人一种震慑力。

齐威下意识地觉得这个男的不是个寻常人物，他的气质是高贵的，与他平日里所见到的市井小民有着天壤之别，直觉告诉他，这个人是他吃罪不起的。然而，快到嘴的五万块钱，他也是不会让它飞走的。毕竟拿到这笔钱，又可以赌上好几日了。

他笑了，态度没有之前那么嚣张，"兄弟，我给你写个保证书。"

第四章 世间最好的一面,便是拥有你

"兄弟?"高昊仔细回味着这个词语,讽刺道:"这真是我今年听过最大的笑话了,我从不跟流氓做兄弟。少废话了。"

齐威也不动怒,客客气气地说:"行,我写,可是我没带纸笔啊。"

裴钰匆匆跑到自己车前,打开车门,从包里拿出了纸笔,递给齐威。

齐威写得差不多的时候,高昊回到车上,拿出方才取出来的一沓厚厚的现金,跟齐威一手交钱一手交保证书。

齐威看到这么多钱,眼睛都发亮了,随后搂着他的女人驾车而去。

公路上只剩下风声。

裴钰由衷地说了声:"谢谢!我明天会把钱打到你的卡上的。"

高昊望着她,皱眉问:"喝了多少酒?"

"没有喝多少。"

"我记得你是喝酒不开车的,这么晚了跑到郊区来做什么?"

"兜风。"裴钰惨淡地笑了,"只是没有想到会遇到这么糟心的事情,那两个人突然停车,加上有雾气,我没留神,刹车不及,就撞了上去。"

"现在看来,那两个人倒像是碰瓷的了。"

"反正这钱我是一定得出的,我醉酒驾车,警察来了,我一定会被刑拘,到时候我的形象就全都完了。真的谢谢你,我以为你不会来了。"

"你为什么会打电话给我?"

"因为我没有朋友,而我跟你勉强算是朋友,虽然我们认识时间不长,但我对你的感觉不赖。"

高昊轻笑,一扫先前的阴霾,"我还得多谢你夸奖了。"

裴钰的心情好了许多。

"你是遇到什么不开心的事情才喝酒的吗?"高昊问,其实心里猜测她喝酒肯定是跟陈秋末有关。

"嗯。"裴钰也不否认,"我今天心里受伤了。"

出于礼貌,他问:"出了什么事了?"

裴钰犹豫了许久,才说:"我听到他们说我只是烟幕弹,是为了保护齐小雨的烟幕弹。"说出这些令她备受屈辱的话,裴钰好不容易恢复过来的情绪一下子又崩溃了,"仔细想想这些日子,陈秋末约我出席各种场合,我们的照片曝光在各大媒体面前,他冲着我笑,温柔待我,我还以为他终于要把我放在心上了,我以为他和齐小雨真的结束了。可是没有想到,这一切……这一切对我而言幸福无比的记忆都是假的。陈秋末,他就是一个大骗子。"

高昊冷冷地笑了,"他可真是用心良苦啊。"这时候,他才发现自己无论做什么,仿佛始终都拆散不了他们,所有的努力都是徒劳。

他暗自握紧了拳头,努力隐忍自己的愤怒。

"我不再喜欢他了。"裴钰宣布,声音虽然悲伤,但是眉眼都透着骄傲。

她又变成那个傲气的女生。

高昊突然无比羡慕起她来,"你看,你对你的感情收放自如,这真叫我羡慕。你这样的人,不会吃爱情的苦,不会被爱情伤得一蹶不振。哦不,你那不是爱情,你充其量只是欣赏陈秋末吧。活得没心没肺,真好。"

"我这不叫没心没肺,我是懂得适可而止。我母亲告诉我,女孩子不能失去傲气与优雅。"

"你母亲这话说得很对。"

"所以，如果我以后生个女儿，我也要这么教她。"

"行了，时间不早了，你这车明早叫人来拖去修理吧，我现在送你回家。"

"谢谢。"裴钰激动地跟在高昊后面，拉开副驾座门，坐了进去。

高昊给她放平了座椅，"你先睡一觉吧。"

他的温柔体贴，令她很感动。

回去的路上，车子开得极慢，都没怎么颠簸，裴钰的精神放松下来后，竟真的由一开始的闭目养神到沉沉睡去。

云开雾散后，他们迎来了新一天的黎明。

这一夜，陈秋末没有睡好，中途醒来好几次，做着断断续续的梦，梦里有个看不清楚脸的女孩一直在哭，哭得伤心极了，这份悲痛也感染到了他，就这样不知不觉地跟着女孩一起流泪了。后来那个女孩的脸越来越清晰，他赫然发现就是齐小雨，一下子就惊醒了。

这便是日有所思夜有所梦了。他猜。

迷迷糊糊地再一次睡过去，醒来时，天终于亮了，他松了口气，这一夜对他来说可谓太折腾了。

洗漱之后，顿觉神清气爽。下楼想着要做什么早餐，突然意识到家里就他一个人，也就不想费心思了。

于是，一杯牛奶，几片面包，抹点番茄酱，早餐也就这么敷衍过去了。

一早，他开车特地路过葛云超和允珍家，犹豫再三，还是没有停下来。他还在生气，还不想轻易地就原谅齐小雨的背叛。

湛蓝湛蓝的天空中，留下了一条长长的飞机的尾巴。

和风习习，阳光明媚。

齐小雨跟着允珍坐在院子里的藤椅上晒太阳，一直都处在心不在焉的状态。

"姐，你说陈秋末会气到什么时候啊？"她心浮气躁地问。

"男人嘛，嫉妒起来比女人还难应付。等等吧，这个时候，你不要先低头，不然以后都得你让着他了。"允珍给齐小雨分享着自己的经验之谈。

"你跟姐夫会吵架吗？"齐小雨忍不住好奇。

"吵啊，怎么不吵？不吵架的夫妻生活多没意思。"

"都为什么事吵架？"

"不许我上班、应酬太晚、做的饭菜太难吃、喝醉酒后喊前妻的名字、跟我抱怨我妈妈的不是、不准深深和女生接触……多了去了，想吵架还怕找不到理由啊。"

"那你后悔嫁给他吗？"

允珍想了想，笑了，"不后悔。"

"既然这样，你为什么不给姐夫生个孩子呢？"

"等深深再大一点吧，这是我跟孩子的约定。"

"原来是这样。"齐小雨放下心来，她相信允珍已经彻底放下顾祁微了。

这边，陈秋末正准备离开办公室出去，就听到"咚咚咚"的敲门声，随后门被推开，门外女子裙袂飘飘地走了进来，笑得灿烂。

"秋末哥，我来约你喝下午茶，你有时间的吧。"

陈秋末大感意外，"葛菲，好久不见了，什么时候回来的？"

四年前，葛菲突然决定去南加州读书，暂缓了与邹邑的婚礼，遭到众人的反对，而邹邑倒是很淡定，每个月往返于江城和南加州，乐此不疲。

"我回来有一段时间了。"葛菲落落大方地靠近陈秋末，挽上他的手，拉着他往门外走，"秋末哥，快走吧，我现在有点饿。"

"好，就怕某人会吃醋。"陈秋末调侃着。

"哎呀，他不会的。"葛菲有些害羞地笑了，脸红扑扑的。

坐电梯到OM集团的大楼，葛菲突然从包里取出了鸭舌帽和墨镜，冲着陈秋末说："你现在去哪里都有人偷拍，我可不想成为你的绯闻女主角。"

"看来你也关注国内的八卦新闻啊。"

"我不关注国内的八卦新闻，我只关注你的。"葛菲说得直白。

陈秋末但笑不语。

去的是附近的一家名为"Tempo"的意大利咖啡店，两层的老式洋楼，在商业区一幢幢摩天大厦的包围下显得矮小落魄，葛菲以前最喜欢这家的焦糖拿铁，不过今天她却点了一杯Espresso。

"你口味变了。"

"他喜欢Espresso，不知不觉中我也喜欢上了。"

"看到你过得不错，我真替你感到开心。"

"秋末哥，说真的，当我看到你发的微博承认了你和齐小雨的关系时，我真的很震惊。我一直以为你这辈子都只会喜欢我姐一个人呢，就算我姐不在，你也只会一个人孤独终老，但现在看到你和齐小雨在一起，我替你开心。"

"谢谢！"

"我有份礼物要送给你。"葛菲神神秘秘地从她那个大大的黑布包里拿出了一个文件袋，"你猜这是什么？"

"什么？"陈秋末还真猜不出来。

葛菲将文件袋递给陈秋末，"看看吧。"然后开始享用面前的冰淇淋松饼和提拉米苏。

翻看了几份资料后，陈秋末表情凝重，眼睛里凝聚着怒火。资料包括了高昊以及他几位得力助手的手机通讯记录、银行汇款记录、出差机票记录等，最重要的是微博上那位真相君的背景身份，尽管他办事隐蔽，但是黑客黑进他的账号，发现了私信里有他和黑齐小雨帮手的聊天记录，他们叫他林森，而林森恰是高昊三大助理之一。足以表明这是高昊自导自演的一出好戏，目的是为了搞臭齐小雨。

"这些你是怎么查到的？"

"很简单啊，你查不到是因为你把所有的注意力都投向你的竞争对手了。在你们四个人的绯闻爆发后，我碰巧在G会所看到了绯闻中两个主角，高昊和裴钰。那时候，高昊喝得酩酊大醉，裴钰和会所工作人员扶着他，我正好在走廊里跟他们擦肩而过。就是因为这次的巧遇，我才开始请邹邑的一个好哥们段少调查这件事，没想到还真被我猜对了。"

"高昊和裴钰？"陈秋末有些瞠目结舌。

"如果我没有猜错，这两个人一直都有联手。你不觉得整件事情，裴钰是最大的受益者吗？而高昊也成功地让你和齐小雨的生活鸡犬不宁。"

"我真的没有想到会是他，真的不知道他为什么一边说爱着齐小雨一边又要这样让她身败名裂。"

"我知道为什么，由爱生恨呗。"葛菲很轻松地脱口而出。

"你是说高昊恨小雨？"陈秋末觉得难以置信。

"其实也不全是因为恨，大概是希望你抛弃齐小雨，逼得齐小雨再回到自己的身边。有时候，欲望这个东西是很恐怖的。"葛菲将心比心地说。

陈秋末有些理解了。

"还有关于高昊和齐小雨接吻的视频我想也是高昊安排的，虽然他很聪明，办事周密谨慎，让人关闭了旋转餐厅跟电梯里的摄像头，但是天网恢恢疏而不漏，要是查的话也不信找不到证据。"葛菲补充。

"我知道了。"

气氛有些沉重，葛菲试图找些轻松点的话题。

"秋末哥，最近我一直都在回忆我们从前的事情。"

"你都想起了哪些事？"陈秋末饶有兴致地问，暂时放下了那些不开心的事情。

"不过大多数都是跟姐姐一起的，那些愉快的幸福的记忆里都有姐姐。"

"你一定有很多次都想告诉我你姐姐去世的那件事吧。"

"是的，偶尔想得发疯，但那是我姐姐最后的心愿，我不能背叛她。其实，我姐姐真的很坏，对不对？"葛菲轻轻地笑了，眼里闪过一丝遗憾。

陈秋末没有接话，抿了口咖啡。

葛菲正要说话，她的手机就响了。

"喂？"

"还不出来啊。"邹邑的声音很大，陈秋末也听到了。

葛菲略带抱歉地望了眼陈秋末，然后回电话："你知道我在哪？"

"废话！我的车就停在马路对面，你再不来，我可就要吃罚单了。"

"好吧,我马上出来。"

葛菲急忙收了线,对陈秋末说:"对不起,秋末哥,我们下次再见吧。"

"好,再见!"

落地玻璃墙外,他看到葛菲匆匆跑到对面,上了一辆黄色跑车,座驾上的男人掉过头来和陈秋末对视了一眼,然后摆出个再见的手势,车子就绝尘而去。

陈秋末买单后,回办公室的路上一直在想到底要怎么处理高昊这件事,却怎么也没个头绪,后来又觉得当务之急就是,他不能再跟齐小雨怄气了,他今晚就得把齐小雨接回家。有着高昊那样如狼似虎的情敌,他还真是一点也不能放松。

而此时,仍坐在Tempo咖啡店的裴钰已经六神无主了。

在陈秋末和葛菲来到这家咖啡店之前,她刚刚点好餐,没过多久就听到后面的座位传来了熟悉的声音,她转过头看到了陈秋末以及一个女子的背影。他们谈话的声音不高,但是也足够让裴钰听得清清楚楚。后来,裴钰也没有兴致去知道这个女子是谁了,因为她听到了他们的谈话中牵扯到了自己的名字。

"陈秋末都知道了,我要怎么办?"这个想法一直盘旋在心里。她忍不住怪罪起高昊当初为什么要拖自己下水。

对了,高昊。

她灵机一动,她得把这件事告诉他,说不定他会有好办法。

"喂?"高昊的声音传入耳中。

裴钰紧张地说:"陈秋末已经知道是我和你联手炒作了那个绯闻,现在要怎么办?"

"怎么知道的?"他有些意外,没有想到会这么快就查到。

"这个你就别管了,现在要怎么办?"裴钰着急地问。

高昊轻笑一声:"你不是都要放弃陈秋末了,还有什么可紧张的?知道就知道了,他也不能把你怎么样。"

"也对哦,我放弃他了,也就不用在意自己在他的心里会不会留下坏印象了。可是,你怎么办呢?如果齐小雨知道……"她不敢往下说了。

"我心里有数,先挂了。"

裴钰回到OM大楼,刚推开办公室门就看到了陈秋末,她也没有感到多意外。

"陈总。"她面上淡定从容地问好。

陈秋末冷冷的目光投射过来,"我欣赏你的能力,但是如果有下一次,我一定会让你身败名裂。"撂下这句话后,陈秋末就跟裴钰擦肩而过了。

门被用力关上,听得裴钰心里一惊,但后来她反而松了口气。

那是一种关于她的戏落幕了,尘埃落定的感觉。

陈秋末下班后特地去花店让人设计了一束用于道歉求和的花。

二十四朵黄玫瑰被绿色的蕾丝包裹着,点缀着簇簇满天星。店员说:"这叫对不起我错了。"陈秋末心满意足地开车离开,路上又打电话预订了餐厅的位子,本以为一切都很顺利的,可到达允珍家,却被允珍告知齐小雨在半个小时前出门了。

陈秋末着急地问:"跟谁出去的?"

允珍说:"高昊,说是有很重要的事情,他开车来接她的。"

不安感弥漫在陈秋末的每一个细胞里,他脸色苍白,定定地站着,拿出手机给齐小雨打电话,手机已经关机了。

"谁叫你不早点打电话给她,她今天可等了你一天的电话了,估计手机没电了。"允珍有些幸灾乐祸。

陈秋末听完后心中一阵懊恼。

允珍不明白,"你为什么这么魂不守舍的?出什么事了?"

"你知道让齐小雨身败名裂的人是谁吗?"陈秋末有气无力地问。

"是谁?你查到是谁了?"允珍问。

"就是高昊。"

"高昊?不可能吧。"允珍觉得自己就像听到一个无足轻重的笑话,内心除了不相信还有极力地否认。

"是真的。"陈秋末语气坚定地说。

允珍这才信了半分,不解地问:"他图什么呢?这么大费周章。"

"用舆论的压力逼着我父亲拆开我和小雨,等小雨一无所有后他再出面安慰。"

"好深的心机啊,他也太狠了吧。"允珍愤怒了。

"无毒不丈夫。"这时,葛云超走过来说,"有些人就是不懂得成全,得不到的便要毁去。"

允珍接话:"说得一副你好像过来人的样子。"

"感慨而已。"葛云超无辜地耸耸肩。

陈秋末心里越来越不安,"我出去找找他们吧。"

允珍不赞成,"江城这么大,你怎么找啊?等等吧,吃完饭就会回来的。"

"我不想等。"

"你去找吧。"葛云超说。

第四章 世间最好的一面，便是拥有你

陈秋末匆匆离开后，葛云超拿起家里的座机拨了一个号码，"哦，是我，葛菲，你不是认识段宏洲吗？能不能让他帮忙找下两个人？齐小雨跟高昊……对，秋末有些担心。好，再见！"

"段宏洲是谁啊？"允珍好奇。

"警察。"葛云超淡淡地说。

"也对，这种时候就应该找警察帮忙。"

葛云超笑了，对她说什么她都信，真可爱。一把搂着允珍说："我带你去国外度假吧。"

允珍有些惊讶，忙问："你有假期了？"

"嗯。"葛云超点头，同时在心里发誓，他的造人计划这次一定要成功。

结婚多年，这个女人一直都给不了他安全感。虽然她安守本分，把家里照顾得很好，但是他就是没有安全感，原因无他，只觉得有时候太过长情的女人很讨厌，尤其这个女人长情的对象不是自己，就更加讨厌了。大概，只有他们俩生个孩子出来，他才会得到心安。

"去哪里？"

"法国。"

允珍激动地问："什么时候？去多久？我好给深深去请假。"

葛云超打断她，"深深不去，就我们俩去。"

"为什么？干吗不带深深去？"

"他要上课，不能耽误他学习。"

"可是他会失落的。"

"那就等他暑假了，你再带他出去玩，总之这一次就我们俩去。"葛云超越说越没耐心。这些年他一方面是欣慰她待深深跟亲生儿子一样，另一方面觉得深深在她心里比他重要，明明她做得很对，

267

但是他就是心里不爽,因为他觉得自己爱她胜过深深,但她却不能回以对等的爱,更甚者,这些年她从来都没对他说过一句:我爱你。

葛菲找到正在厨房做晚餐的邹邑,"我哥哥打电话过来让我帮个忙。"

"什么忙?"

"你能不能找段宏洲现在帮我找两个人啊,很着急。"

邹邑有些好奇地问:"大哥要你找什么人?"

葛菲如实说:"齐小雨跟高昊。"

"怎么又是这两个人啊?"邹邑有些烦躁了。

"你什么态度啊?"葛菲不满地说。

"我没什么态度,就是觉得你对我们的婚礼一点都不上心,对别人的事倒是很上心。"

葛菲怒了,"你哪只眼睛看到我不上心了?邹邑,还想不想过下去了?不过的话这婚趁早别结。"

"哎哟,我的姑奶奶,你就当我放屁,我现在立刻打电话给段宏洲,让他给你把人找到。"邹邑求饶道。

"这还差不多。"葛菲满意地说。

段宏洲认识的人多,以一呼百,很快就得到了准确信息。葛菲记下地址后,立刻给陈秋末打了电话,那时候他已经跟高斯等人把出名的餐厅都找遍了。

"他们在希尔顿逸林酒店,房间号2304。"

陈秋末的心拔凉拔凉的。

几乎是发了疯一样的将车开得极快,终于赶到了酒店,逼着酒店人员拿着备用钥匙去开门。

第四章 世间最好的一面,便是拥有你

那一刻的陈秋末,就像从地狱里走出来一样。

房间里灯光暗淡,陈秋末找到了吸顶灯的开关,按了一下,下一秒,眼前瞬时变得明亮起来。

双人床上抱膝坐着的齐小雨原本是闭着眼睛的,听到灯开关的声音,一下子睁开了眼,身子往后缩了缩,犹如惊弓之鸟,待她看到来人的面孔后,她才松了一口气,眼泪止不住地往下落,她跑下床,冲过去抱住了陈秋末,就这么在他怀中抽泣起来。

陈秋末心疼极了,紧紧地抱住她。

不知道过了多久,齐小雨终于哭累了,才离开陈秋末的怀抱。

"我没事,我真的没事,我只是见到你,一下子没控制住自己的情绪。"齐小雨眼中泪光闪闪,嘴角冲着陈秋末挤出了一抹微笑。

陈秋末紧张地握住了小雨冰凉的手,"那你怎么会在这里?"

"我只是喝多了,来休息下。"她故作镇定地说,尽管内心很清楚这个理由实在太牵强了,但她太累了,实在是懒得去想借口。

"小雨,如果发生了什么事,没关系,你告诉我,我们一起面对。"

齐小雨挣脱开陈秋末的手,"陈秋末,我真的没事。"

"真的没事?"陈秋末显然不相信,如果真的没事,她为什么要哭得那么伤心?他很想问齐小雨高昊去哪里了,但到底是怕伤害到齐小雨。所以,只好咬咬牙将这个疑问咽进了肚子里。

"嗯,你不要疑神疑鬼的,好吗?"齐小雨故作轻松地笑了。

"好,那我们回家吧。"

"嗯。"

回家的路上,陈秋末把车开得极慢,因为齐小雨一上车就闭上眼

睛睡觉了,他不想因为路途的颠簸而让她睡不安宁。

她说自己又累又困还很渴,他亦何尝不是如此,也不过就三个小时,他却像过了三年那样。从未那样害怕过,害怕就此失去她。

当他看到她完好无损时,他的心里充满了感激与感恩。

三个小时前——

齐小雨接到了高昊的电话,他说他要离开江城了,希望她能和他一起吃顿晚餐。

那时候齐小雨心中充满对高昊的困惑,也就同意了他的邀约。

用餐的地点定在了希尔顿逸林酒店的顶楼餐厅。

高昊带着齐小雨进入餐厅,发现一个客人也没有,高昊笑着说:"我包场了,不想让别人打扰我们,而且也不希望再发生有人偷拍我们把视频发布到网上的事件。"

他主动提及了视频的事情,齐小雨也不拐弯抹角了,冷着脸问:"视频的事真的不是你做的吗?"

"你看你每次出什么坏事,你都要怀疑到我头上来。"

"我不得不怀疑,事情发生得太过凑巧了,不是吗?"

"小雨,你真让我伤心。"

"抱歉,如果真的不是你,那我道歉。"齐小雨缓和了下语气,不再变得咄咄逼人。

高昊领着齐小雨到露台入座,迎面而来的江风舒适温和,远处是迷人璀璨的夜景,令人很放松。

服务员拿来餐单,齐小雨点了一份烤牛腩排配牛骨髓汁、青豆泥、生菜以及薄荷,一份恺撒色拉配烟熏三文鱼和鹌鹑蛋,一份芹菜汤和一杯香茅莫吉托。

高昊对服务员说："我要一份综合海鲜拼盘，一份肉眼牛排，加一瓶Hennessy X.O白兰地。"

"我们俩点这么多，吃得完吗？"齐小雨有些没信心。

高昊笑了，"你想吃多少就吃多少，剩下的我来解决，我们的道别时间越长，我越开心。"

"那好吧。"

服务员收走菜单后，齐小雨问："什么时候离开？"

"我离开，你似乎很开心。"高昊不满地说。

"嗯。"齐小雨不想否认。自高昊出现后，她好不容易平静下来的生活变得"丰富多彩"，和陈秋末之间也生了许多的嫌隙。

高昊嘴角微微上扬，漫不经心地笑了，"我今天大概会喝醉，到时候你可得把我安排好，楼下开间房，喂我喝点水你再走，我会感激不尽的。"

"那你就不要喝醉。"齐小雨说。

"我都决定放弃你了，你还不让我喝醉啊？"高昊一脸心痛地说。

"你胃不好。"齐小雨脱口而出，"还是少喝酒。"

高昊苦笑，"看来我胃溃疡的事情你是知道的。"

"嗯，林妤告诉我的。"齐小雨也不否认。

"没事，已经好了。"他故作轻松地说。

大概是因为包场的缘故，餐厅上菜的速度极快。

"小雨，陈秋末有没有因为视频的事情跟你闹不愉快啊，需不需要我去解释一下？"高昊假装热心地问。

"算了吧，你还是尽快消失得无影无踪，这样对我才是最好的。"齐小雨波澜不惊地说。

都是深爱 所有的秘密

"你今晚说话真是太无情了。"高昊故作夸张地捂着心口喊疼。

"大概是因为你要回家的缘故,所以你才会觉得我今晚说话格外地不中听。"说完,齐小雨抿了口香茅莫吉托,开始对面前的美食开动。

高昊笑了笑,没再说话。

餐厅里播放着冷子夕的《还是想你》。

    惯性把情绪埋藏在某个角落
    然后用想念哼唱着
    音符夹杂泪水让画面更深刻
    让回忆也渐渐地温热
    渐渐地温热
    鼓起勇气问自己然后呢
    拼命填补苍白的颜色
    还是想你
    残破的结局会有些委屈
    还是想你
    我想我该有面对的勇气
    可是 我弹奏 而你也抽泣
    滴落了渐行渐远的距离
    还是想你
    我该有和悲伤周旋的余地
    还是想你
    奢望自己能不要再回忆
    拼命逃离每一个约定

第四章 世间最好的一面,便是拥有你

> 过去还是不肯放生过去
> ……

悲伤的歌词和调子,让高昊和齐小雨之间的氛围一下子变得很沉重。

齐小雨低着头,静静地将牛腩送进嘴里,机械地咀嚼着,然后眼角不知不觉中流下了一滴泪。

她停止了动作,快速地擦掉了脸上的眼泪,然后笑着对高昊说:"高昊,谢谢你。"

"嗯?谢我什么?"高昊困惑地问。

"谢谢你在过去的几年里,对我不离不弃。你凡事都把我放在第一位,对我体贴入微,我就像是你的一切。这个世界上再也找不到一个人像你如此待我了。"

高昊的眼角湿了,哽咽了声音说:"可是你只把我当做了亲人,是吗?"

"是。高昊,就像你说的,我一辈子都欠你。所以,我希望你回到海市后,尽快找到属于自己的幸福。我相信,会有那么一个好女孩进入你的生命,爱你宠你,把你看得比自己的生命还重要。那时候也许我不会去参加你的婚礼,但是我会永远祝福你的。"齐小雨说得煽情。

高昊举起酒杯,凑到嘴边,仰头,琥珀色的液体快速流入他的喉咙。

"我们认识近九年了,我没有想过我会爱一个人九年。你到底哪里好呢?"高昊笑着问。

齐小雨笑得淡淡的,"上辈子或许是你杀了我,这辈子你来还债

的。这样说,你会不会心里好受点呢?"

"如果是这样,我这辈子伤害了你,下辈子是不是还可以遇到你,可以找你还债?只希望那时候,你的身边不要出现另一个陈秋末了。"他坏笑道。

"那可是说不准的事情。"齐小雨故意挤出一抹得意的笑容,将杯中的莫吉托一口饮尽。

正要喊来服务员再点一杯,被高昊制止了,"帮我分担了这瓶白兰地吧。"

"这酒精度数太高了,我不要。"

"让服务员给你加点可乐不就行了?这可是我们最后一次相聚吃饭喝酒了。以后,没有机会了。"高昊无比感伤地说。

"那好吧。"齐小雨妥协。

高昊喊来服务员加了一只白兰地杯、一瓶可乐以及一些冰块,亲自给齐小雨兑了一杯。

"试试。"高昊把酒杯放在齐小雨的右手边。

齐小雨狐疑地问:"这真的好喝吗?"

"相信我。"高昊自信满满地说。

齐小雨半信半疑地抿了口,发现可乐的味道盖过了白兰地的味道,再加上冰块,口感很赞,也就不由得多喝了几口。

高昊将海鲜拼盘里的六只生蚝全都给了齐小雨,自己则吃起帝王蟹钳,齐小雨看得泪目,他总是喜欢把好的给自己吃。

她用刀叉取出一块生蚝肉,递给高昊,"张嘴。"

高昊怔怔地张开了嘴巴,齐小雨满意地把生蚝肉送进他的嘴里,她说:"高昊,以后呢,不要太宠一个女孩子,你会把她惯坏的,这样她就不会太珍惜你了,你要找她爱你比你爱她多的人,这样你不会

第四章 世间最好的一面,便是拥有你

那么累。"

"我会记着的。"说完便笑了,"我这辈子掏心掏肺地只对你一个人好,我不会重蹈覆辙的。"

齐小雨想来想去,也只找到了这么一句来接他的话,"那就好。"

知道你再也不会掏心掏肺地对别人好。那就好。

知道你会找一个爱你比你爱她多的女孩的。那就好。

知道你以后不会太宠太惯着一个女孩子。那就好。

"你要幸福啊。"齐小雨笑了。

后来,高昊果真如他所想的那样,醉得不省人事。而齐小雨也好不到哪里去,她的头晕晕沉沉的,连走路都没法走稳。

她让服务员帮忙看着高昊,她去开了一间房,正好是在餐厅的下一层,她拿着房卡重新回到了餐厅,然后让服务员帮忙把高昊扶到房间去。

齐小雨付了小费给服务员,门被关上,她把他的身子移了移,正要从他身下拽出被子,一个天旋地转,她就被高昊压在了身下。

温热的气息扑在她的脸上,高昊的双眼清澈分明,一点也看不出来他醉了。

"你醒了啊。"她木讷地说,然后伸手去推开高昊,这样的氛围太暧昧了。

高昊笑了,"小雨,我记得你以前问过我,要怎么做,才能还掉我对你所有的好。我找到一个答案了。你陪我一夜吧。"

"高昊,你疯了。"齐小雨瞪着他,大声喊道:"快给我让开。"

谁知道高昊耍起了无赖,坏笑着:"我就不让。"

他的身子压在她身上,很重。

她试图讨好地说:"你醉了,乖,好好睡觉。"

"齐小雨,你别天真了,我是醉了,可是我的神志还很清醒,我知道我现在在做什么。"

齐小雨快要哭了,"你不要这样对我。"

高昊握住了齐小雨的手腕,将她的手腕举到上方,他凑近了她,轻轻吻了吻她的额头。齐小雨挣扎得厉害,但是男女双方的力量悬殊,她的那点力道在高昊这里算不上什么。

"住手。"齐小雨被吓哭了。

冰凉的眼泪蹭到了正准备吻她脸颊的高昊的脸上,冰冰凉凉的。

"原来你根本就不是为了跟我道别,你是想骗我来,然后对我做那种事,高昊,你无耻!"齐小雨怒骂道。

高昊望着齐小雨那双爱憎分明的眼,无奈地说:"我也没办法,我是被陈秋末逼的。我难道不知道是在伤害你吗?可是都已经做了那么多伤害你的事情了,再多做一件又何妨呢?如果你怀了我的孩子,你就离不开我了吧。"

"你痴心妄想。"

"是不是痴心妄想只有试过才知道啊。"高昊无所谓地说。

齐小雨急了,将头扭到一边躲开高昊的吻,"求你了,放过我吧。"

"齐小雨,过去那些年,我关心你,你从来岿然不动,你这座大山,大概就连愚公都没有办法吧。你让我放过你,可是当我求你不要离开我时,你又是怎么做的呢?你忘掉了我曾经对你的好,那些好对你而言,分文不值。"

"你大概不知道吧,在网上炒作你的谣言、让你身败名裂那件事是我做的，我和你接吻的视频也是我事先就安排好了的。你每次怀疑的都没有错。但我没想到，我做的事对你们不起任何作用，你们的感情就这么坚不可摧吗？我不信，不相信，我不信我破坏不了。"高昊显得有些疯狂、偏执。

"你变态。"齐小雨觉得自己都快词穷了。

"当我知道陈秋末已经知道幕后指使是我的时候，我慌了。那么短的时间里，我也只能想到这么一个办法了，把你占有，让你永远都无法和陈秋末在一起。你将带着我给你的伤痛过下半辈子。"心中一个声音一直在叫嚣着：既然得不到，那就毁掉。

齐小雨觉得自己的心一点一点平静，既然无法阻止，那就任由发生，"高昊，你说我将带着你给我的伤痛过下半辈子，不，你说错了，我不会活着的。你如果敢伤害我，我告诉你，这希尔顿逸林酒店就是我的葬身之地。"她竭力威胁着。

"那我陪你。"他说得极为轻松，殊不知死是需要极大的勇气的，并不是每个人都能拥有那份勇气。

齐小雨抓住机会用力踹了高昊的下体一脚，高昊疼得龇牙咧嘴，身子微躬着。齐小雨趁机下床准备逃跑时，鞋子却一歪，齐小雨双腿跪在了地板上，发出一声闷响，这疼得她差一点晕厥，但她知道她没有时间去理会别的，她必须逃走。然而她没来得及，高昊一手从她身后拽住了她的长发，她的头皮一阵发疼，齐小雨被高昊摔在了地上。

"不准走。我说过你陪我一夜，我就放过你。"

"你痴心妄想。"那时候就算他放过了她，齐小雨自己也不会放过自己的。

她慢慢爬着往阳台退，高昊一步步紧逼着她，他的脸上带着志在必得的笑容，看得她心惊胆战。

突然，她站起身来，勇敢地冲到了阳台扶栏前，单脚跨了上去，然后转身面对高昊，"我说过你若是伤害我，我就让这里成为我的葬身之地，我们现在在23楼，我跳下去虽然死得难看，但也算是彻底摆脱掉你了。"

"你舍得陈秋末？"被齐小雨这么一吓，高昊清醒了许多。

齐小雨的眼泪一下子汹涌而出，"你以为一旦我被你伤害了，我还会和陈秋末在一起吗？我不会带着屈辱苟且于世。"说完，齐小雨两只脚都踩在了扶栏上，正要跨过去。

身后高昊一声吼："别跳，别跳，小雨。我错了，小雨。"

可是齐小雨仍旧没有停止动作，直到她听到身后一声重重的闷响，她才转过头去，高昊双膝跪地，他的脸上都是祈求。

"我真的错了。"他流着泪说，"我只是想吓吓你的，我舍不得，我舍不得伤害你。我只是想让你恨我，这样你就一辈子都不会忘记我了。"

他们就这样一直僵持着，江风吹得齐小雨浑身都冻僵了，高昊脸上的泪也都干涸了。

良久，齐小雨才缓缓开口："你走吧。"

"你先下来。"

"你走了，我自然会下去。只是，高昊，你立刻就回海市，不要再出现在我面前了。我这辈子都不想要再见到你了。"

"好，我马上就走。只要你好好的。"高昊站起身，三步两回头地望着齐小雨，直到跨出房间，关上门。

齐小雨松了口气，摇摇晃晃地跳下了扶栏。

她终究，安全了。

下一秒，她就直接瘫坐在阳台上痛哭出声，为刚才可怕的一幕，为高昊的报复。

这一场闹剧几乎花费了她所有的力气。

她回到床上，打算休息会再离开，但是没有想到过了没多久陈秋末就出现了。

就像做梦一样，可她也清楚他是真真实实的人。

后来，他一直在问她有没有事，她一直都说没事。因为不想让他生气，不想让他跟高昊斗得两败俱伤。

就这样吧。总有一天，这一晚发生的事情都会被她遗忘掉的。而她也相信，高昊是真的不会再出现在她面前了。

从他下跪的那一刻起，他就已经彻彻底底要归还给她平静的生活了。

她不想去猜他说的不是真的要伤害她的话是真是假，她也猜不出来，那只有高昊自己心里清楚。

陈秋末把齐小雨带回家，然后给允珍和葛菲打电话报了平安。

齐小雨洗了个澡后，从卫生间出来，头发湿淋淋地披在肩膀上，陈秋末拿出了吹风机给她吹干头发，在阵阵暖风中，齐小雨支撑不住困意沉沉睡去。

陈秋末就这样抱着她，将她拥进怀里，一夜睁眼到天亮。

第二天，齐小雨除了眼睛肿，其他的一切都很好，她看上去心情很开朗，看来昨晚真的没有发生什么不好的事情，陈秋末放下心来。后来高斯打来电话告诉他，昨晚高昊坐十点的飞机离开了江城。当时齐小雨就坐在他身边，他们在看一部日本电影《天使之恋》。她听到了高斯的话。

陈秋末结束电话后，对齐小雨说："高昊他……"

齐小雨冷冷地打断他，"以后不要跟我提起这个人了，他做了什么，我都不关心。你也不要去在意，从此，他就是我们生命中的过客。"

陈秋末愣了愣，这一刻他觉得对于高昊的所作所为，齐小雨是一清二楚的。

影片结束后，齐小雨幽幽开口："我们以后再也不要吵架了，吵架太累了。"

陈秋末完全赞同："好，我们再也不吵架了。"

"你是怎么知道我在希尔顿逸林酒店的？"

"葛菲拜托她朋友查到的。"

齐小雨难掩震惊的神色，"葛菲……"居然是她。

陈秋末起身关了电视，伸了个懒腰，对齐小雨说："小雨，这周六跟我回家吧，我把你正式介绍给我的家人。"

"他们不喜欢我。"齐小雨为难地说。

"相处久了，就会喜欢你了。相信我。"

"可是……"

"放心，一切有我。"

"那让我再想想吧。"齐小雨打算到那一天再找个机会推辞掉。

周六，齐小雨问陈秋末要了葛菲的电话号码，她想约她一起出来喝个下午茶，没有想到葛菲一口就答应了。就这样，她正大光明地爽了陈秋末的约，潇洒出门去了。

她有很多年没有见过葛菲了，有些局促，在她对面的位子坐下后，她温柔地笑了笑，说："你好，我是齐小雨。"

"你不用自我介绍，我们以前见过面的啊。"

"嗯。葛菲，谢谢你，我真的没有想到你会帮我。"

"我为什么不会帮你呢？"

"呃……"她的理由还真有些说不出口，我们是情敌啊。

"你是允珍的妹妹，而我和允珍这些年玩得很好，我帮你是天经地义的事情。"

"谢谢！其实我们第一次见面不是在G会所，在一家名叫时光小筑的西餐厅，我听到了你在跟陈秋末告白，他拒绝了你，当时我就坐在你们身边。"

"是嘛。原来我那么狼狈的样子被你看到了啊。"

"不，你在我心里，从来都很美。你潇洒大方，性格直爽，不矫揉造作，我真的很欣赏。"齐小雨夸赞道。

"谢谢！能被你赞美让我感到很荣幸。"葛菲笑说，然后不放心地问："那一天没有发生什么事吧？"

齐小雨摇摇头，"没有。"

"那就好。"葛菲松了口气，然后从包里拿出一个粉色的信封，笑着对齐小雨说："这是我和邹邑的结婚请柬，你要来，给我包个大大的红包。"

齐小雨有些意外，忍不住感慨着："我还记得当年你很快就和邹邑订婚了，却没有想到结婚是在这时候。"

葛菲回忆道："因为那时我便想通了，我要找一个我爱的男人，而我爱上邹邑用了四年的时间。所以，婚礼就这么迟办了。"

"真为你感到开心。"齐小雨由衷地说。

"齐小雨，你一定要让他幸福。"葛菲郑重拜托她，算是为她年少时的感情彻底画上了一个句号。

齐小雨暖暖地笑了，"嗯，我会竭尽所能。"

和葛菲分别后，齐小雨就打车回家去了，陈秋末正在客厅说着

电话,齐小雨静静听了几句,便可断定电话那头的人是陈秋末的母亲。

"妈,小雨身体不舒服,我下周再带她去拜访你和爸啊。"

"不是不是,她绝对不是在摆架子,她真的感冒了。"

"妈,你不要生气啊。"

"……"

齐小雨从身后搂住了陈秋末,从他手里接过电话,笑着说:"伯母,我和秋末现在去还来得及吗?"

电话那头,陈秋末的母亲一下子惊得说不出话来了。

齐小雨狡黠一笑,"伯母,你不说话就表示你答应了啊,我们现在就出发。再见,伯母!"

挂了电话后,陈秋末困惑地望着她,"不是不愿意的吗?现在怎么又同意了?"

她吻了吻他的脸,笑靥如花,"我想要嫁给你,正式拜访你父母这是第一步,不是吗?"

"你终于想通了啊。"陈秋末激动得反身抱住了齐小雨。

"你这么爱我,我想你爸妈不会太讨厌我的。"齐小雨骄傲地说。

"我爱你。"他把她抱得高高的,她望着他那双琥珀色的眼睛嫣然一笑,低头吻住了他的唇,而他渐渐加深了这个吻,贪婪地想要全部。

再也没有比这更迷人的时刻了。

去陈秋末父母家的路上,齐小雨突然想起了一件事,说:"陈秋末,我给你背一首诗吧。这是二战期间,一位美国妻子写给她丈夫的,她的丈夫去了越南战场,后来阵亡了,这位妻子终身守寡,去世后,她的女儿发现了这首诗,公布出来后感动了无数人。这首诗叫做《But you didn't》。"

"我知道,我读过。"陈秋末高兴地说。

"别插嘴。"齐小雨瞪了瞪他,自顾自背起来:

Remember the day I borrowed your brand new car and dented it?(记得那天,我借用你的新车,我撞凹了它。)

I thought you'd kill me, but you didn't.(我以为你一定会杀了我的。但是你没有。)

And remember the time I dragged you to the beach,and you said it would rain, and it did?(记得那天,我拖你去海滩,而它真如你所说的下了雨。)

I thought you'd say, "I told you so." But you didn't.(我以为你会说:"我告诉过你。"但是你没有。)

Do you remember the time I flirted with all the guys to make you jealous, and you were?(记得那天,我和所有的男人调情好让你嫉妒,而你真的嫉妒了。)

I thought you'd leave, but you didn't.(我以为你一定会离开我,但是你没有。)

Do you remember the time I spilled strawberry pie all over your car rug?(记得那天,我在你的汽车地毯上吐了满地的草莓饼。)

I thought you'd hit me, but you didn't.(我以为你一定会厌恶我的,但是你没有。)

And remember the time I forgot to tell you the dance was

formal and you showed up in jeans?（记得那天，我忘了告诉你那个舞会是要穿礼服的，而你却穿了牛仔裤。）

　　I thought you'd drop me, but you didn't.（我以为你一定要抛弃我了，但是你没有。）

　　Yes, there were lots of things you didn't do.（是的，有许多的事你都没有做。）

　　But you put up with me, and loved me, and protected me.（而你容忍我、钟爱我、保护我。）

　　There were lots of things I wanted to make up to you when you returned from Vietnam.（等你从越南回来，有许多许多的事情我要回报你。）

　　But you didn't.（但是你没有。）

　　齐小雨背得认真，陈秋末听得认真。这首令人潸然泪下的诗，一度让车厢陷入了沉默。

　　后来，齐小雨霸道地说："陈秋末，我有很多的缺点，我会做很多的错事，我也许永远也不能让你父母喜欢我，但你不要抛下我。更不要像这首诗中的丈夫一样，先离开这个世界。因为我不会为你终身守寡的，我会重新找到爱我的人，继续新的生活。"

　　"好，我这辈子都不会抛下你。"

　　"你要把分开的权利彻彻底底交给我。"因为我永远都不会使用这个权利的。她在心里补充。

　　"好，我所有的权利都交给你。"

　　汽车开过林荫道，阳光透过车窗照射进来，照在齐小雨的脸上、身上，她懒洋洋地闭上了眼睛，缓缓开口："陈秋末，听说爱情最好的状态就是安于现状、安心踏实。嗯，我想我们已经开始进入爱情最好的状态了。"

愿时光翩跹而过，我们眨眨眼便已经白头偕老。

番外

我没有
想过
要独善
其身

所有的深爱都是秘密

我离开江城的那一天,正是齐小雨跟陈秋末结婚的日子。

齐小雨那时候挺着很大的肚子,她整个人都是肿的,连婚纱都是加大版的。尽管她觉得自己丑疯了,但我却觉得带着母性光环的她比任何时候都要耀眼美丽。

她曾邀请我做她的伴娘,但被我拒绝了。不是因为我们曾经是情敌的关系。而是因为我明白在这一天,在齐小雨和陈秋末新婚大喜的这一天,我该去见谁。

一年前,高昊几乎是从江城仓皇而逃,他离开前,在机场给我打了个电话,我感到很震惊,他怎么会打电话给我呢?后来又觉得理所当然,因为我大概是他在江城唯一的朋友了,我们是战友。虽然认识的时间不长。

他跟我说他差点做了混账事,差点逼死了齐小雨,我想问他到底是怎么回事,但他不准我好奇。霸道的语气,在我看来很是可爱。我明白,他只是需要一个安静的聆听者。

后来,当我跟齐小雨成为朋友后,我一度问过她那一晚发生的事情,她只是语气淡淡地让我不要再问了,不说出来是为了高昊。其实我也能猜到是什么事情,但我想就让这件事永永远远地被埋藏在旧时

光里吧。

我已经一年没有见过高昊了,但我每天都在想他,会跟他通电话,旁敲侧击地问他最近过得好不好,有没有交女朋友。

他说,有女人,但没有女朋友,我现在来者不拒,怎么高兴怎么玩。

我以为他真的变成万花丛中过、片叶不沾身的花花公子了。

但是,某一天晚上,当他喝醉了酒打电话给我说了一堆话,我就知道,他一直没变,还是那个深情款款的男人,他只是学会了隐藏。

他说:"有一个女人对我说,再也不要对别的女人掏心掏肺了,再也不要太宠太惯着别的女人,要跟一个她爱我比我爱她深的女人在一起,这样我就不会那么累。她祝我幸福。可是,裴钰,为什么这样的女人那么少呢?我为什么就找不到一个真心爱我的人呢?我他妈觉得她说祝我幸福像是一个诅咒,因为我不管怎么努力,都不幸福。"

后来他睡着了,我一直一直听着他浅浅的呼吸,到清晨才舍得挂断电话。第二天,我再打电话给他,没心没肺地傻傻地笑,说:"对不起啊,战友,昨天你后来有说什么吗?我不小心睡着了。"

他愣了愣,比我还不靠谱,大为惊讶地问:"昨天我有打电话给你吗?"

我只能呵呵冷笑了,骂他一句"贱人"。

他抱歉地说:"对不起啊,战友,昨晚我喝得断片了。你别介意,下次我再也不打电话给你了。"

可是,他每次还是会在喝醉酒后打电话给我,说很多醉话,第二天依旧记不清。

就在齐小雨和陈秋末结婚的前夕,高昊打电话来跟我说:"我明天有相亲,我决定不管那女的长什么样子,性格好不好,家世如何,

我都接受她。我想定下来了,我决定要比某些人过得幸福。我他妈值得幸福。"最后一句话他说得无比豪迈潇洒,我觉得特动听美丽。

我说:"你当然值得幸福。"

我没有告诉他,那个明晚和你相亲的姑娘就是我啊。天知道,我是压抑得多狠才没有说出这句话。

飞机缓缓降落在海市国际机场后,我望着舷窗外湛蓝的天空,自知这是一个好的开始。走出机场大厅后,我开了手机,打电话给大哥裴丛森,告诉他,我已经平安到达海市了。

他在电话那头不确定地问我:"小钰,你真的考虑好了吗?"

"大哥,我已经考虑了一年了。"

"可他在我看来根本就配不上你。他甚至都不能给你一份全心全意的爱,你的未来也许会过得很凄苦。"

"大哥,你知道吗?从我想跟他在一起的时候,我就没有想过要独善其身。"

既然没有想过独善其身,纵使粉身碎骨,我也不后悔啊。

挂了电话后,我哭了。

这一次和高昊的相亲,是大哥牵的线,他有理由为这个决定带来的后果担忧。

因为我要跟高昊在一起,本就是一件很不靠谱的事情。

相亲的饭店定在海边的四季酒店。

于是,我从机场出来直接拦了出租车去了四季酒店,入住1314号房间。房间里有个很大的露台,站在露台上不仅有舒适的海风,还能见到熠熠发光的大海,没过多久,客房服务就送来了我的午餐,我坐在露台享受午餐的同时,也忍不住猜测海面上那些颤颤巍巍的白帆哪一艘是高昊驾驶的。他昨天打电话告诉我，他今天要参加帆船比赛，得了第一名可以得到美人的一个吻。据说那个美人是海市第一名媛。

我不相信他会得第一名，倒不是因为我觉得他驾驶技术不行，我就觉得他没那份狗屎运。

下午，我舒舒服服地睡了一个午觉，然后沐浴更衣，我搞得如此隆重，也不过就是希望能给高昊一个大大的惊吓。我想知道当我拖着长裙摇曳生姿地坐在他对面时，他的表情是什么样子的。

到了傍晚，我坐电梯到一楼餐厅。看了看四周，发现高昊已经提前等在那里了，他今天头发梳得一丝不苟，身上穿着一件蓝色涂鸦图案的印花衬衫，下身配一条蓝色的九分裤，脚上穿着一双白色系带皮鞋，有些雅痞的气质，令人觉得赏心悦目。

这么精心的打扮，看来他真的说到做到，今晚的女孩不管是谁，他都接受。

我提了提白色裙摆，悄悄走了过去，从他后面捂住了他的眼睛，变着声音说："猜猜我是谁？"

"老婆。"这人脱口而出，不正经的声音，把我逗乐了。

"你这是背着老婆在外面会情人吗？"我继续说。

他突然正襟危坐，一本正经道："我在等我老婆。"

我松开了手，笑着坐到了他的对面，他看到我很是错愕，然后惊喜地问："你怎么来海市了啊？"

"想来就来了啊。"我说。

"你不会是特地来看我相亲的吧？"他说完后自己都觉得匪夷所思。

"不是。"

"我有些紧张。"他收敛起笑容，认真起来，手捂着心口，"心脏扑通扑通地跳得很快,听说我今天要见的女人很漂亮,各方面都很优秀。"

"那你觉得我漂亮吗?"我笑着问。

高昊这才认真打量起我来,"你今天很漂亮。你到底是来干什么的啊?参加酒会?"

"相亲啊。"

"你也相亲?在这家餐厅?这也太狗血了吧。"高昊这下子彻底不淡定了,"跟哪家的公子哥相亲?我帮你参考参考,海市的公子哥我基本上都认识。人品德行我能帮你了解得一清二楚。"

"就跟你啊。"

"什么?别开玩笑了。"高昊惊得就差从椅子上摔下去了。

我认真严肃地说:"是真的,今晚是我们俩相亲。"

"怎么回事?那你丫昨天不就知道我要跟你相亲,你怎么不提前告诉我?那我就不来了,多耽误时间。"

"干吗不来?昨天可是你说的,不管本姑娘长得如何,性格如何,家世如何,你都要跟我在一起的,而且你刚才都喊我老婆了呢。"

高昊一脸黑线,"我那是开玩笑的。"

我摆着一张脸,"我可没跟你开玩笑。我出现在这里,你不觉得惊喜吗?"

"没有喜,只有惊。"

"谁他妈昨天跟我说以后要过幸福的日子的?"我怒吼道。

"我。"

"那还等什么,相亲开始。"

"裴钰,你是认真的吗?"

"我当然是认真的,不然我干吗千里迢迢地从江城赶过来。"

"可是……"高昊有些犹豫不决。

我咳了一声,喝了口水,说:"高昊,你听着,这些话我只说一次。"

"什么话?"

"我觉得我遇见了你吧,是一件很稀罕的事情。爱上你,是一件很酷的事情。我大概真的了解什么是爱情了,就是拿出前所未有的勇气去争取一个人。"

"你明明知道我喜欢的是别人。"

"我知道。但我困惑了很久,我为什么还要喜欢你。或许我就看上了你对她的深情。你看不上我对爱情无所谓的态度,我知道,但是我从小就生活在那样的环境下,我的父母,我的兄弟姐妹们,他们觉得地位金钱比爱情重要。我们家所有人的婚姻都是有目的性的,无一例外,我看惯了他们之间畸形的相处模式,又怎么会期待我的未来婚姻不是这样的?"

"你真的是疯了。"

"怎么样?要不要跟我试试?我们负责彼此的幸福,他妈的,从今天开始就幸福下去。"我豪迈地说完后,心里真的紧张得快要窒息了。

"……那……就……试试吧。"他说。

我激动地说:"那我以后就是你老婆了啊。"

他苦笑一声,说:"我真觉得自己鬼迷心窍了。"

"反正你不可以反悔了。"

很久之后,我问他,我们相亲的那晚,他是不是早就对本姑娘有心

思了,所以才会那么爽快地答应本姑娘在一起的要求。

他说,不是啊,我怎么可能早就对你有心思。我就是被你那句"他妈的,从今天开始就幸福下去"打动了而已。

那时的我们,都渴望幸福。

我不知道别人对于幸福的定义是什么。但我想,我应该会幸福的。

我爱上的这个人尽管他真的不会太宠着我,太惯着我,太掏心掏肺地爱我,甚至,我爱他超过他爱我。

但我最终是嫁给了这个男人,他给了我承诺:

一辈子,不离不弃。

我想这就够了。

后记

会有一个人
深深爱你,
一如爱着
自己的生命

所有的秘密 都是深爱

  那年,你终于鼓起勇气向你喜欢的男孩子表白了,但在那之前你听说他已经和别的女孩并肩携手了,你独自黯然落泪,隐藏心意。

  那年,你的闺蜜问你,以后你是选择你爱的人还是爱你的人呢?你当时骄傲地说,我以后一定要跟我爱的人在一起。

  那年,你偷偷打听他喜欢的女孩的模样,她的青春活力、她的优秀成绩、她的一颦一笑,这些你都想拥有。

  那年,那些年。

  我们在枯燥的学生时代,大概都或多或少做过这样的傻事。

  如今回忆起来,是不是会想笑,会想哭,会想知道那个你曾放在心里简单干净的男孩子如今身在何处,然后在心里轻轻地问一句:你过得好吗?

  你是否会后悔?如果那年,你早一些表白心意,结局会不会就不一样了?

  你是否会想回到那一年?告诉你的闺蜜,你错了,如今的你被现实磨去了棱角,你选择了爱你的人。

  你是否遗憾让自己失去了自我?就为了盼他多望你几眼,然而最后,有人向你表白,那个人却不是他,因为没人会在有了正版的情况下还会去爱盗版。

曾经的明恋、暗恋,给我们的生活带来了酸甜苦辣,甚至影响了一生。

可是,我们却不后悔经历过这一切,甚至偶尔会想念那时傻气的、会勇敢去爱的自己。

年少的时候,我爱慕过那种穿白衬衫、肤色白皙的男孩子,他会打篮球、会踢足球,他性格随和,成绩优异,有着很好的人缘,大家都喜欢他。

后来毕业,工作,见面次数屈指可数。

如今的我们,是不常联系的朋友。

但会因为偶尔的见面而期待与害羞。我始终都不能淡定地面对他,只有在那一刻我才明白,我依旧是喜欢他的,这份喜欢也许曾被时光磨淡了,但只要一见到他,这份喜欢就会变成浓浓的咖啡,芳香四溢。尽管,我们早已变成了不适合在一起的人。

更因为他,本该美好的年华出现了瑕疵。

但,我也因此多了许多写作的素材,多了几许感同身受。

大四下半学期,在那段几乎可以用兵荒马乱来形容的生活中,我设定了这篇《所有的秘密都是深爱》的大纲,只为了纪念那段我们为了毕业论文而伤心伤肺的时光。看到这里,你大概就会明白为什么那么枯燥的大四尾巴我要写得那么详细了。

我们在毕业散伙饭上痛哭,喝酒喝得一度断片。

那晚,真的有人宣布了即将订婚的消息。

而后来我们真的走在跨江大桥上撕心裂肺地冲着远方大喊着:"I still have you."

因为,这就是我的记忆啊,是我经历过的青春。

书中的陈秋末是毕业那段时间我一度希望出现在我生活中的优秀男子，比我大几岁，有稳重的性格，他会给我无限宠爱，我们会携手走上一辈子，白了头发，也不分开。但，这样的男子始终没有出现。

没关系啊，我不失落，我将他写进小说中，给他挫折与幸福，就好像我真的拥有过他一样。

我记得在写到高昊胃溃疡的那段，我的心情很复杂，很想大哭一场。他的身上有我所没有的勇气，他爱一个人，超越了他的自尊。我真的会因为他付出的爱，而无比羡慕齐小雨。虽然，这份爱最后演变成了一种恨。

为什么是恨呢？我想这便是得不到又舍不得忘而中和的产物。

而一年后的今天，我终究是为《所有的秘密都是深爱》画上了圆满的句号。

我要感谢在我最辛苦的时候，陪着我熬夜到清晨的她雪，感谢陪伴了我四年的大学室友：亦楼、猪、昆虫、婉婷、小娇。因为你们，我度过了美好的四年。

也要感谢我遇到的那么暖（虽然她改名为芮和安了，但是我独爱那么暖这个名字）和周小惜编辑。

没有她们就没有现在的《所有的秘密都是深爱》。

最后，借用闺蜜苏七对我说的话来祝福所有看到这本书的人。

"我始终相信，会有这么一个人，也一定有这么一个人，深深爱你，一如爱着自己的生命。"

沐 尔
2014年4月12日雨天